JA

N

De acelaşi autor:

Romane

- *În lipsa preşedintelui* (cu Bill Clinton)
- *Grădina Zoologică* (cu Michael Ledwige)
- *Invizibilul* (cu David Ellis)
- *De-a v-aţi ascunselea*

Seria *Women's Murder Club*

- *A 11-a oră* (cu Maxine Paetro)
- *A 10-a aniversare* (cu Maxine Paetro)
- *A 9-a judecată* (cu Maxine Paetro)
- *A 8-a mărturisire* (cu Maxine Paetro)
- *Al 7-lea cer* (cu Maxine Paetro)
- *A 6-a ţintă* (cu Maxine Paetro)
- *Al 5-lea călăreţ* (cu Maxine Paetro)
- *4 Iulie* (cu Maxine Paetro)
- *Al 3-lea caz* (cu Andrew Gross)
- *A 2-a şansă*
- *1-ul pe lista morţii*

Din seria *Summer*

- *Croaziera* (cu Howard Roughan)
- *Bikini* (cu Maxine Paetro)
- *Salvamarul* (cu Andrew Gross)

Din seria *Alex Cross*

- *Detectivul Alex Cross*

Din seria *Private*

- *Private. Agenţia de investigaţii* (cu Maxine Paetro)

JAMES PATTERSON
ȘI CANDICE FOX

NICIODATĂ NICĂIERI

Descrierea CIP a Bibliotecii Naționale a României
PATTERSON, JAMES
Niciodată Nicăieri / James Patterson, Candice Fox; București: RAO Distribuție, 2019
ISBN 978-606-006-215-8

I. Fox, Candice

821

RAO Distribuție
Str. Bârgăului nr. 9-11, sector 1, București, România
www.raobooks.com
www.rao.ro

JAMES PATTERSON, CANDICE FOX
Never Never

Traducere din limba engleză
Alexandru Szollo prin Lingua Connexion

2019

ISBN 978-606-006-215-8

CAPITOLUL 1

– Dacă ajungi în tabără înaintea mea, s-ar putea să te las să scapi cu viață, spuse Soldatul.

Era șansa pe care-o dădea tuturor. Cea mai dreaptă judecată pentru fărădelegile comise împotriva oamenilor săi.

Tânărul zăcea smiorcăindu-se în nisipul de la picioarele lui.

Pe Soldat îl scârbiseră întotdeauna lacrimile. Cea mai josnică formă de exprimare, un simptom fizic al unei slăbiciuni psihologice! Soldatul înălță capul și privi peste deșertul întunecat, spre luminile de la marginea taberei. Cerul întunecat era doldora de stele, acoperite ici-colo de nori hoinari. Trase aer rece de deșert în plămâni.

– De ce faci treaba asta? scânci Danny.

Soldatul trânti ușa dubei și răsuci cheia. Își puse ochelarii cu vedere pe timp de noapte la gât și se îndepărtă cu pași mari de trădătorul care tremura. Se apropie de o stâncă mare. Urcă pe ea și arătă cu brațul întins spre nord-est.

– La un unghi de zero-patru-șapte, la o distanță de un kilometru șaizeci și doi, te-așteaptă arma ta, se răsti Soldatul.

Se răsuci pe călcâie și arătă spre nord-est.

– La un unghi de trei-unu-cinci, la o distanță de un kilometru șaizeci și șapte, mă așteaptă arma mea. Mina se află chiar la nord de-aici.

– Ce vrei să spui cu asta? se tângui trădătorul. Iisuse Hristoase! Te rog, te rog eu mult, nu face asta!

Soldatul sări de pe stâncă, își aranjă centura și-și trase chipiul pe față. Tânărul trădător se ridicase anevoie în picioare și stătea tremurând lângă dubă, cu brațele slăbite lipite de piept.

„Judecata e datoria celor drepți“, gândi Soldatul. „Nu e loc de milă. Doar de furie față de cei care și-au uitat onoarea!“

Chiar și în timp ce cuvintele cunoscute îi treceau ușor prin minte, simțea furia rece crescând înlăuntrul lui. Umerii i se încordară, și nu reuși să nu rânjească în timp ce se întorcea să-și înceapă misiunea.

– Avem undă verde, soldat, spuse el. Să plecăm!

CAPITOLUL 2

Danny îl urmări pe Soldat dispărând în lumina palidă a lunii, cu puțin înainte să fie acoperită de nori. Întunericul care-l învăluia era desăvârșit. Căută ușa dubei din partea șoferului, trase de ea și se opinti în fereastra din spate. O spărtură lungă se întindea în sus în mijlocul parbrizului. Alergă și făcu la fel și-n cealaltă parte. Îl cuprinse panica. Oare ce făcea? Chiar dacă reușea să urce-n dubă, cheile dispăruseră. Se întoarse în direcția opusă și o luă la goană în beznă, spre nord-est. Cum dracului să fi găsit ceva acolo?

Luna străluci din nou printre nori, lăsându-l să întrevadă întinderea de nisip uscat și stânci, apoi dispăru. Se împiedică și alunecă pe un dig abrupt. Transpirația îi lipi nisipul de mâini și de obraji. Respira gâfâind și chinuindu-se nebunește să ia aer.

– Te rog, Doamne, striga el, plângând. Te rog, Doamne, te rog!

Alerga orbește prin întuneric, dând cu putere din brațe și împiedicându-se din când în când de plante deșertice ascuțite ca briciul. Trecu un mic deal stâncos și văzu luminile taberei sclipind în depărtare. Nu-și dădea seama cât de departe erau. Oare trebuia să încerce să ajungă în tabără? Strigă. Poate avea să-l audă cineva care patrula.

Danny ținea privirea în pământ în timp ce alerga. I se părea că fiecare umbră și fiecare undă din nisip semănau a armă. Se năpusti asupra unui buștean uscat care semăna cu o pușcă, îngenunche și se împletici prin întuneric. Pieptul i se scutura de suspine. Era o sarcină imposibilă.

Primul sunet fu un șuierat, mai ascuțit și mai puternic decât vântul. Danny se îndreptă, alarmat. Al doilea șuierat fu urmat de o bufnitură greoaie, și înainte să apuce să lege cele două sunete între ele, Danny se trezi pe spate, în nisip.

Durerea-i radie din braț, ca într-un val roșu-aprins. Tânărul se prinse de cotul distrus și simți golul cumplit din locul unde-i fuseseră antebrațul și mâna. Din stomac i se ridicară strigăte ascuțite, puternice. În valul roșu din spatele ochilor îi apărură vedenii cu mama lui. Se rostogoli și se ridică în picioare, cu greu.

Nu avea să moară așa. Nu avea să moară în întuneric.

CAPITOLUL 3

Soldatul privea prin luneta puștii în timp ce tânărul se împleticea. Cu mâna care-i rămăsese se ținea de ciot. Soldatul văzuse carabina Barrett M82 retezând cu totul capete de pe umeri în Fâșia Gaza. Nici în deșertul australian arma nu dezamăgea. Întins pe burtă pe o culme, Soldatul aranjă uriașa carabină neagră și-și lipi partea de sus a ochiului de lunetă. Respiră, dădu înapoi, apăsă pe trăgaci și-l privi pe puști prăbușindu-se în timp ce glonțul de intimidare-i șuiera pe lângă ureche.

„Ce urmează? Un picior? O ureche?“

Soldatul era surprins de propria brutalitate. Știa că nu era demn de simțul dreptății unui militar să se joace cu trădătorul, dar tot ardea de furie.

„Ne-ai fi dat de gol“, își spuse el, fierbând, în timp ce-l urmărea pe băiat cum alerga prin întuneric. „Ne-ai fi sacrificat pe toți.“

Nu există pe pământ o făptură mai josnică decât un hoț, un escroc și un trădător. Să aduci moartea unui camarad de front nu era niciodată ușor. Într-un fel, semăna cu o a doua trădare.

„Uită-te ce m-ai silit să fac“, gândi Soldatul, în timp ce-l urmărea pe puștiul care zbiera în vânt. Îl lăsă să zbiere. Vântul avea să-i ducă glasul spre sud, departe de tabără.

Strigătele unui trădător. Avea să le țină minte, pentru vremurile când slăbiciunea avea să-l cuprindă.

Soldatul se foi în nisip, se pregăti să tragă un glonț în cap și-l urmări pe Danny în obiectivul lunetei. Se ridică pentru ultima oară.

– Țintă detectată, murmură Soldatul pentru sine, expirând încet. Execut ordinul.

Apăsă pe trăgaci.

Ceea ce văzu prin lunetă îl făcu pe Soldat să zâmbească amar. Se ridică, închise bipodul din capătul armei uriașe și puse arma pe umăr.

– Țintă eliminată. Misiune îndeplinită.

CAPITOLUL 4

Șeful Morris a fost cel care m-a chemat în camera de interogatoriu. Stătea în partea stângă a mesei, pe unul dintre scaunele anchetatorilor, și mi-a făcut semn să mă așez în dreapta, unde stau de obicei infractorii.

– Ce? am întrebat. Ce-i cu toată chestia asta, Tataie? Am treabă.

Avea o expresie serioasă pe față. Nu-l mai văzusem așa de ultima oară când îi trăsesem un pumn lui Nigel de la Omucideri pentru că-mi ocupase locul de parcare. Șeful fusese obligat să-mi dea o mustrare aspră, în scris, și nu-i picase deloc bine.

– Ia loc, detectiv Blue.

„Să-mi bag picioarele“, mă gândeam. „E groasă rău.“ Știu c-am dat de belea când Șeful mi se adresează cu titulatura oficială.

Adevărul e că petrecem cea mai mare parte a timpului împreună departe de holurile aglomerate ale Centrului Poliției Sydney din Surry Hills[1].

Aveam douăzeci și unu de ani când am început să lucrez la Infracțiuni Sexuale. Era prima mea misiune după doi ani de patrulare pe străzi, așa că m-am mutat în

[1] Suburbie din Sydney, Australia (n.tr.)

birourile Poliției Metropolitane din Sydney cu destul de multă frică-n sân, cu gândul la noua mea funcție și la responsabilitățile aferente ei. Mi se spusese că eram prima femeie din Departamentul de Infracțiuni Sexuale după cinci ani. Mie-mi revenea sarcina de-a-i învăța pe băieți cum să se poarte cu femeile în situații de criză. Departamentul era la pământ; eu trebuia să-l ridic, repede. În primele câteva săptămâni, la cafenea, Șeful mormăise un salut demoralizat către mine, și-atât. Am avut destule nopți nedormite în care m-am tot gândit la faptul că se vedea de la o poștă că n-avea încredere în mine, întrebându-mă cum să-i demonstrez că se înșela.

După o primă lună punctată de vreo două cazuri de viol cu violență și două-trei atacuri violente, mă înscrisesem la antrenamente de box unu la unu la o sală de sport din apropierea apartamentului meu. Din ce văzusem, era bine pentru o femeie din orașul ăsta să știe să arunce un upercut iute. Așteptasem în fața biroului sălii de sport în seara aceea, fiind sigură că tânăra musculoasă care-și bandaja pumnii în vestiar era antrenoarea mea.

Dar șeful Morris, într-un maiou gri, transpirat, a fost cel care m-a bătut pe umăr și mi-a spus să intru în ring.

În ring, șeful îmi spunea „Blue“. În birou, mormăia.

Acolo, în camera de interogatoriu, nu era nici urmă de căldura care era între Blue și Tataie în ring. Privirea șefului era rece. Am simțit ceva din groaza din primele mele zile la locul de muncă.

– Tataie, am spus. Care-i treaba?

Luă carnețelul de declarații și un creion de lângă reportofon și le împinse spre mine.

– Fă o listă cu lucruri din apartamentul tău de care o să ai nevoie cât ești plecată. S-ar putea să dureze câteva săptămâni. Obiecte de toaletă. Haine. Lucruri de genul ăsta.

– Unde plec?

– Cât de departe poți, oftă el.

– Șefule, vorbești aiurea, am spus. De ce nu pot să mă duc acasă și să iau chiar eu lucrurile astea?

– Pentru că-n clipa de față apartamentul tău e plin de ofițeri de la Criminalistică. Ăia de la Patrulă ți-au blocat strada. Ți-au blocat și mașina, detectiv Blue, spuse el. Nu te duci acasă.

CAPITOLUL 5

I-am râs șefului în nas, tare.

– Bună treabă, Tataie, am spus, ridicându-mă.

Scaunul meu scrâșni puternic pe gresie.

– Uite ce-i, îmi plac glumele bune, ca oricui, dar sunt ocupată până-n gât. Nu-mi vine să cred că te-au convins să faci treaba asta. Bună treabă, prietene. Hai, deschide ușa aia.

– Nu-i o glumă, Harriet. Stai jos la loc.

Am râs din nou. Asta fac când am emoții. Râd și zâmbesc larg.

– Am cazuri.

– Apartamentul și mașina ta sunt supuse unei analize medico-legale în legătură cu cazul celor trei fete ucise la râul Georges[1], spuse Șeful. Trânti un dosar gros între noi, pe birou. Era burdușit cu hârtii și fotografii, declarații ale martorilor, pe hârtie galbenă, și fișe medico-legale, pe hârtie roz.

Știam bine dosarul. Îl văzusem dus de colo-colo de băieții de la Omucideri, din mână-n mână, ca pe-o Biblie a ororilor. Trei studente frumoase de la universitate, toate brunete, toate găsite pe aceeași porțiune noroioasă a

[1] Râu din Sydney, Australia (n.tr.)

râului Georges. Morțile lor, survenite la exact treizeci de zile distanță una de cealaltă, fuseseră violente, cumplite și îndelung planificate. Tânjeam după cazul ăla. Dar i-l dădusem hoțului de locuri de parcare, detectivul Nigel Spader, și haitei sale de copoi de la Omucideri. Săptămâni întregi stătusem la serviciu, fierbând de furie în fața ușii biroului lor de caz, înainte ca furia să-mi dispară în sfârșit.

M-am lăsat la loc pe scaun.

– Ce-are de-a face asta cu mine? am întrebat.

– E rutină, Blue, spuse Șeful cu blândețe.

Întinse mâna și o puse peste a mea.

– Nu fac decât să se-asigure că nu știi.

– Ce să știu?

– L-am găsit pe ucigașul de la râul Georges, spuse el.

Mă privi în ochi.

– E fratele tău, Blue. E Sam.

CAPITOLUL 6

Am trântit ușa camerei de interogatoriu în nasul Șefului și am pornit cu pas hotărât spre biroul anchetei de la Omucideri, de vizavi. Zeci de perechi de ochi mă urmăreau. Am deschis ușa cu putere și l-am văzut pe jegosul ăla de Nigel Spader cum stătea în fața unui panou uriaș plin de imagini, pagini și schițe agățate în cuie. S-a ferit să nu-l lovesc în timp ce mă îndreptam spre el, dar m-am abținut și i-am trântit dosarul pe care-l ținea în mâini. Paginile zburau peste tot.

– Dobitoc smiorcăit ce ești! am țipat, arătând cu putere cu degetul spre fața lui. Puțoi mizerabil și smiorcăit ce ești!

Eram atât de furioasă, încât nici să vorbesc nu puteam, și chiar era prima oară când mi se întâmpla așa ceva. Nu puteam să respir. Parcă-mi luase tot gâtlejul foc. N-am mai putut să mă stăpânesc și l-am apucat pe Nigel de partea din față a cămășii, strângând în pumni două mănunchiuri de fire portocalii de păr de pe piept în timp ce-l târam spre podea. Cineva m-a prins de pumn înainte să apuc să-i trag una. A mai fost nevoie de doi bărbați ca să-i dau drumul din strânsoare. Am dat înapoi cu greu, lovindu-ne de o masă plină de cești de cafea și de brioșe. Vasele se făcură țăndări lovindu-se de podea.

– Cum ai putut să te-nșeli în halul ăsta? am strigat. Măi, dar tu nu ești bun de *absolut* nimic! Ești jalnic, ești un...

– Ajunge!

Șeful făcu un pas în față și mă luă de braț.

– Detectiv Blue, calmează-te dracului în clipa asta, că-i pun pe băieți să te scoată-n stradă dacă nu te calmezi.

Deodată, scăpasem din brațele tuturor și m-am împiedicat. Îmi bubuia capul.

Apoi, le-am văzut.

Cele trei fete, în portrete de la autopsie, lângă imagini cu ele zâmbind, făcute în zile însorite și puse la dispoziția poliției de către familii. Urma unei mâini pe gâtul cuiva. O poză cu mâna fratelui meu. O hartă a orașului Sydney în care erau înfipte piuneze în zonele în care locuiau victimele și familiile lor, în zona în care locuia fratele meu și unde fuseseră găsite cadavrele fetelor. Fotografii cu interiorul apartamentului fratelui meu, dar nu așa cum îl știam eu. Din sertare și din dulapuri fuseseră scoase lucruri care nu-mi erau familiare. Materiale pornografice. Grămezi de reviste, DVD-uri, poze pe hârtie lucioasă. O frânghie. Un cuțit. Un tricou plin de sânge. Fotografii cu oameni care stăteau și priveau la locurile crimelor. Fața fratelui meu în mulțime.

În mijloc era o fotografie cu Sam. Am luat fotografia de pe panou și am desfăcut jumătatea imaginii care era împăturită. Fața mea. Eram amândoi înghesuiți în ramă. Ochii albaștri ai fratelui meu sclipeau.

Semănam atât de mult. Detectiva Harry Blue și ucigașul de la râul Georges.

CAPITOLUL 7

În ultimii zece ani am fumat două țigări. Pe ambele le-am fumat în fața firmei de pompe funebre unde trupul neînsuflețit al câte unui coleg căzut la datorie era pregătit pentru ultimul drum.

Stăteam pe aleea din spatele secției de poliție, terminând-o pe a treia. Am aprins-o imediat pe a patra, am tras un fum zdravăn din ea și am expirat adânc în aerul rece al dimineții. Deși era foarte frig, tricoul mi se lipise de piele din cauza transpirației. Am încercat să-l sun pe fratele meu de trei ori. Nu mi-a răspuns.

Șeful și-a făcut apariția de la ieșirea de incendiu de lângă mine. Am ridicat mâna. Nu doar că n-aveam chef de vorbă, nici măcar nu eram sigură că aș fi reușit dacă încercam. Bătrânul stătea și mă privea în timp ce fumam. Îmi tremurau mâinile.

– Ăla... șobolanul ăla... gunoiul ăla uman de Nigel Spader o să plătească foarte scump pentru asta, am spus. Și dac-o fi să fie ultimul lucru pe care-l fac, o să mă asigur că...

– Am supravegheat întreaga operațiune, spuse Șeful. N-am putut să-ți spun că era în desfășurare, că l-ai fi alertat pe Sam. Te-am lăsat să-ți vezi de treabă, ca de obicei. Nigel și echipa au făcut o treabă foarte bună. Se țin de fratele tău de trei săptămâni deja.

Mi-am privit şeful. Mentorul. Prietenul.

– Mă gândeam că n-arăţi prea bine, am spus, cu dispreţ. Nu dormi noaptea, Şefule?

– Nu. Chiar nu dorm. N-am mai dormit din dimineaţa în care echipa de la Omucideri mi-a comunicat bănuielile. Nu mi-a plăcut deloc că trebuia să te mint, Blue.

Sfărâmă o bucată de asfalt cu călcâiul şi o aruncă în canal. În lumina de la blocurile impunătoare din jurul nostru, părea bătrân.

– Unde e fratele meu?

– L-au luat azi-dimineaţă. E cercetat de Poliţia Federală, la secţia din Parramatta[1].

– Trebuie neapărat s-ajung acolo.

– N-o să te poţi apropia de el în faza asta.

Şeful mă apucă de umeri înainte să apuc să trec de el şi să dau buzna pe uşa de incendiu.

– E în faza de procesare. Depinde dacă vrea sau nu să coopereze, dar s-ar putea să nu primească vizite o săptămână, chiar două.

– Sam n-a făcut lucrul ăsta, am spus. Aţi înţeles greşit. Nigel a înţeles greşit. Trebuie neapărat să fiu aici şi să rezolv toate astea.

– Ba nu, nu trebuie. Trebuie să-ţi iei lucrurile şi să pleci de-aici.

– Păi şi cum, să-l las baltă?

– Harry, Sam o să fie considerat unul dintre cei mai sadici perverşi sexuali de la Ucigaşul cu Rucsac încoace. Fie că tu crezi sau nu c-a făcut-o, în momentul de faţă eşti inamicul public numărul doi. Dacă te prind ăştia din presă acum, te mănâncă de vie.

---

[1] Suburbie din Sydney, Australia (n.tr.)

Am mai scos o țigară din pachetul pe care-l șterpelisem de pe biroul lui Nigel. Mintea mi-o luase razna.

– Nu te-ajuți cu absolut nimic aici, Harry. Dacă ieși în fața camerelor și zbieri cum ai zbierat în biroul ăla de anchetă, o să pari nebună de legat.

– Mă doare-n cur de cum o să par!

– N-ar trebui să te doară, spuse Șeful. Toată țara o să se uite la asta la știrile de la ora șase. Oamenii sunt furioși. Dacă nu pot să pună mâna pe Sam, o să încerce să pună mâna pe tine. Gândește-te bine la asta. E ca-n literatură, în mă-sa. Sora ucigașului e o polițistă iute la mânie, cu izbucniri violente dese și cu o gură spurcată. Mai mult de-atât, e la Infracțiuni Sexuale, și a reușit cumva să scape din vedere obsedatul sexual de la grătarul din familie.

Scoase o foaie de hârtie din buzunarul de la piept al gecii și mi-o întinse. Era un itinerar de zbor scos la imprimantă. Scoase un dosar subțire de la subraț și mi-l puse în mâini. L-am deschis și am văzut că era un dosar de caz, dar n-am reușit să rămân cu ochii pe el mai mult de câteva secunde. Mi se făcea rău de teamă și de nesiguranță.

– Ce-i asta? am întrebat.

– E un caz cu o moarte neelucidată într-o mină din deșert, în apropiere de Kalgoorlie[1], spuse Șeful.

– Tataie, eu sunt de la Infracțiuni Sexuale. Nu de la echipa de curățenie.

– Nu-mi pasă de unde ești. Te duci. Am tras niște sfori cu niște prieteni vechi din Perth. Cazul în sine e o abureală totală, dar zona e izolată, o să fie o ascunzătoare perfectă.

– Nu vreau să merg la mama dracu-n praznic, în Kalgoorlie! Tu te-ai dilit?

---

[1] Numele colocvial al orașului Kalgoorlie Boulder din Australia, fondat în 1989 (n.tr.)

– N-ai de ales, detectiv. Chiar dacă nu știi ce e cel mai bine pentru tine în momentul de față, eu știu. Îți dau un ordin direct, ca ofițer superior. Dacă nu te duci, te închid și te interoghez. O să-i spun unui judecător că vreau să știu dacă știai ceva despre crimele-astea, și-o să arunc cheia până când se termină de tot cu situația asta de căcat. Vrei asta?

Am încercat să mă îndepărtez. Șeful mă prinse din nou de mână.

– Uită-te la mine, spuse el.

Nu m-am uitat.

– Nu ai ce să faci ca să-ți ajuți fratele, Blue, spuse bătrânul. S-a terminat.

CAPITOLUL 8

Nu știu care deștept de la Poliția Metropolitană din Sydney mi-a făcut bagajele, dar n-a reușit să găsească valizele din dressingul din apartamentul meu micuț din Woolloomoolloo[1]. Am ieșit din zona de preluare a bagajelor din aeroportul din Kalgoorlie cu trei saci negri de gunoi plini cu lucrurile mele. Din câte-am văzut în lumina palidă a farurilor mașinilor de închiriat, unele dintre lucrurile pe care le cerusem erau acolo, dar și destule pe care nu le cerusem. Mi-am recunoscut telecomanda de la televizor printre calabalâcurile pline de amprente.

Amorțeala care mă cuprinsese în legătură cu arestarea fratelui meu a început după primul pahar de vin din timpul zborului. Începea să-mi afecteze mișcările. Mi-am dat seama că stăteam la ghișeul firmei de închiriat mașini amețită, când funcționarul începu să pocnească tare din degete în fața mea, trezindu-mă la realitate.

– Domnișoară? Alo! Domnișoară!

M-am încruntat, m-am întins și am dărâmat o cutie cu creioane care stătea pe marginea ghișeului. Creioanele i se împrăștiară pe toată tastatura.

– Deci sunteți trează, oftă el, teatral, adunând creioanele.

[1] Suburbie din Sydney, Australia (n.tr.)

– Sunt trează.

– Cum vă numiţi?

– Blue.

Tastă ceva pe tastatură. Scoase la imprimantă un formular demoralizant de lung pe care mi-l dădu să-l completez şi-mi dădu un set de chei.

– Blue şi Whittacker. Aveţi Camry[1] ăla mic şi roşu.

– Cine-i Whittacker?

– Eu sunt, spuse o voce din spatele meu.

M-am întors, iar un bărbat suplu, cu umerii laţi, punea două valize Armani, din piele, imaculate, pe micile lor suporturi aurii. Scoase o mână cu degete lungi.

– Edward. Tu cred că eşti Harriet, nu?

– Harry. Tu eşti şoferul? am întrebat.

– De fapt, eu sunt partenerul tău, răspunse el, zâmbind.

[1] Model de automobil produs de compania japoneză Toyota începând cu 1982 (n.tr.)

CAPITOLUL 9

L-am sunat întâi pe Șeful, stând pe bancheta din spate a mașinii, ca să-i spun că ajunsesem și să-l întreb dacă mai avea ceva vești despre Sam. Nu erau vești despre fratele meu. Am sunat un cunoscut de la Poliția Federală. Când n-am reușit să aflu nimic de la el, am sunat niște jurnaliști în care puteam să am încredere, ca să văd dacă aveau ei ceva informații în exclusivitate. Sam parcă fusese înfășurat într-un cocon de liniște. Când am renunțat să-i mai sun prietenii și vecinii, pentru că auzeam de la ei aceeași groază pe care-o simțeam eu însămi, Whittacker ne scosese deja din oraș și ajunseserăm pe autostradă.

– Toate bune? întrebă el.

– Tu vezi-ți de drum, Whitt, și lasă-mă pe mine să-mi văd de mine.

– De fapt, prefer Edward, spuse el.

– Zici foarte des „de fapt".

În oglinda retrovizoare, fruntea i se încreți. M-am sprijinit de geam și am privit peisajul șters din deșert cum trecea pe lângă mine. Când n-am mai putut să suport să mă gândesc că fratele meu era în închisoare, am trecut peste golul dintre scaune și am ajuns în față, lângă Whitt. Pe podea, am găsit exemplarul lui din dosar, care era mai mare decât al meu.

– Reaminteşte-mi de ce lucrez cu un partener, am spus. Eu n-am cerut partener.

– M-am accidentat la spate acum vreo lună. Am făcut compresie la un disc de la coloana lombară. Deci prestez munci uşoare. Eram la Brigada Antidrog, dar trebuia să sparg multe uşi cu piciorul la Brigada Antidrog, după cum îţi închipui, probabil.

Zâmbi.

– Pune-mă la curent cu cazul ăsta, Whitt. Încotro ne-ndreptăm?

– Tocmai la dracu-n praznic.

– Doar ce-am fost acolo.

Am arătat scurt cu degetul mare spre autostrada din spatele nostru, spre orăşelul din mijlocul unui abis nisipos.

– A, nu, stai, că mai avem multă pustietate de străbătut. Chiar acum suntem la marginile Marelui Deşert Victoria. E cât California de mare, şi în cea mai mare parte nelocuit. Mina de uraniu Bandya[1] e fix în mijlocul lui. Mai avem cinci ore de peisaje de-astea.

Făcu un gest spre peisajul pustiu.

– Cinci ore? Dumnezeule mare!

M-am lăsat înapoi în scaun.

– Suntem pe urmele unui anume Daniel Stanton, de douăzeci şi unu de ani.

Am deschis dosarul şi am găsit fotografia unui tânăr bronzat, cu părul blond şi miţos. Avea un zâmbet larg, contagios. În poză, avea braţul în jurul gâtului unui labrador negru.

– Drăguţ. Ce-a făcut ăsta?

– A murit.

---

[1] Teren pastoral din vestul Australiei (n.tr.)

– Proastă alegere.

Am oftat.

– Managerul diviziei lui de la Bandya l-a dat dispărut pe Stanton acum vreo unsprezece zile, spuse Whitt. La început, n-a fost mare brânză. Îmi zice că oamenii dispar din mină tot timpul.

– Serios?

– Ce vreau să zic e că în cele din urmă apar. Minele astea sunt atât de izolate, încât lucrează în ele muncitori care vin cu avionul din orașe din toată țara. Lucrează trei săptămâni, apoi zboară iar spre orașele natale și-și iau câte-o săptămână liberă. Tinerii vor să lucreze aici pentru că-i vorba de foarte mulți bani.

– Cât de mulți bani?

– Chiar vrei să știi?

– Eu pun întrebările aici, detectiv Whittacker.

– Salariile pentru începători sunt de trei ori mai mari aici decât salariile noastre de detectivi, spuse el.

N-am putut să răspund. Mă holbam la noul meu partener, cu gura căscată.

– Da, râse el.

– Păi și-atunci de ce dracului dispar?

– Păi, există un motiv pentru care salariul e atât de bun. E muncă grea, periculoasă, și trei săptămâni pe lună, rămân aici, în mijlocul deșertului, departe de familiile lor. Cei mai mulți dintre ei sunt tineri și nerăbdători. Când se satură de treaba asta, își iau concediu, pur și simplu, și nu se mai întorc. Sau își lasă uneltele jos, iau o mașină spre oraș și pleacă acasă. Și cei mai duri dintre oameni cedează după o vreme.

– Păi și ce s-a întâmplat cu Danny Stanton? A plecat pur și simplu de la slujbă?

– Păi, dac-a plecat, a plecat într-o direcție total greșită.

Whitt îmi aruncă o privire.

– A luat-o chiar prin deșert.

CAPITOLUL 10

– Dă cu câteva fotografii în față, spuse Whitt.

Am trecut repede peste ele și am ajuns la o poză din laboratorul de medicină legală cu un picior care începea să se descompună.

– A, salutare! am zis, ținând poza la lumina slabă a mașinii. Să nu pleci de-acasă fără ambele picioare, Whitt. N-o să ajungi prea departe.

– Piciorul a fost găsit, de fapt, în tabără, spuse el. La trei zile după ce a dispărut Danny, doi mineri au găsit un dingo[1] după garduri, care trăgea după el laba unui picior încălțat cu un bocanc cu vârf de oțel, și încerca s-ajungă la ce era înăuntru. Mina era plină de dingo care căutau resturi de mâncare, deci la început nu s-a alarmat nimeni. În bocanc, băieții au găsit laba piciorului, iar laba piciorului e a lui Danny. A fost a lui Danny. Cum o fi.

Am mijit ochii la fotografie. Laba piciorului fusese retezată de la gleznă. Fotografia era destul de bună încât să se vadă bucăți de material alb, făcute ferfeniță, lipite de pielea păroasă la sfârtecătura inegală. Era șoseta lui.

– Băieții de la medicină legală din Perth au spus că laba piciorului a fost despărțită de corpul lui Danny postmortem, de către animalele de pradă.

---

[1] Mamifer din familia canidelor, endemic Australiei (n.tr.)

– Deci puștiul murise deja când au început câinii dingo să-l facă bucăți.

– Într-adevăr.

– Păi, văd un dingo în stare să ducă un bocanc foarte departe. Probabil distanța dintre cadavru și mină era cam până unde-ar fi putut duce un bocanc, nu?

– Greșit, spuse Whitt. Asta-i partea interesantă. Încă n-au găsit cadavrul. Operatorii minei și poliția din Perth au trimis echipe de căutare aeriene și terestre timp de două zile. N-au găsit nimic. Nici urmă.

– N-are nicio logică.

Whitt ridică din umeri.

– Nu ridica din umeri, Whitt. Eu vreau răspunsuri.

– N-am ce răspunsuri să-ți dau, spuse el. Nici măcar n-am ajuns încă în tabără.

M-am lăsat pe spate și am privit din nou spre fotografia labei piciorului lui Danny. De ce-ar fi luat-o puștiul ăsta la pas prin deșert, dacă voia să se facă nevăzut? De ce n-ar fi luat pur și simplu o mașină până-n oraș? Dacă plecase singur prin deșert și se rătăcise, poate murise de deshidratare încercând să găsească drumul de întoarcere, dar de ce nu-i era laba piciorului plină de bășici de la transpirația care i se scursese de pe glezne în bocanc?

Am privit fix laba piciorului până când am adormit cu capul lipit de parbriz. Soarele apunea. Îi simțeam căldura după pleoape. Șeful avusese dreptate. Deodată, pe nesimțite, mintea mea era plină, chiar dacă era așa doar pentru că un eveniment sumbru din viața mea fusese înlocuit de altul.

CAPITOLUL 11

– Acum ce mai e? întrebă Whitt, încetinind mașina.

M-am trezit brusc.

În fața noastră pe drumul neasfaltat, izolat, apăru o berlină, cu capota ridicată și cu farurile aprinse. O siluetă deșirată stătea lângă ea și dădea din mâini.

– Unde suntem?

– Tocmai am trecut de Bandya, zise Whitt. Cred că ăstuia tocmai i-a murit rabla.

În timp ce ne apropiam de vehiculul omului, farurile noastre i-au luminat partea inferioară a feței. O șapcă închisă la culoare îi era trasă peste ochi. Aproape că-și băgă capul prin parbrizul meu. Îmi mirosea a fum de țigară.

– Care-i baiul? întrebă Whitt.

– Niciun bai, amice.

Bărbatul zâmbi larg. Avea prea mulți dinți.

– Hai, afară din mașină.

Din întuneric, apărură șase bărbați care ne înconjurară.

Bărbatul înalt îmi deschise ușa cu forța și se întinse peste mine, desfăcându-mi centura de siguranță.

– Măi! am țipat. Îmi trebuie doar câteva secunde ca să mi se declanșeze reflexele de luptă. Șeful mă plesnise peste față de atâtea ori în mijlocul ringului, încât să-mi declanșeze un soi de furie la comandă:

„Trezirea, tigroaico!“ striga el.

Bărbatul înalt trezise tigroaica.

În timp ce mă trăgea din mașină de încheieturi, mi-am luat avânt, am sărit în sus și l-am izbit cu fruntea în nas. Se dădu înapoi, iar eu mi-am încolăcit piciorul în jurul genunchilor lui și l-am împins în piept cu ambele mâini. Amândoi am ajuns întinși în pământ. Reacția tuturor a fost una de bucurie amestecată cu surprindere. Cineva m-a apucat de brațe și m-a tras de pe bărbat, dar nu înainte s-apuc să-i trag un croșeu de dreapta în ureche.

– Ești bine, Richie?

– Băga-mi-aș!

Richie se ridică în picioare, atingându-și buza însângerată.

– Nu m-așteptam la asta!

Bărbații râseră.

Am fost împinsă și lipită de mașină, lângă Whitt. O mână aspră îmi ținea capul lipit de partea de sus a mașinii calde. Whitt mă privea. Nu i se citea panica pe față. Părea aproape curios. Oare ăștia erau răspunzători pentru ce i se întâmplase lui Danny? Oare dăduserăm deja de răspunsul la întrebările noastre, chiar înainte s-ajungem la mină? Tocmai mă pregăteam să strig că suntem polițiști, dar fața lui Whitt mă făcu să-mi țin gura. Poate aflam ceva de-aici.

– Unde mergeți voi doi?

Richie mă apucă de cap și mă întoarse cu fața spre el.

– Cum te cheamă, frumușico?

– Harriet Blue, zise cineva.

Îmi luaseră portofelul. Am auzit cum trăgeau sacii de gunoi plini cu lucrurile mele de pe bancheta din spate.

– Ești departe de casă, păsărico, spuse Richie, sprijinindu-se de mașină lângă mine, cu brațele lui lungi încrucișate. Ce faci tocmai prin părțile astea? Tolomacul ăsta e gagiul tău?

– Înapoi, ratatule, am mârâit.

– Ooo, făcu Richie, zâmbind. Ești fată obraznică.

– Dacă mi-ar fi zis cineva că pe-aici sunt porci sălbatici, mi-aș fi adus arcul și săgeata.

– Dar, iubire, mi-ai tras deja cu o săgeată drept în inimă.

Richie zâmbi și se apucă de piept. Din grup se auzi un geamăt gutural de plăcere.

– Păsărica și prietenul ei împopoțonat, tocmai din Sydney. Ce surpriză.

– De fapt, eu sunt din Perth, spuse Whitt.

– Păi, nu poți să treci pe-aici fără să plătești taxa. Drumurile-astea-s ale noastre, și nu-s gratuite.

Bărbații găsiseră valizele lui Whitt în portbagaj. Le-am auzit căzând cu zgomot pe drum.

– Pot să-i las pe băieți să caute plata în catrafusele tale.

Richie se linse pe buza însângerată.

– Sau putem să împărțim „factura", tu și cu mine.

– Îh! făcu unul dintre băieții din mașină. Ăștia au poze cu picioare dă morți!

Unul dintre complicii lui Richie ocoli capota mașinii cu dosarul lui Danny și pozele de la Medicină Legală.

– Fiți atenți! zise unul. Ținea pistolul meu din dotare – și insigna mea de polițistă.

Deodată, eram liberă.

– Hopa, zise Richie.

– Da, hopa, în mă-ta de nemernic!

L-am îmbrâncit pe cel care mă prinsese.

Îmi venea să-i sparg fața lui Richie. Dar știam că dacă îi arestam pe-ăștia pentru că ne bruscaseră în mijlocul deșertului, nu mai ajungeam să aflu dacă ei fuseseră cei care-l omorâseră pe Danny Stanton. Trebuia să-i observăm în mediul lor natural. Să-i lăsăm să ne conducă la niște probe. Whitt mi-a recuperat pistolul de la gunoiul care îl găsise. Cu toții mergeau cu spatele, îndreptându-se spre mașinile lor.

– Ce ziceai tu de-o taxă?

Înaintam spre Richie.

El zâmbea în continuare.

– Uitați, oameni buni, vă facem o reducere pentru angajații guvernului. Intrare gratuită. Cu acces în toate zonele.

– Ce frumos din partea voastră.

– Păi, ce pot să zic, sunt un gentleman.

– Urcați în mașină și ștergeți-o dracului de-aici, am spus.

Le-am trântit capota.

– Fugiți, rataților.

I-am urmărit cum dădeau cu spatele și întorceau mașina. Lucrurile noastre erau împrăștiate pe tot drumul, în întuneric.

– Ce noroc avem. Primii suspecți, spuse Whitt, vesel. Și nici măcar n-am ajuns încă.

În timp ce se îndepărtau în noapte, Richie imită forma unui pistol cu degetele și le îndreptă spre fața mea.

CAPITOLUL 12

Mina era o monstruozitate din oțel din mijlocul unui platou de pământ cu pietriș. O grămadă de mașinării înalte, luminate cu lămpi cu sodiu care se reflectau în norii joși. Era agitată, plină de muncitori în salopete fluorescente, portocalii cu albastru-deschis care mergeau pe drumuri chiar dacă se apropia miezul nopții. Excavatoarele treceau încet pe-acolo. Luminile intermitente ale farurilor lor trecură peste o grămadă de clădiri demontabile pe care erau pancarte din carton.

M-am întors chiar în timp ce o trupă de fete îmbrăcate în haine simple treceau în pas vioi de noi, chicotind.

– Astea cine-s?

– Iepurași marsupiali[1].

Cum n-am răspuns, zise:

– Cele mai simpatice animale din deșertul australian.

– Prostituate? Tocmai aici?

– Pentru unii, trei săptămâni înseamnă o perioadă lungă. Sunt bani frumoși. Mai mult decât câștigă în orașe.

---

[1] În original „Bilbies“, o specie rară de rozător marsupial cu urechi mari. Copiii australieni văd în el un soi de echivalent local al Iepurașului de Paște (n.tr.)

Nu voiam să aflu cu cât câştigau *fetele* de la mină mai mult decât mine. Whitt opri maşina la o clădire demontabilă de lângă gardul de la graniţă.

– Asta-i donga[1] noastră.

Privi spre foaia de hârtie pe care-o primiserăm la poartă.

– Iepuraşi marsupiali, donga. Cam deocheată treaba pe-aici, Whitt.

Tocmai mă pregăteam să împing uşa clădirii de tablă, când un găligan păros, înfăşurat cu un prosop, trase de ea şi o deschise dinăuntru. Trecu de mine încruntat.

Chiar la intrarea pe uşă am dat de-un paravan mobil, de acelaşi gen precum cel pe care-l folosise Nigel Spader ca să-l atace pe fratele meu. Paravanele alcătuiau un hol lung, împărţind clădirea mică în trei camere minuscule.

– La stânga, spuse Whitt din spatele meu.

„Camera" mea era mai mică decât majoritatea celulelor de închisoare. Erau două paturi de tabără la treizeci de centimetri depărtare unul de altul, ocupând aproape tot spaţiul rămas liber.

– Asta-i pentru noi doi? Împreună? am întrebat.

– Cred că da.

Whitt era piept în piept cu mine în holul minuscul din faţa camerei noastre.

– Parteneri şi colegi de cameră, ce zici de-asta?

Îmi era rău. Sperasem să am parte de puţină intimitate, ca să pot plânge de una singură pentru Sam. Când plângeam, ceea ce se întâmpla cam o dată pe an, plângeam doar un minut, şi doar în singurătate desăvârşită. Abia aşteptasem momentul ăsta.

---

[1] Denumire colocvială pentru orice cort sau clădire demontabilă în Australia (n.tr.)

Am cotrobăit prin sacii de gunoi după țigările mele. Dincolo de paravanul pliant, cineva se întoarse pe cealaltă parte în pat, făcând paravanul să se clatine pe picioarele lui inegale.

Am făcut o plimbare în jurul minei, să mă limpezesc la minte, am găsit cea mai apropiată cabină de duș și am aruncat o privire în interior, ascultându-i pe bărbații care cântau printre aburi. Am mai văzut niște „iepurași marsupiali" cum stăteau cu niște mineri în fața unei donga și fumau, plimbându-și mâinile pe sub fuste scurte de blugi. În timp ce treceam pe lângă o arteră delimitată cu un gard, plină de excavatoare, am observat un miner cu părul lung care stătea în cabina pentru o singură persoană. Turnă o substanță dintr-un tubuleț de plastic pe dosul palmei și trase o linie groasă pe care apoi o inhală. Clipi de câteva ori, își îndreptă casca de protecție, porni mașinăria și ieși cu ea din parcare.

Eram la a treia țigară când am făcut un tur complet al părții din mină unde erau cazați oamenii. În ciuda faptului că existau ture de zi și de noapte, muzica răsuna din aproape fiecare donga, și se auzeau multe râsete zgomotoase. Telefoanele sunau, iar mirosul de marijuana se simțea de la ferestre. Privirile bărbaților care mă urmăreau în timp ce mergeam erau sumbre, înăsprite de epuizare și de nopțile singuratice din mijlocul deșertului. Visau cu toții la casele lor. Dimineață aveam de gând să aflu ce puteam despre Richie și despre gașca lui. Dar dacă nu aflam nimic urmărind pista asta, din câte văzusem, erau destui dubioși prin mină de care să pot să mă leg.

CAPITOLUL 13

Războiul mental era la fel de important pentru reușită precum războiul fizic. Soldatul știa asta din zilele de instrucție, când îi văzuse pe cei slabi prăbușindu-se în jurul lui, cu mințile cedându-le sub povara datoriei. O minte puternică putea face față trupului care tânjea după hrană, confort, lipsa durerii.

Frica și furia erau cele mai cumplite boli. În Afganistan, trecând spre vest, prin satele mici din provincia Nangarhar, primise ordin din partea comandantului să meargă prin orașe noaptea și să ia o tânără. S-o târască după el prin deșert și s-o lase să alerge înapoi spre casă desculță, cu hainele sfâșiate, trezind tot satul cu bocetele ei. Numeau acest ritual „jumulirea găinii". Membrii unității sale nu violau niciodată fetele pe care le furau – cu niciun chip nu-și permitea vreunul să riște ca sânge din sângele lui să crească în mizeria în care trăiau oamenii ăia. Răpirile îi înfuriau pe săteni, dar și pe cei din satele din împrejurimi. Soldații furioși erau soldați tâmpiți. Erau neglijenți și brutali. Orbiți de emoții.

Femeia-detectiv părea a avea tăria mentală a unui adversar vrednic, după cum gândea Soldatul. Dar încă nu apucase s-o observe prea mult. Frica era cea mai grea încercare. Din clipa în care pusese ochii pe ea, își dorise să-i vadă frica.

Era ora 4.12 când se trezi. După gardul de sârmă orizontul tocmai căpăta culoarea cenușie a sosirii zorilor. Soldatul o privea mergând cu pas legănat pe pământul gol, învelită cu prosopul, cu papucii în picioare, cu o geantă cu produse de toaletă la piept.

În zona băii, era singură. El lăsă aburul să pătrundă după paravanul demontabil, apoi intră. Lateralul cabinei se ridica până în dreptul sânilor mici. O perioadă lungă rămase cu fața în jetul de apă, oftând adânc, de parc-ar fi fost gata să plângă. Chiar încerca să plângă. Părea greu să renunțe. Soldatul știa cum se simțea. Știa că renunțarea la mască devenea cu totul nefirească, înspăimântătoare. Se întreba ce-o tulbura pe femeia-detectiv. Dacă putea profita de asta. Secretele erau unelte extraordinare.

Se strecură spre mormanul de lucruri pe care ea le lăsase pe bancă și se ghemui. Îi căută prin telefon. Paginile de internet pe care le vizitase. Pozele, care erau dezamăgitor de puține. Făcu un inventar al articolelor ei de îngrijire. Vitamine și o cutie de diclofenac. Întoarse cutia pe cealaltă parte. Pentru tratamentul inflamațiilor articulare. Băgă cutia în geacă.

Ea își pusese șampon în părul scurt și închis la culoare și stătea cu fața spre el și cu ochii închiși, în timp ce-și zgrepțăna scalpul cu degetele. El îi privi buzele țuguiate, trupul gol. Săpunul care i se scurgea pe burtă și pe picioarele puternice.

Ea se întoarse, iar el întinse mâna și trecu un deget peste părul ud, lăsat să cadă ca o coadă pe ceafa ei.

Ea căscă gura, iar el se ascunse după ușa cabinei. O auzi cum își clătește apa din ochi și cum scuipă. Nu era nimic de văzut. Tot corpul i se încordase de cât era de excitat. Îi văzu mâna ieșind prin deschizătura ușii cabinei, întinzându-se după balsam. El se ridică încet în timp ce ea închise din nou ochii.

El strânse pumnul și-l izbi de ușa cabinei ei.

– Iisuse! țipă ea. În pauza de dinainte să deschidă ușa cabinei, se trase înapoi în abur, apoi se retrase în întunericul de lângă clădirea demontabilă. O ascultă cum oprea dușul înăuntru. Ea deschise ușa și coborî scările, împleticindu-se și ajungând pe pământ. Picioarele i se umplură imediat de nisip.

– Cine-a fost? Cine-i acolo? Ieși, fir-ai al dracului tu să fii de căcat ce ești!

Era spurcată la gură.

Soldatul se ghemui în întuneric. Îi privi mușchii bine definiți ai umerilor mișcându-se, și gâtul suplu. Tremura?

Se hotărî c-avea să fie un recrut bun. Avea s-o pregătească să moară ca lumea.

CAPITOLUL 14

Fusese o noapte foarte zgomotoasă. Din partea cealaltă a paravanului răsunau sforăituri și râsete. Din celelalte donga răsuna muzica. Sperasem că un duș fierbinte avea să mă adoarmă, dar mă agitase și mă făcuse furioasă pe cel care făcuse mișto de mine în întuneric. Urmărisem lumina trecând peste tavan, unde un păianjen-vânător[1] cât palma mea de mare stătea ca o stană de piatră direct deasupra patului meu. Whitt dormea cu spatele la mine. Gulerul pijamalelor lui albastre-închise se vedea deasupra păturii.

M-am rostogolit din pat. N-aveam pe mine decât chiloții. Era ora șapte. Când m-a văzut, s-a înecat și și-a acoperit ochii.

– Moamă!

– Sunt doar niște țâțe! Obișnuiește-te, colega, i-am spus.

În drum spre micul dejun cu omul nostru de legătură de la mină, Whitt mi-a vorbit pe ocolite despre problemele pe care le avusesem. Chiar și după standardele mele, fusesem deosebit de neprietenoasă cu el. Dar ceea ce se întâmpla în Sydney părea să-mi ocupe toată mintea. Făceam

[1] Specie australiană de păianjen de dimensiuni mari denumit astfel pentru viteza și precizia cu care-și omoară prada (n.tr.)

un efort incredibil fie și numai pentru a vorbi cu Whitt. În dimineața aceea stătusem întinsă în pat, în tăcere, uitându-mă pe telefon pe site-urile de știri după noutăți despre Sam, în timp ce el își călca din nou cămășile pe care nenorociții ăia de pe drum i le făcuseră varză.

În două incidente diferite, două fete ieșiseră în față și îl acuzaseră pe Sam că le atacase pe cărări pentru bicicliști, nu chiar în zona râului Georges, ci în suburbiile din împrejurimi. Una dintre fete spunea că îi băgase un băț între spițele roții de la bicicletă și o târâse în tufiș, în timp ce ea sângera și țipa. Se simțea în largul ei vorbind despre asta abia din momentul în care îl găsiseră pe atacatorul ei. Avea șaisprezece ani.

– Se pare că s-au petrecut adevărate drame ieri la telefon, zise Whitt în timp ce ne îndreptam spre sala de mese. Pot să te-ajut cu ceva?

– Nu.

– Sam ți-e prieten, sau...?

M-am oprit. Pentru a doua oară, mi-am dat seama că Whitt ar fi putut fi un spion trimis de echipa lui Nigel din Sydney pentru a mă observa, pentru a afla dacă știam ceva despre presupusele infracțiuni comise de Sam. La urma urmei, cum să-mi fi scăpat? Trebuia să știu toate semnalmentele unui obsedat sexual. Trebuia să fiu expertă în detectarea unui bărbat cu gusturi periculoase. Poate speram să mă apropii de Whitt, să-i mărturisesc că știam, dar nu puteam să-mi părăsesc singurul membru al familiei care-mi mai rămăsese.

Stătea acolo și se uita la mine. Ce înțelegător din partea lui. Ce atent. Ce spectacol reușit dădea.

– Unde spuneai că ți-e sediul de bază? am întrebat. Cine-i partenerul tău obișnuit?

– Perth.

Se întoarse brusc și continuă să meargă.

– Și partenerul?

– Ishmael... Carmody.

– Care-i fostul tău departament? Cine ți-e șeful?

– Bun, am înțeles, spuse el către mine, oftând. Eram doar curios.

– Fă-mi o favoare și păstrează-ți curiozitățile pentru tine, Whitt, bine?

– Nicio problemă.

Salută.

Am pornit după el, traversând mina, urmărindu-i picioarele cum mergeau pe pământ în fața mea. Veselia lui era doar o șmecherie, așa am hotărât. Oricât de mare domn părea Edward Whittacker, știam că nu pot să am încredere în el.

CAPITOLUL 15

Sala de mese era alcătuită din trei clădiri demontabile alăturate, cu mese și scaune pliante. Grupuri de mineri stăteau ici și colo, aplecați asupra unui mic dejun gătit, servit pe farfurii de plastic. Am mers direct la urnele cu cafea și am luat un pumn de pungulițe, aruncând destulă cafea și zahăr într-o ceașcă încât să-mi iau doza de dimineață.

Am simțit o prezență lângă mine în timp ce desfăceam o cutie de lapte. Era un bărbat scund și vânos, cu ochii mici mijiți permanent. Părea că petrecuse ani de zile în soarele din deșert. O mână bătută de vreme se întinse către lada cu cafea și o împinse la loc pe perete.

– Rația de cafea e de două pungulițe pe zi! mârâi el.

– Pardon? am zis.

Pe ecusonul lui scria „Linbacher".

Uniforma lui era diferită de cea a minerilor, cu salopetele lor reflectorizante și cu bocancii lor. Purta o cămașă albă, cu pliuri pe piept. Credeam că-i ceva paznic.

– Rația de cafea, spuse el, rar, de parc-ar fi vorbit cu un copil, e de două... pungulițe... pe zi. Ești bătută-n cap, sau ce-ai?

– Nu, eu...

– Rația zilnică pusă la dispoziție pentru personalul din mină e de două pungulițe de cafea, două de zahăr, două de lapte. Tu ești *vizitatoare* în mină, deci nici nu ești pusă la socoteală la rație. Deja ne-ai băgat pe deficit. Mai și vii aici și bagi în tine cât te taie capul. Mina asta primește mâncare și băutură o dată la treizeci de zile fix. Dacă toată lumea vine-aici și consumă resurse după bunul plac, rămânem fără mâncare. Vrei așa ceva? Hă?

– Da, vreau așa ceva, am spus, tărăgănat. Vreau să rămânem fără mâncare.

– Hai, n-o face pe deșteapta.

– Auzi, prietene, hai, c-aici nu suntem pe Marte, am spus. Nu poți să mergi și tu la Bandya dacă rămâi fără cafea?

– Nu despre asta-i vorba!

Omului începuseră să i se umfle venele de la tâmple, așa că nu m-am mai certat cu el. Dacă făcea vreun atac cerebral din cauza mea, nu eram sigură că mina avea la dispoziție proviziile medicale necesare pentru a se confrunta cu așa ceva. Mi-am sorbit cafeaua cât de zgomotos am putut și l-am lăsat să-și verse nervii.

La micul dejun ne-au servit cu mâncare din penitenciar. Recunoșteam praful de ouă și feliile subțiri de pâine din vizitele la deținuții de la Long Bay Correctional Center[1], unde mergeam să mai găsim piste în legătură cu cazurile de viol. Roșiile prăjite înotau în apă chioară, și în spatele bufeturilor, vedeam conserve de fasole mari cât butoaiele de bere. Linbacher mă urmări îndeaproape în timp ce mă uitam la meniu cu amărâta mea de farfurie în mână.

---

[1] Penitenciar australian deschis în 1909 (n.tr.)

L-am găsit pe Whitt la o masă în apropiere de ferestre, scoţând capacul unei cutii de granola[1] de foarte bună calitate, cu smochine uscate. Avea şi lapte cu termen de valabilitate extins într-o cutiuţă.

– Mare figură mai eşti şi tu, aşa-i, Whitt?

– Cu pregătirea eviţi nenorocirea, zise el.

– Fac pariu că asta ţi-ai tatuat pe cur.

Un miner se îndreptă spre capătul mesei noastre lungi şi trânti un exemplar dintr-un ziar din Perth pe ea. Probabil adusese cineva un teanc din oraş. Pe prima pagină, din câte vedeam, era o fotografie cu Sam la o petrecere de Crăciun de la lucru. Avea zâmbetul lui timid. Titlul era un singur cuvânt: MONSTRU.

Degetele lui Whitt începură să danseze pe masă. Înainte să apuc să descopăr ce anume-l neliniştea, un om mătăhălos într-o uniformă de miner apăru lângă mine.

– Harriet şi Edward?

– Noi suntem.

M-am ridicat şi i-am întins bărbosului mâna. Avea un zâmbet larg şi blând. Părea abia trecut de patruzeci de ani şi era chipeş, cam cum erau fermierii şi oamenii din deşert, care parcă emanau puterea pământului prin toţi porii.

– Eu sunt Gabe Carter, spuse el. Pe puştiul meu îl căutaţi voi.

– Puştiul tău? întrebă Whitt.

– Păi, ştiţi, aşa mi se pare uneori, spuse Gabe. Puse o cască albă de protecţie pe masă.

– Eu am fost şeful diviziei lui Danny Stanton. Am douăzeci de tineri sub supraveghere la mină. Lucrează pentru

[1] Mix de cereale pentru micul dejun, bogate în nutrienţi (n.tr.)

mine, şi vin la mine cu problemele lor, fie personale, fie de altă natură. Orice au nevoie, la mine vin. Şi aşa o să trebuiască să fie şi în cazul vostru cât sunteţi la mină.

– De ce?

Am înclinat capul.

– Păi, spuse el râzând, apoi îşi luă o mină mai serioasă, pentru că nu vă vrea nimeni pe-aici.

CAPITOLUL 16

– Șefii minei parc-au intrat pe avarii, spuse Gabe. Acum două luni a fost un reportaj la *60 Minutes*[1] în care apăreau câțiva mineri din mina asta. Era vorba despre minerit și zborurile dus-întors, și greutățile vieții de miner.

– Zboruri dus-întors? am întrebat.

– ZDI le zic ei. Cele mai multe ture sau „schimburi" sunt alcătuite din trei săptămâni în tabără și o săptămână acasă. Aproape că n-avem muncitori permanenți în tabără. E mai ieftin ca mina să funcționeze așa, cu mineri care zboară dus-întors în și din orașele mari, decât să se pună bazele unui oraș minier în sine. Aici totul e temporar. Când se termină resursele, toată mina merge pur și simplu mai departe.

– Păi și ce-au spus în emisiune care să fi făcut atât de mult rău? întrebă Whitt.

– Păi, ăștia de la *60 Minutes* s-au concentrat mai mult pe partea întunecată a lumii mineritului. Pe droguri. Pe iepurașii marsupiali. Pe sinucideri. Șefii minei nu mai vor

---

[1] Emisiune de știri australiană transmisă pentru prima dată în 1979, ca derivat al emisiunii americane omonime lansate de postul CBS cu nouă ani mai devreme (n.tr.)

publicitate negativă și sunt siguri că voi doi o veți aduce, indiferent că aflați sau nu ce s-a întâmplat cu Danny.

Am aprobat amândoi din cap.

– Ce crezi *tu* că s-a întâmplat cu el? am întrebat.

Whitt scosese un carnețel și lua notițe în timp ce Gabe vorbea.

– Nu știu. N-am nici cea mai vagă idee. Mulți de pe aici încearcă să-mi dea de înțeles c-ar fi fost vorba despre o sinucidere. Dar eu nu văd de ce.

Ridică din umeri.

– Era un tip destul de optimist.

– Sunt multe sinucideri în mină?

– Stilul de viață însuși contribuie la asta, spuse Gabe. Izolarea. Singurătatea. Unii dintre membrii echipei mele mi-au spus de-a lungul anilor că slujba asta devine un ciclu din care nu mai găsesc scăpare. Aici sunt plătiți bine și au o slujbă asigurată, și când sunt plecați nu trebuie să cheltuiască nici măcar un dolar dacă nu vor. Cazarea, mâncarea, uniformele, toate sunt plătite. Mulți vin aici fără pic de experiență. Renunță la liceu.

Am privit prin jur. Avea dreptate. Mulți dintre minerii care stăteau în jurul nostru erau încă destul de tineri ca să aibă coșuri. Unul dintre ei, care stătea aproape de noi, avea aparat dentar complet.

Gabe continuă:

– Unii dintre mineri au familii tinere, și când își văd contul bancar după prima tură, înnebunesc. Își cumpără case mari, mașini mari, iar iubitele lor dau de căldurică și încep să facă copii. După câteva luni, băieții încep să obosească. Vor să renunțe, dar familiile lor au nevoie de ei. Au niște ipoteci și niște rate la mașini nebunești. Părinții lor sunt foarte mândri de ei c-au reușit în viață. Dacă pleacă de-aici, au parte de un volum de muncă dublu, cu o treime din plata actuală.

– Multă presiune, am spus.

– Și ce mai resimt ei presiunea asta! aprobă Gabe. Și bineînțeles că nu spun nimănui că se simt dezorientați, pentru că nu vor să pară niște tolomaci. Uneori, e pur și simplu prea mult pentru ei.

Whitt părea distras de ziarul din capătul mesei. Se întinse și-l întoarse pe partea cealaltă în timp ce Gabe vorbea, astfel încât să se vadă ultima pagină, pagina de sport. Fusese un gest fugar, menit să scape vederii. Nu mi-a scăpat.

– Șefii minei n-au vrut deloc o anchetă în legătură cu ceea ce i s-a întâmplat lui Danny, spuse Gabe. Eu tot mergeam la ei și le spuneam ce mă îngrijorează, iar ei îmi ziceau că probabil renunțase la slujbă. Că o luase razna și plecase de nebun în deșert. Unii dintre ăștia de-aici fac chestia asta destul de des. Dacă nu merg acasă de câteva ori, încep să o ia razna. Izolarea îi afectează la nivel mental.

– Danny a ratat vreun drum spre casă? întrebă Whitt.

– Nu.

– Vi s-a părut că îl afecta izolarea?

– Nu, repetă el. Mie nu. Părea un copil normal, vesel. Sunt ca un tată sau ca un frate mai mare pentru ei. Îmi dau seama când se întâmplă ceva. Le tot spuneam șefilor că e nevoie de o anchetă. Dar nu reușeam să-i fac să înțeleagă.

– Și ce s-a schimbat?

– Am mai pierdut doi mineri, spuse Gabe.

CAPITOLUL 17

Gabe ne scoase din sala de mese în lumina dimineții. În mină era agitație; minerii treceau de noi în drum spre intrarea principală, unde era ținută o ședință de informare pe tema securității.

– De fapt, Hon Lu a dispărut acum două luni, spuse Gabe. Dar n-am știut până acum. La fel ca Danny, a dispărut pur și simplu într-o noapte.

Îmi dădu fotografia xeroxată a unui tânăr asiatic așezat la masă în ceea ce părea a fi o cafenea în aer liber. Își ascundea zâmbetul timid sub o șapcă deschisă la culoare, cu drapelul Australiei, de genul celor oferite gratuit cu ziarul de Ziua Australiei[1].

– De unde-ai luat-o pe-asta? l-am întrebat. Ai originalul?

– Am copiat-o după o poză pe care-am găsit-o pe peretele din camera lui Hon. Am crezut de cuviință să las camera așa cum era.

Se foi, stânjenit.

– Știi ce zic. În caz că aflăm că e, ăăă...

– Locul crimei.

---

[1] Ziua Națională a Australiei este sărbătorită în fiecare an pe 26 ianuarie. (n.tr.)

– Îhî.

Gabe își feri privirea.

– Cum de v-au trebuit două luni ca să vă dați seama că lipsea? întrebă Whitt. Era de-al vostru?

– Da, de-al meu era. Echipa mea principală e alcătuită numai din oameni din construcții, dar am un grup mic de personal de la depozite în grijă. Hon se ocupa de depozitarea alimentelor. Am întrebat oamenii din jur despre Hon în dimineața în care trebuia să se prezinte la lucru, dar prietenii lui din mină mi-au spus c-a dispărut.

– De ce să fi spus asta dacă nu era adevărat? întrebă Whitt.

– Zvonurile se răspândesc mai repede ca fulgerul prin părțile-astea. E posibil să fi crezut cineva că plecase de unul singur și să fi presupus toată lumea că dispăruse.

– Când nu s-a prezentat la lucru, ați verificat să vedeți dacă spusele celorlalți băieți erau adevărate?

– Am trimis alerte, să fie căutat prin mină. Sistemul de anunțuri ocupă tot locul ăsta, chiar și jos în mine. Uneori, ăștia se îmbată sau se droghează în donga și adorm pe jos, deci mă-ntrebam dacă nu cumva zăcea pe undeva și aștepta să fie găsit.

– Așa era și Hon? Mai întârziase la lucru din motivul ăsta înainte?

– Nu. Dar cred că pentru toate există un început.

– Și ce s-a întâmplat în urma alertelor?

– Nimic. Nu era nici urmă de el. Cineva a spus că l-a văzut îndreptându-se spre oraș cu o noapte înainte. Se fac drumuri regulate până-n oraș noaptea. Merg și se întorc unii cu mașinile altora.

– Ați verificat la hotelul din oraș să vedeți dacă înnoptase acolo? încercă Whitt.

– Am verificat. Nu era acolo.

– Atunci ce s-a întâmplat?

– Am uitat pur și simplu de asta. Știu că e o prostie, dar mă obișnuisem deja cu faptul că oamenii plecau când voiau.

Gabe miji ochii la deșertul roșu, cu mâinile în buzunare.

– Muncitorii ăștia tineri vin la lucru câteva săptămâni sau luni, după care dispar.

– Și nu există niciun sistem prin care să li se dea de urmă?

– E ca la oricare altă slujbă, datoria șefilor minei de-a avea grijă de mineri încetează atunci când aceștia părăsesc mina. Șefii-mi spun asta mereu – dacă nu sunt la mină, nu sunt problema noastră.

– Corect, am spus. Ce drăguți par ăștia.

– Păi, cred că-i preocupă numai timpul și banii, ca pe majoritatea șefilor.

Gabe ridică din umeri.

– Dacă s-ar porni pe urmele minerilor, s-ar consuma foarte mult timp. Îi suni pe telefon și nu răspund. Lași e-mailuri. Le suni pe soțiile sau pe iubitele lor, și ele nu știu unde s-au dus. Începi să intri în panică. Suni la poliție, la părinți, la prieteni. Pe urmă, după ce te-ai căcat pe tine de grija lor timp de patruzeci și opt de ore, afli că-s în Darwin sau în Fremantle, sau Dumnezeu mai știe pe unde. „Aaa, m-am săturat dă muncă, șefu'! Nu-i dă mine! M-am întâlnit cu niște amici vechi pe-aici prin Freo și ne-am făcut veacul p-aici și ne-am îmbătat. Mă întorc curând acasă.“ Cu fetele e și mai rău.

– De ce? întrebă Whitt.

– Băieții își îneacă singurătatea în băutură. Fetele îi fac față agățându-se de câte-un băiat. Când se despart de iubiții lor de-aici din mină, fetele pleacă acasă fără să spună o vorbă nimănui.

– Și când ați știut sigur că Hon dispăruse? am întrebat.

– Am crezut ce mi-au spus băieții, că se săturase pur și simplu și plecase acasă. N-am chemat pe nimeni să verifice; l-am scos de pe statul de plată și am dat slujba și patul lui altcuiva. Pe urmă, două luni mai târziu, mă sună părinții lui. Îmi spun că el îi suna în fiecare lună și nu i-a sunat. N-au aflat nimic. Am încercat din nou să-l sun pe Hon, dar numărul era deconectat.

– Și-acum vrei să ne spui că lipsește un al treilea?

– Da.

Gabe îmi dădu o altă fotografie. Fotografia unei tinere scunde, pistruiate, cu părul portocaliu-deschis.

– Tori King. Nouăsprezece ani. Sora ei e aici, la mină. Amy King și-a tot bătut la cap șeful de divizie în legătură cu Tori trei zile. Spunea că sora ei n-ar fi plecat fără să-i spună că pleacă. Șeful diviziei lui Tori a făcut ce-am făcut și eu când ea nu s-a prezentat la lucru: a căutat-o, n-a reușit s-o găsească, și nu și-a mai bătut după aceea capul cu ea. Am aflat că Tori a dispărut abia după ce am început să le pun întrebări celorlalți șefi de divizie.

– Povestea ăsteia care e?

Whitt ținea fotografia lui Tori la umbra unei donga.

– A dispărut de la mină. Asta e tot ce știu. Fusese în oraș în ziua aceea, dar la patru după-amiaza s-a întors în mină, și niciuna dintre camerele de supraveghere de la porțile de ieșire din mină n-a surprins-o plecând din nou.

– Unde-a fost văzută ultima oară în mină?

– În camera de recuperare. Le-a zis celorlalți că se duce la culcare și a ieșit pe ușă în întuneric. A fost ultimul semn pe care ni l-a dat.

CAPITOLUL 18

Gane ne lăsă în fața dongăi lui Danny Stanton și plecă într-o dubă. Voiam să-l întreb mai multe despre ce fel de oameni frecventau mina fără să fie mineri – Richie și gașca lui, prostituatele –, dar era zi de lucru, o zi pe care șefii lui n-aveau să-l lase s-o piardă ca să ne ajute pe noi.

I-am privit duba cum se îndepărta, cu parbrizul din spate spart și plin de praf. Whitt începuse deja să transpire în arșița uscată. Cămașa business strâmtă pe care-o purta i se îndepărtase de piept.

– Triunghiul Bermudelor pentru mineri, spuse el, privind spre orizontul roșu, întrerupt doar de mănunchiuri de plante deșertice țepoase. Nu știu unde mi-ar plăcea să mor, dar știu sigur că nu aici.

– Nu știm sigur că Hon și Tori s-au dus acolo, am spus. O să sun la secție la Sydney, să cer să le fie verificate conturile bancare, numerele de telefon și adresele de e-mail.

– Bun plan. Ai putea să-l adaugi și pe Danny la căutare. Să vezi cu cine interacționa în zilele dinaintea dispariției, sugeră Whitt. Poate și-o fi făcut intențiile cunoscute cuiva.

Am intrat în donga și am găsit-o împărțită în trei, ca pe a noastră. În părțile din dreapta și din mijloc nu erau oameni. Pe paravanele de lângă paturi fuseseră agățate fotografii de familie, orare de muncă și poze cu femei goale. În secțiunea din stânga, am găsit un miner care zăcea întins pe pat cu căștile în urechi și citea o revistă despre mașini. Deasupra capului lui atârna un poster cu o femeie blondă goală, cu picioarele larg desfăcute și cu degetele deasupra sexului ei fără păr.

– Fain așa! am spus.

Tânărul miner se ridică și-și smulse căștile din urechi.

– Asta-i soră-ta? am întrebat, făcând un semn cu capul spre poster.

– Ce? Nu! Tu cine pana mea mai ești?

– Detectiv-inspector Harry Blue, de la Infracțiuni Sexuale. El e detectiv-inspector Whitt, de la Pregătire și Ordine.

Whitt oftă.

– Ăsta e patul lui Danny Stanton? am întrebat, arătând spre patul gol.

– A fost.

Patul lui Danny era exact ca al meu, dar fusese golit de tot. Pe pereți erau câteva fotografii personale, dar rămăsese o gaură mare unde fusese în mod evident un poster. Un dulăpior standard cu sertare, pus la dispoziția fiecărui miner, stătea la capătul patului lui, lipit de perete. Când l-am deschis, am descoperit că și acesta era aproape gol. Erau câteva lucruri rămase în urmă – un teanc de formulare cu măsuri de protecție, câteva benzi elastice și un deodorant gol.

– Unde-s lucrurile lui Danny? l-am întrebat pe un coleg de cameră.

– Așa erau când am ajuns aici, spuse tânărul. N-am pus io mâna pă nimica.

Am așteptat o secundă ca minerul să schimbe placa. Văzând că nu zicea nimic, m-am îndreptat cu pași mari spre el, l-am apucat ca lumea de păr și l-am ridicat cu forța din pat.

– Unde. Sunt. Toate. Lucrurile?

– Harry!

Whitt mă apucă de braț.

– Jur că dispăruseră toate când am ajuns io aicea! se văicări tânărul miner. Ăștia-ți iau catrafusele dacă pleci. Așa-s regulile. Le lași în urmă și pot să ți le ia. Când s-a aflat că Danny a murit, au curățat ăștia tot pe-aici.

– Cine?

– Toți!

Se răsucea, încerca să-și scoată capul din strânsoarea mea.

– Oricine! Lumea intră și iese mereu din mină! Lasă haine și reviste și tot felul de căcaturi când pleacă acasă, și ăștia le iau dacă-s bune dă ceva!

– Tu ai luat ceva?

– Nu! Ba da! Băga-mi-aș, i-am luat iPod-ul!

Făcu un semn cu mâna spre dispozitivul de pe patul lui. Și niște reviste cu prostii. Și vreo două tricouri.

I-am dat părul pe spate.

– Ce mai era pe-acolo? Ceilalți ce-au luat?

– Telefonul și portofelul lui erau aici, gâfâi minerul. Cineva le-a luat. Erau și niște bani și niște cărți.

– Cine-a luat portofelul și telefonul?

– Nu știu.

L-am apăsat cu bocancul pe picior.

– Nu știu! Să-mi bag!

– Unde-au ajuns toate lucrurile pe care nu le-a vrut nimeni? întrebă Whitt din pragul ușii.

– Dacă nu le vrea nimeni, ajung la departamentul de obiecte pierdute.

– Unde-i departamentul de obiecte pierdute?

– În clădirea biroului administrativ! Încetează! Doare!

L-am îmbrâncit pe miner și l-am doborât la podea. Nu mai aveam ce să aflu stând în fosta cameră a lui Danny. Am adunat toate fotografiile personale de pe peretele lui Danny și le-am băgat în buzunar.

– Scapă de posterul ăla, i-am spus tânărului miner, arătând cu degetul spre afișul de deasupra patului lui. Nu-ți face bine. Te uiți toată ziua-n scorburica fetei. Perversul dracului.

Whitt prinse ușa dongăi în timp ce încercam s-o trântesc.

– Scorburică?

Zâmbi.

– Ăștia-s niște animale.

Am făcut un semn cu mâna spre minerii care treceau pe-acolo.

– Dispare un om pentru câteva zile și-i dau năvală printre lucruri ca hienele. Presupun c-au scotocit și prin camerele lui Tori și Hon. Ceea ce înseamnă că avem trei tineri dispăruți și niciun semn c-ar fi fost vreodată aici.

CAPITOLUL 19

Am văzut camerele lui Tori şi Hon şi am găsit aceleaşi semne că le răvăşise cineva lucrurile. Tot ce era-n sertare fusese golit pe podeaua camerei lui Tori, în care stătuse doar ea. Nu-i mai rămăsese decât o grămăjoară de obiecte ciudate, perii de păr şi nişte resturi de hârtie. Am adunat fotografiile lui Hon şi Tori şi le-am pus în teancuri lângă ale lui Danny.

În drum spre biroul administrativ, l-am sunat pe Tataie, lăsându-l pe Whitt s-o ia înainte printre rândurile de excavatoare şi compresoare din curtea de transport. M-am oprit în timp ce telefonul suna la Sydney şi am urmărit doi tineri mineri cum se îmbrăţişau în umbrele lăsate de maşinăriile înalte de excavat. Căştile de protecţie li se ciocniră când se apropiară să se sărute.

– Blue, spuse Şeful când răspunse.

– Nu ştiu în ce văgăună mizerabilă m-ai băgat, Tataie, dar chiar te-ai întrecut de data asta, am spus.

– Bună şi ţie.

– Nu pot să-mi dau seama dacă-i grădină zoologică sau liceu. Nimeni n-are peste treizeci de ani. Pun muzică de rahat toată noaptea şi nu-i interesează câtuşi de puţin să-şi găsească tovarăşii. Lucrurile victimelor au fost toate furate. Toţi oamenii din tabără sunt cu mintea la droguri sau la pornoşaguri, şi dorm atât de aproape de partenerul meu, că aş putea să-l dobor din pat.

– Mai ai și-alte plângeri?

– Mâncarea e naşpa. Şi văd... văd tot felul de ciudăţenii despre Sam la ştiri.

Bravada îmi dispăru în timp ce vocea-mi tremura rostind numele fratelui meu. M-am întors în partea cealaltă când Whitt îmi aruncă o privire.

Petrecusem primele ore ale dimineţii ascultând respiraţia lui Whitt, care dormea, şi gândindu-mă la Sam. Îmi închipuiam cum ar fi fost să-l sun, ce avea să-mi spună când luam în sfârşit legătura.

„N-am făcut eu asta, Harry."

„Au înţeles totul greşit."

Abia aşteptam să îmi aud fratele spunând cuvintele astea, prezentându-se drept cineva cu totul diferit de monstrul care apărea pe primele pagini ale ziarelor.

„Spune-mi că nu le-ai atacat tu pe femeile alea, Sam. Spune-mi că nu le-ai răpit, că nu le-ai torturat, că nu le-ai violat. Spune-mi că nu le vânai. Că nu eşti ceea ce spun ei că eşti."

– Avem trei tinere care-au lansat acuzaţii recente împotriva fratelui tău, spuse Şeful. Spun că le era frică să iasă în faţă înainte, dar au prins curaj acum, că l-au văzut pe prima pagină a ziarelor şi ştiu că e el. A treia tocmai s-a aşezat să facă raportul. Unele obiecte relevante au fost confiscate din apartamentul lui azi-noapte. Mostre ADN şi alte asemenea probe au fost prelevate, atât de la Sam, cât şi de la femeile care-au lansat acuzaţiile. Ne organizăm probele pentru a-l pune oficial sub acuzaţie. În momentul de faţă, e în faza de procesare. Asta-i tot ce pot să-ţi spun.

– Cine sunt femeile astea? Ce spun?

– Blue, ți-am zis că asta-i tot ce pot să-ți spun.

– Vreau să vorbesc cu el. Vreau să vorbesc cu avocatul lui și să văd dosarul lui Nigel despre caz. Cine-l reprezintă pe Sam? Vreau numărul lui.

– Harriet, când vine vorba de cazul ăsta, tu ești membru al familiei acuzatului.

– Sunt singurul membru al familiei lui!

– Ascultă-mă. Ești membru al familiei, și asta înseamnă că nu ești polițistă, spuse Tataie. Nu poți să mergi și să ceri să vorbești cu lumea. Nu poți să mergi și să ceri dosare. Trebuie să păstrăm integritatea acestei anchete, și asta înseamnă că trebuie să stai la rând și să aștepți, ca oricare alt civil.

– Să aștept la rând? Aștept în *beznă*, Tataie. Aștept în beznă, la dracu-n praznic.

– Așa-i. Mă bucur că aștepți. Că dac-ai fi aici, ai sparge uși cu picioarele și-ai lua jurnaliștii la pumni, spuse el.

Avea dreptate. Când vorbi din nou, vocea i se îmblânzi.

– O să te sun în momentul în care ni se permite orice legătură. Fie cu Sam, fie cu avocatul. Îți promit asta. Bine?

Am cerut numerele de telefon, adresele de e-mail și conturile bancare ale lui Hon, Danny și Tori și l-am auzit pe Șef notându-și toate astea. În fundal se auzeau sunetele cunoscute din biroul meu. Telefoane și voci scăzute. Dacă aș fi fost la Sydney cu douăzeci și patru de ore înainte, n-aș fi avut deloc parte de liniște. Îmi fierbea pielea de furie. Îmi rosesem unghiile până la sânge.

Whittacker stătea pe treptele biroului administrativ, admirând macaraua uriașă care marca mijlocul minei, o structură înaltă cât un bloc cu paisprezece etaje, care putea ridica clădiri demontabile cu totul şi le putea muta dintr-o parte-n alta a minei.

– Încă un lucru înainte să plec, i-am spus Şefului. Nigel a pus pe cineva să stea cu ochii pe mine?

– I-am oferit lui Nigel putere absolută asupra acestui caz, din punct de vedere administrativ, Blue, spuse Şeful. Manevrele sale de supraveghere depind cu totul de el.

„Deci răspunsul e *da*“, m-am gândit.

CAPITOLUL 20

Într-un dulap din biroul administrativ Whitt și cu mine am descoperit rafturi întregi de obiecte abandonate, etichetate după data la care sosiseră. Cele mai vechi erau pe raftul de „șase săptămâni". Erau obiecte pe care se pregăteau să le arunce de tot. Niciunul dintre ele nu-i aparținea lui Hon. Am început să scot obiecte de pe rafturile mai recente și să le împrăștii pe podea, categorisindu-le. Erau tipare în obiectele pe care minerii le lăsau în urmă. Femeile lăsau chiloți, tricouri și produse cosmetice. Bărbații lăsau reviste, echipamente sportive și încălțăminte. Mai erau și unele excepții – un set Monopoly pe care Whitt îl studie mult și bine, o trompetă și niște hârtie de origami.

Am luat un caiet de pe raftul cu „două săptămâni" și l-am deschis. Nu era niciun nume pe el, dar am recunoscut scrisul stângaci, pătrățos, al lui Danny, de pe formularele de pregătire pe care le lăsase în urmă în donga lui.

– Ăsta-i el, am spus, așezându-mă.

Whitt se ghemui pe podeaua prăfuită, lângă mine, să nu-și murdărească dosul pantalonilor.

Am simțit furnicăturile din degete pe care le simt când am impresia că am descoperit ceva important în legătură cu un caz. Adrenalina mi se urcă până-n gât. Toți polițiștii simt asta la un moment dat. Îl privesc pe criminal în ochi. Găsesc cuțitul plin de sânge. Iar adrenalina le năvălește în vene, amețitoare ca un drog.

Primele câteva pagini erau pline de notițe despre ședințe de siguranță ținute la sosirea lui Danny în mină. Apoi erau liste de scoruri și inițiale în ceea ce păreau a fi clasamente la fotbal. Era un desen rudimentar cu un miner care fuma un joint gros și inevitabilele pagini cu desene cu femei goale pe care le găsești în jurnalele școlarilor. Cred că n-a trecut chiar atât de mult de la anii adolescenței lui Danny.

Apoi, chiar pe ultima pagină, un rând de cuvinte.

Criminal. Întuneric. Vânător. Răzbunare.

CAPITOLUL 21

Soldatul stătea în partea din spate a limuzinei, înghesuit pe al treilea rând de scaune, cu picioarele întinse și cu mâinile în poală. Îi era ușor să-și aducă aminte de strategiile de care se folosise în regiunile ierboase din afara Kabulului, când era santinelă în tabăra lui, în nopțile caniculare. În seriale santinelele se plimbă ici și colo, fumează și stau de vorbă, dar în realitate, un paznic bun e invizibil și mortal, ca un șarpe. Stătea cu mâinile pe coapse și cu capul ridicat, urmărind și cea mai mică tresărire. Nu mișca din cap decât dacă trebuia s-o facă. Brațele îi rămâneau neclintite, iar respirația îi era ritmică. Era stană de piatră.

Detectivii se apropiau cu pași greoi. Vehiculul se legănă în timp ce urcau pe locurile din față, cam la un metru de locul în care stăteau.

Începură să conducă, iar Soldatul închise ochii și încercă să detecteze respirația femeii peste uruitul cauciucurilor. Corpul îi zvâcni și i se încordă la auzul vocii lui. Își aminti cum stătea întins la umbra unui copac în deșertul din Janda[1], vânând oameni care coborau de pe versantul muntelui cu carabina lui Barrett. Furnici negre, uriașe îi

---

[1] Oraș din provincia afgană Ghazni (n.tr.)

ajunseseră pe degete, peste ceafă. Nu mişcase nici măcar un muşchi.

Darul liniştii era bun şi pentru lupta corp-la-corp. Plutonul lui străbătuse în linişte aleile din Peshawar[1], în serile înmiresmate, în misiuni de recunoaştere pentru câte-un singur agent. În spaţii strâmte, înconjuraţi de acoperişuri păzite de soldaţi inamici, le era imposibil să folosească armele de foc. Morţile tăcute erau de ajuns. El fusese cel care introdusese metoda strangulării cu un fir în plutonul său. Firul era pur şi simplu trecut peste capul victimei, într-o buclă, şi smucit şi strâns tare. Dacă era tras destul de puternic şi de repede, banda groasă, transparentă presa toată traheea, blocând aerul în plămâni înainte ca victima să fie forţată să-l scoată cu un ţipăt. Strangularea era de obicei o moarte foarte zgomotoasă şi spectaculoasă, din cauza slăbiciunii mâinilor omeneşti.

Singura problemă era doborârea soldatului inamic înainte de a apuca să fugă. Era strâns de gât cu o forţă nebunească. Dacă reuşeai să-i dobori destul de repede, după cum îi spunea el ofiţerului său superior, se concentrau pe a lua aer, înainte să fugă.

Soldatul îi ascultă pe detectivi vorbind şi se gândi ce s-ar fi întâmplat dacă s-ar fi furişat peste bancheta din spatele lui şi ar fi pus un fir în jurul gâtului detectivului Whittacker. Care ar fi fost prioritatea detectivului Blue? Salvarea partenerului său sau menţinerea maşinii pe şosea? Cărei vieţi îi era ea devotată – vieţii partenerului său sau propriei vieţi?

„Interesantă mai e şi loialitatea asta pe timp de război", gândi Soldatul.

---

[1] Oraş din Afganistan, aproape de graniţa cu Pakistanul (n.tr.)

CAPITOLUL 22

Am ocupat o masă în colțul barului aglomerat, punând două pahare de vin roșu între noi. Barul, una din doar trei clădiri care alcătuiau orașul Bandya, era bine echipat, cu televizoare uriașe pe care se vedea meciul de fotbal, cu canapele comode și cu aparate cu fise pline de gustări care nu se găseau în mină.

Prețurile erau ceva de groază. Simțeam o vină cumplită pentru că dădusem pe-un pahar de vin cât aș fi dat la Sydney pentru o sticlă. Dar apoi mi-am dat seama că un sentiment ciudat, de tulburare, mă apăsase, fără să aibă vreo legătură cu vinul. Aveam un gol în stomac. Mă simțeam urmărită, și mi-am dat seama că instinctele mele mă avertizau în legătură cu trădătorul de lângă mine, cu străinul care poza în partenerul meu.

Un pachet de medicamente antiinflamatorii pe care-l aveam mereu la mine îmi lipsea din geanta de toaletă. Știam că aveam medicamentele când sosisem la mină. În anii de experiență ca boxer, cu câteva lupte aprige în palmares, resimțeam durerile datorate unor încheieturi lovite și rupte. Când ploua, încheieturile și pumnii îmi ardeau de durere și se umflau. Se puteau întoarce oricând împotriva mea. Medicamentul era cu rețetă, deci mă enervasem rău pe cine mi-l luase. N-aveam cum să-l înlocuiesc tocmai în mijlocul pustietății.

Gabe Carter sosi. Stătea la bar cu câțiva prieteni și se uita la meciul de fotbal, cu o bere rece în mână. Pe față îi apăru un zâmbet binevoitor auzind gluma prietenului său.

– Bine, măi, i-am spus lui Whitt. Hai să vedem ce-i cu minerii ăia dispăruți.

Am pus fotografiile lui Danny, Hon și Tori pe masă.

– Ce știm?

– Păi, dacă ne uităm după vreun tipar, nu prea știm nimic din ce avem, spuse Whitt. Hon e vietnamez, dar ceilalți doi nu sunt, deci un motiv rasial pică. Nu există vreun tipar legat de gen. Sau vreo fixație pe o anumită vârstă. Tori avea nouăsprezece ani, Danny douăzeci și unu, iar Hon treizeci și unu. Nu au trecuturi asemănătoare. Hon avea o situație materială foarte bună, Danny era un băiat obișnuit din clasa muncitoare, iar Tori provine dintr-o familie care s-a obișnuit de mult să obțină ilegal ajutoare sociale.

– Ai reușit să iei legătura cu familiile lor? am întrebat.

– Am sunat în după-amiaza asta la familiile lui Danny și Hon, răspunse Whitt. Sunt distruși, bineînțeles. Părinții lui Tori n-aveau un număr stabil. Va trebui să luăm mâine legătura cu soră-sa și să vedem care-i treaba cu adevărat.

– A pomenit careva dintre membrii familiei ceva de starea lor psihică ultima oară când au vorbit cu ei?

– Părinții lui Han mi-au spus că el e o fire destul de puternică și că dac-ar fi avut vreo problemă nu le-ar fi împărtășit-o. Sora lui Danny a zis că părea cam neliniștit, dar nu știa exact de ce. Nu dăduse vreun motiv clar. Am întrebat-o ce credea că înseamnă cuvintele scrise în caiet. Mi-a spus că habar n-are.

Gabe se îndreptă spre masa noastră și se așeză lângă mine, aliniind fotografiile minerilor dispăruți în fața lui. Prin ferestrele de lângă noi, l-am zărit pe Richie stând la o distanță ceva mai mare de clădire, cu doi membri ai găștii lui și fumând la lumina verandei.

– Ce vești avem, echipă? întrebă Gabe.

– Avem vești nasoale rău, am răspuns. Nu știm cum a murit Danny, sau dacă Hon și Tori au murit de fapt. Așteptăm un raport de la Medicină Legală, pe care-o să-l primim din Perth și numerele de telefon, adresele de e-mail și conturile din bancă ale tuturor celor trei, care-o să vină din Sydney. În momentul ăsta, n-avem nici cadavre, nici suspecți.

– O, Doamne, spuse Gabe.

– Păi, hai să vorbim despre suspecți, am spus eu.

M-am întors și am arătat cu degetul spre Richie, pe fereastră.

– Vreau să știu tot ce știți despre ăla de-afară.

CAPITOLUL 23

Gabe privi pe fereastră spre Richie.

– Richie? Ăsta-i traficantul de droguri din mină.

– Aveți un traficant de droguri desemnat?

– Păi, cred c-au mai fost ceva rivali în trecut, spuse Gabe. Dar e mai frumos și mai curat să avem doar un traficant care să aprovizioneze toată mina. Lucrurile nu fac decât să iasă urât dacă sunt mai mulți tipi care se ocupă de treaba asta.

– Păi și cum de sunt de acord grangurii ăștia mari cu faptul că există un traficant de droguri pe-aici?

– Păi, na, unii se mai droghează.

Gabe ridică din umeri.

– E o realitate. Dacă nu au aici pe cineva care să-i aprovizioneze, aduc din Perth sau cu avionul din Sydney. Astfel, riscurile ca mina să rămână fără mineri din cauza arestărilor și să primească mai multă atenție nedorită cresc simțitor.

– Păi și șefii sunt de acord cu asta, pur și simplu?

– Nu sunt *de acord*, dar nu fac niciun efort ca să oprească fenomenul. Se întâmplă, și o să se întâmple, fie că șefilor le place sau nu. Iei un grup mare de oameni, îi izolezi și-i lași fără absolut nimic de făcut în timpul liber.

Se-apucă de droguri. Se întâmplă în armată. Se întâmplă-n închisori.

– Richie și gașca lui ne-au oprit pe drumul de la intrarea în Bandya, spuse Whitt.

– A, da, ei fac de-astea. E Salutul Paznicilor Deșertului[1]. Am auzit că dacă prind oameni care călătoresc, îi jefuiesc. Dacă prind oameni care vin spre mină, de obicei îi lasă în pace – dar transmit un mesaj, să nu se ia vizitatorii de ei. Richie și-o fi dat seama că erați în drum spre mină, nu?

– Nu, și-a dat seama că suntem polițiști, am zis.

Gabe râse.

– Ce penibil trebuie să fi fost.

– Chiar a fost. Îl știi bine p-ăsta?

– Nu, spuse Gabe. N-am de-a face cu el. Sunt prea bătrân pentru rahaturi de-astea. Am prea multe responsabilități pe cap.

Pe ecranele televizoarelor apăru un buletin de știri, înlocuind terenul verde de fotbal cu griul rece al unui studio de știri. Whitt lăsă paharul jos și se ridică, îndreptându-se direct către baie.

Primul reportaj era despre Sam. Îmi era teamă să mă uit. Am închis ochii și am ascultat.

– În această seară, vă prezentăm în exclusivitate pe canalul 10 mai multe informații recent ieșite la iveală despre trecutul sumbru al lui Samuel Jacob Blue, spunea reporterul. Stăm de vorbă cu un părinte adoptiv pe termen lung al lui Blue și al surorii sale, și vă dezvăluim copilăria traumatizantă a celor doi în grija statului.

Am cedat și am privit. Erau fotografii cu mine și cu fratele meu în copilărie, jucându-ne în curtea câte unei

[1] În original „The Bushranger's Outback Welcome" (eng., n.tr.)

familii adoptive. Nu-mi aduc aminte prin câte case ne-am plimbat când ne-au scos din dugheana infectă de drogați în care ne ținea mama noastră. O imagine cu ea apăru brusc pe ecran. Am încercat să-mi aduc aminte de ea, dar nu-i vedeam decât brațele slăbănoage și nu-i auzeam decât cuvintele împleticite, ca printr-o ceață. Aveam trei ani când m-au luat de-acolo. Sam avea șapte. Nu ne cunoșteam tatăl.

Am încremenit când mi-am retrăit trecutul timp de treizeci de secunde în prezentarea reportajului. Toți ochii din bar erau ațintiți asupra trecutului meu, a intimității mele. Din fericire, nu erau fotografii recente cu mine, și nimeni nu părea să facă legătura cu numele meu de familie. Știam că era doar o chestiune de timp până când cineva avea să o facă.

Când am deschis ochii, mi-am dat seama că Gabe nu era atent deloc. Se uita afară, la Richie și la oamenii lui. Lumina apusului care pătrundea prin fereastră îi scălda părul roșcat-închis. Privindu-l pe uriașul din fața mea, am simțit un val nefiresc de recunoștință luându-mă parcă pe sus.

„Mulțumesc că nu m-ai recunoscut“, mă gândeam.

CAPITOLUL 24

Gabe mi-a propus să vorbesc cu „iepurașii marsupiali“ din mină, care ar fi putut să afle câte ceva despre dispariții discutând cu minerii în pat. Am ieșit repede din bar și am intrat în veranda unde erau adunate prostituatele, departe de ediția specială a știrilor în prime-time despre viața mea.

– Bună seara, doamnelor. Detectiv Harry Blue, Infracțiuni Sexuale... și Persoane Dispărute, pentru moment. Poate și Omucideri. Dracu' mai știe.

– Ooo! Salut! strigă una dintre fete, o roșcată cu buze țuguiate. De la Omucideri, zici? Ce palpitant! Cine-a murit?

– *Danny Stanton*, Jaymee. Iisuse.

Una dintre celelalte fete se plesni peste frunte.

– Toată lumea din mină vorbește despre asta. Asta a trăit sub o piatră, în pana mea.

– Cine-i Danny Stanton? întrebă Jaymee, încruntându-se. Era drăguț?

– A *murit*, iubita, am spus. Acuma-i cam la fel de drăguț ca un sac plin de viermi. Vreau să știu cine l-a omorât, dacă l-o fi omorât cineva. Vă deranjează dacă vă pun câteva întrebări, fetelor?

– Cam ăsta ar fi singurul moment în care nu m-ar deranja! spuse Jaymee. E supertare, n-am mai fost martor. Întreabă-ne orice!

– Îl ştiaţi bine pe Danny?

– Nu, spuse o fată înaltă, cu părul închis la culoare.

Purta un colier de argint cu numele „Beth“ scris cu litere de mână la gât. Era atât de lată în umeri şi-avea o faţă parcă dăltuită, încât m-am întrebat dacă nu era cumva transsexual.

– Stanton era cuminţel. Prea tânăr pentru a se încadra în clientela noastră. Nu că n-am fi încercat. Noi încercăm mereu.

– Avea vreun duşman de care să ştiţi voi?

Clătinară din cap.

– Şi ăştia doi? Hon Lu şi Tori King.

Jaymee rămase cu gura căscată.

– Asta-i târâtura de mi-a luat placa de îndreptat părul.

– *Io-s* târâtura de ţi-a luat placa de îndreptat părul, fă, tâmpito, spuse o altă fată.

– A, da.

– Ştii, eşti destul dă bună pentru o doamnă poliţistă.

Cea înaltă, Beth, îşi trecu degetele peste braţul meu.

– Ai putea să faci o căruţă dă bani p-aici. Ai cătuşe?

– În momentul de faţă am o slujbă bine plătită, mulţumesc. Dar te rog să mă ţii la curent cu orice alte ocazii, i-am spus.

– Păcat.

Continua să mă mângâie.

– Uite, tocmai am rămas fără suspecţi în cazul ăsta.

I-am dat degetele la o parte cu fotografiile.

– La cine ar trebui să mai fiu atentă? E cineva din mină care să vi se pară genul violent?

– A, e destulă violenţă pe-aici, oftă Beth. Unii dintre băieţi sunt foşti soldaţi. Sunt obişnuiţi să-şi rezolve problemele cu pumnii.

– Mina e un loc bun unde poţi să-ţi găseşti de lucru dac-ai ieşit din închisoare, spuse una dintre fete. Ăştia-s destul de relaxaţi în legătură cu verificarea cazierului, aşa că unii dintre băieţi sunt foşti deţinuţi. Nu-i deranjează mâncarea nasoală.

– Sunt cam ciudaţi... foştii deţinuţi, spuse Jaymee. Le place să se joace. Io-s deţinutul, tu eşti paznicul. Câh! Ciudaţi!

– Mai e cineva care te deranjează? am întrebat. Fost deţinut sau nu?

– Păi mai e Linebacker[1]. Ce i-a făcut dingoului ăluia... zise una dintre ele.

Toate se opriră, amintindu-şi, cu feţele cernite.

– Ce? am întrebat.

– Aaron Linbacher, spuse Beth. Toţi îi spun Linebacker, ceea ce-i ciudat, pentru că-i un amărât de-ăla deşirat. El e şeful pazei.

– Cred că l-am întâlnit şi eu pe ăsta o dată, am recunoscut.

– Da, e un ciudat, zise Jaymee.

– El e responsabil cu controlul populaţiei de dingo din jurul minei, explică Beth. E de datoria lui să îi omoare repede şi fără să-i facă să sufere, dacă provoacă stricăciuni. Uneori, minerii îi hrănesc, iar câinilor le intră-n cap că e locul lor aici, şi Linebacker trebuie să se descotorosească de ei. Stăteam toate pe-aici într-o zi şi am auzit un foc de armă. Dup-aia am văzut un dingo care-a ocolit târâş zona toaletelor, fără picioarele din spate. Îl împuşcase.

Jaymee făcu o grimasă.

– Îi erau *retezate*. Adică, retezate de tot.

---

[1] „Fundaş“ (eng., n.tr.)

– Cred că înțeleg, am spus. Era o armă de calibru mare.

– Nu prea mă pricep la de-astea. Dar ne-apucase scârba pe toate. Pe urmă, apare Linebacker cu ditamai pușcociul ăla al lui și râde, și-l lasă să se târască și să urle ca din gură de șarpe, spuse Beth. I-am spus să-l termine, dar n-a vrut. I se părea tare hazliu.

Am privit în jur, nerăbdătoare să-i spun lui Whitt despre pistă și mi-am dat seama că tot plecat era. Vedeam pe fereastră că știrile de pe ecranele televizoarelor nu mai erau despre Sam. Următorul reportaj era de știri locale. Un om mătăhălos și mustăcios într-o uniformă de poliție primea un premiu pe un podium. Titlul de sub imagini era „Detectivul Ishmael Carmody și partenerul său din ultimii cincisprezece ani, detectivul Matt Horner, primesc medalii pentru curaj".

În timp ce urmăream reportajul despre noul meu partener făcut praf la televizor, mincinosul ieși din baie și-mi zâmbi de la fereastră.

CAPITOLUL 25

În fața barului era adunat un grup de tineri. Erau foarte diferiți de mineri; mulți aveau dreadlocks[1] și tatuaje, iar pielea le era foarte închisă la culoare. Ar fi putut trece drept țigani după hainele colorate, dacă n-ar fi fost mașina lor cu tracțiune integrală de ultimă generație. Partea de sus a vehiculului era plină de echipamente solare și de satelit, și de lămpi uriașe de ceață care stăteau peste schele improvizate. Pe o parte a camionului, cineva scrisese cu un spray, cu pricepere, numele „Soldații Pământului".

Am hotărât să păstrez secret ceea ce aflasem despre Ishmael Carmody, să folosesc informațiile la momentul potrivit pentru a-l lua pe Whitt prin surprindere. M-am oprit lângă el și-i urmăream pe Soldații Pământului.

– Cine zici că-s păcălicii ăștia? am întrebat.

– Ăștia sunt activiștii, zise Richie.

Gașca lui apăruse de nicăieri lângă mașina noastră. El stătea sprijinit de ușa șoferului, cu brațele încrucișate.

– Să nu cumva să te-ncurci cu ăștia, Păsărică. Sunt niște țăcăniți.

Activiștii desfășurară un banner uriaș într-o parte a camionului. Pe el scria: „Banii nu înseamnă nimic într-un holocaust nuclear". Erau fotografii alb-negru de la Cernobîl.

[1] Freză tipic jamaicană cu cozi groase (n.tr.)

Când m-am întors din nou, Richie era mai aproape de mine. Aproape că-mi atingea umărul cu al lui. Oamenii lui îl înconjuraseră pe Whitt.

– Mersi de sfat, Robin Hood, i-am spus. Dar dac-o să-mi mai răspunzi la întrebări, o să ai nevoie de niște bomboane mentolate.

Mi-am fluturat mâna prin fața nasului.

– Nu te-a-nvățat mă-ta să te porți frumos, madam polițista? întrebă Richie.

– Era prostituată și dependentă de droguri. Nu prea le-avea cu codul bunelor maniere.

– Vezi, uite, de-astea îmi place mie s-aud. Și maică-mea era de meserie. Avem lucruri în comun! Zi-mi mai multe.

– De fapt, dacă vrei să stai de vorbă, am eu chef de vorbă, spuse Whitt.

Mă surprindea amabilitatea lui subită. Se îndreptă spre noi cu pași mari și se strecură între mine și Richie.

Richie zâmbi larg. Doi dintre dinții lui de jos erau din aur masiv. Arătă cu degetul mare spre Whitt.

– Ia uite la pișăciosul ăsta!

Zâmbetul îi dispăru.

– Pretenaș, ești hazliu tare, dar dă-te-n pana mea dân calea mea.

Richie îl îmbrânci primul. Whitt îl îmbrânci al doilea, mai tare. M-am îndepărtat de cercul lor și i-am lăsat să se încaiere.

– Richie, chiar sper că n-ai de gând să-l rănești dracului p-ăsta, am spus. E cu mine.

– Cam bună ești de gură, Păsărico.

Richie se întoarse spre mine.

– Așa-i cu polițistele. Bruschează câțiva șmecheri dă oraș și se cred ăle mai ale dracului muieri. Ei, și dacă io fac așa?

Îl apucă pe Whitt de ceafă.

Cei doi se prinseră unul pe altul, apoi Whitt încasă un pumn zdravăn în burtă. Se prăbuşi la pământ, tuşind.

Richie înainta spre mine, dându-şi părul slinos pe spate. Intră în ringul imaginar de box pe care-l trasasem în jurul meu. Mi-am relaxat umerii şi mi-am aplecat gâtul spre stânga, unde era mereu ţeapăn, până când trosni.

„Sus mâinile, jos capul. Respiră, Tigroaico. Nu uita să respiri."

Mi-am ridicat mâinile, mi-am ascuns capul după ele şi am luat poziţia de luptă.

– Ia uite la ea, spuse Richie râzând. E Rocky[1].

Cântând melodia din *Rocky*[2], veni spre mine, făcând toate greşelile majore deodată – faţa neacoperită, postura dreaptă, picioarele depărtate. Palmele-i erau deschise, gata să mă plesnească. Faptul că m-a subestimat a fost cea mai mare greşeală a lui.

M-am apropiat de el, i-am băgat mâinile sub braţe şi i-am tras una ca lumea cu pumnul drept. Stângul îl ţineam încleştat în dreptul ochiului, iar bărbia-mi era lipită de piept. Am dat din nou înapoi şi am început să ţopăi. A simţit durerea înainte să apuce să mă vadă cum mă mişc.

– Ce mă-sa-n...

Cuvintele i-au fost întrerupte în timp ce eu păşeam din nou în faţă şi-i trăgeam vreo două directe de stânga în nas. M-am îndepărtat de el, ţopăind, în timp ce el dădea înapoi cu paşi împleticiţi.

---

[1] Rocky Balboa, personajul principal al seriei omonime de filme cu Sylvester Stallone în rol principal (n.tr.)

[2] „Gonna Fly Now", melodia compusă de Bill Conti care acompaniază de obicei momentele din filme în care Rocky se antrenează pentru meciuri (n.tr.)

Avea nasul plin de sânge, înfundat. Am păşit într-o parte şi l-am izbit în coaste.

„Joacă-te cu el“, mi-am spus în gând. „Fii calmă şi nu-l răni. E doar un idiot.“

Aş fi putut să-l omor p-ăla cu un singur pumn. Trebuia să mă stăpânesc. Gaşca lui îl aclama. Aruncă o lovitură spre mine, cu tot braţul, una care dacă m-ar fi atins, m-ar fi făcut să zbor şi să mă izbesc de pământ.

M-am ferit, m-am dat spre dreapta şi i-am tras una scurtă în bărbie. I-am auzit dinţii scrâşnind. Eram iar în ring. Pierdeam noţiunea timpului şi nu mai ştiam unde mă aflu. Parcă pluteam, ca atunci când mă luptam cu Tataie. Mişcările-mi deveniseră mecanice. El lovea, eu mă feream. El arunca o directă, eu mă aplecam. Loveam din ce în ce mai tare. Ştiam că trebuia să mă abţin, dar mintea mea era în altă parte. Mă gândeam la Sam.

„Te rog, spune-mi că n-ai făcut-o, Sam. Te rog, rosteşte aceste cuvinte.“

Am auzit strigăte şi am revenit brusc în prezent. Nişte oameni mă trăgeau de umeri. Activiştii interveniseră, la fel ca oamenii lui Richie, ca să ne despartă, târându-ne. Richie era la pământ. Îi curgea sânge în ochi şi avea nisip în gură.

– Târfa dracului! urla el. S-o prindă cineva pe târfa aia!

La ferestrele barului era plin de curioşi. Mi-am făcut loc prin mulţime cu forţa şi am ajuns la Whitt.

– S-ar putea să trebuiască să încheiem seara asta aici, i-am spus.

Pe faţă i se citea dezamăgirea unui bărbat căruia-i luase faţa o femeie. O văzusem de foarte multe ori în cariera mea. A urcat pe locul şoferului, iar eu m-am înghesuit în maşină lângă el, în timp ce oamenii lui Richie loveau uşile cu picioarele şi băteau în parbriz.

În timp ce ne îndepărtam, am văzut o lumină licărind în deșert, un punctuleț în bezn ă. Am încercat să calculez aproximativ distanța la care era, dar mergeam prea repede. Lumina licări și dispăru în timp ce noi mergeam mai departe în noapte.

CAPITOLUL 26

Soldatul deschide ușa de la donga detectivilor și intră în întuneric. Luna era sus pe cer. La ora 22.34 stătuse în fața clădirii demontabile și ascultase sunetele din interior, învățând să deosebească scârțâiturile celor două paturi din capătul din stânga al clădirii și ritmurile respirației detectivilor. Corpul îi rămăsese nemișcat ca o piatră în umbrele de sub fereastră, până când șoaptele dinăuntru îl făcură să zâmbească.

– Și zici că maică-ta era drogată?

– Tacă-ți fleanca, Whitt. Sunt obosită.

– E destul de ciudat să-i spui așa ceva de bunăvoie unui tip atât de periculos. E cam... intim.

– Cine mai știe care-s ăia periculoși?

– Ce?

– Las-o moartă.

– Oamenii ca ăsta se pot folosi de secretele tale împotriva ta.

– Probabil c-o s-o facă. Toți or s-o facă.

– Adică?

– Adică dacă nu taci din gură, ți-o astup cu perna. Sunt obosită. Culcă-te.

Soldatul știa ce spunea femeia. O văzuse cum traversa cu pași mari încăperea barului, trăgând cu ochii către ecranele televizoarelor, cu o expresie hotărâtă pe față, în timp ce suferința ei intimă era servită pe tavă mulțimii avide de senzațional.

Umilința era o metodă excelentă de dezvoltare personală, un soi de ritual care putea căli și cel mai slab soldat. Tinerii recruți aveau nenumărate ocazii de a-i dezamăgi pe membrii detașamentului lor, fie prin faptul că soseau ultimii la punctul stabilit pentru detașare, fie prin faptul că se afla că primiseră un pat prost la bază. Detașamentul său participase la umilirea recidiviștilor, a celor slabi, cei care nu puteau fi în rândul lumii. Soldatul care nu-și ținea uniforma dreaptă pe el era târât dezbrăcat în zona cazarmei și bătut. Soldatul care nu se păstra curat era îmbibat în dezinfectant chimic și curățat cu mătura. Soldatul care nu ajungea la timp era ars cu o țigară pentru fiecare minut întârziat. Dacă avea destulă tărie de caracter, soldatul umilit își accepta pedeapsa cu mândria unui bărbat care învățase o lecție și care nu avea s-o uite niciodată.

Ce avea să învețe detectivul Blue din păcatele fratelui ei? Ce avea să facă atunci când ritualul ei era dus la bun sfârșit?

Era ora 2.27. Soldatul intră cu grijă în partea din clădire care era repartizată celor doi detectivi și rămase în întuneric între paturi, privindu-i. Harriet dormea somnul adânc ca moartea al unui recrut, fără vise. Trupul ei suplu era încurcat între cearșafuri, iar o mână-i era prinsă în părul scurt. Se aplecă aproape de ea, inhalându-i mirosul, transformându-l într-o amintire pe care-avea s-o recunoască în bătaia vântului din deșert. Deja purta mirosul noului ei mediu. Se adaptase întocmai ca un războinic adevărat. Părul ei purta mirosul de pârjolit al minei, de uleiuri arse și oțel strivit, iar pielea-i mirosea a pământ, a nisipuri fierte și a ploi demult trecute. Avea să fie greu de vânat când îi venea timpul.

– Sam, șopti ea.

O încruntătură i se formă, apoi îi dispăru în timp ce visa. Soldatul zâmbi din nou. Îi furase un secret.

Văzu un păianjen vânător care se plimba pe paravanul de lângă detectiv, oprindu-se în lumina slabă a lunii. Soldatul se întinse și luă păianjenul în mână. Îl puse cu grijă pe pielea ei goală. Urmări creatura fragilă plimbându-se pe întinderea golașă a gâtului ei.

CAPITOLUL 27

Intrarea principală în mină era epicentrul activității. În adâncurile unui șanț enorm, cu părțile laterale pline de trepte de piatră largi cât o autostradă cu patru benzi, fusese săpat un tunel în pământ. Acesta era destul de înalt și de lat încât să încapă în el un Boeing 747[1]. Mineri cu căști de protecție intrau și ieșeau din tunel în grupuri de câte doi și trei, dându-se din când în când la o parte pentru a face loc unor camioane portocalii cu cauciucuri înalte cât mine să treacă uruind.

Când am plecat să ne întâlnim cu sora lui Tori King, am văzut cum un grup de activiști de la Soldații Pământului flutura acel banner cumplit dincolo de poarta principală. Whitt și cu mine am stat și i-am urmărind hărțuind câte-un miner care mergea de-a lungul liniei gardului.

– Nu vă supărați! Nu vă supărați! Mă întrebam ce-o să faceți peste patru miliarde de ani de-acum înainte? întrebă una dintre ei, luându-se după doi mineri care mergeau de-a lungul gardului de sârmă. Pentru că atât o să dureze până când locul ăsta e din nou sigur dacă se activează uraniul după care scormoniți voi!

---

[1] Model american de avion de pasageri lansat în 1969 (n.tr.)

În timp ce mergea pe urmele minerilor, ținea o pancartă pe care scria: „Fukushima[1] nu se va mai repeta!"

Era o fată minionă cu dreadlocks lungi, groase, mov.

– Ce faceți ca să oferiți compensații aborigenilor pe care mina asta i-a lăsat fără case? Câți bani costă moștenirea lor culturală pierdută? Alo! Cu voi vorbesc!

Sosi un alt miner, iar activiștii renunțară la expresiile lor pline de ură și se adunară în jurul lui să discute cu el. Când intră pe poartă, l-am oprit.

– Care-i treaba aici, amice? Ești prieten cu ăștia?

– Prieten? O, nu. Am împrumutat o brichetă de la Shamma când am văzut-o ultima oară, și-acum i-o dădeam înapoi.

– Credeam că minerii și activiștii se urăsc unii pe alții, am spus. Nu sunteți „dușmanii" în ochii lor?

Minerul miji ochii la Soldații Pământului, care se-apucaseră iar de țipat.

– Nu-i chiar așa, spuse el. Adică, toți suntem băgați în treaba asta. Nu le place lor ce facem, dar uneori ne mai ajutăm reciproc cu țigări, cu iarbă, cu de-astea. Țipă la noi că-i enervează slujbele noastre. N-au nimic cu noi ca oameni.

– Șefii minei știu c-aveți o relație atât de relaxată cu ei? întrebă Whitt.

– Nu cred că știu, răspunse minerul. Încercăm să ținem treaba asta secretă. Ne fac și foarte multe probleme.

– Ce fel de probleme?

– Păi sunt destul de șmecheri. Fac razii de noapte, intră și ne fură lucruri. De exemplu, ne fură piese de la camioanele-alea mari, de obicei de-alea pe care durează câteva săptămâni să le înlocuiești. Uneori leagă piese cu lanțuri

---

[1] Accidentul nuclear de la Fukushima a avut loc în 2011 (n.tr.)

mari. Te trezești și vezi că-i legată jumate de mină, și durează ore-ntregi să tai unele din lanțurile-alea. Dacă fac o razie ca lumea, activiștii reușesc să-nchidă toată mina pentru o zi.

– Așa-i, am spus. Ce enervant e.

– Păi, sincer să fiu, nouă ne cam place treaba asta, știți. Pe-ascuns, așa. Noi, minerii, suntem plătiți indiferent de ce se întâmplă, deci când se-nchide mina, mergem toți la bar.

Râse.

– Șefii-s ăia care se enervează din cauza asta.

– Deci faptul că sunteți prieteni cu activiștii e un soi de secret între mineri?

– Nici măcar așa nu i-aș zice, știți?

Minerul privi în depărtare spre Soldații Pământului.

– Adică, uneori sunt de treabă, dar șefa aia a lor e nebună de legat. Seamănă un pic cu câinii dingo. Poți să interacționezi cu ei, da-s sălbatici, frate. N-ai cum să ai încredere-n ei.

– Unde locuiesc oamenii-ăștia? întrebă Whitt. Sigur nu la mină, nu?

– Nu, amice, spuse minerul. Făcu un gest larg cu mâna, arătând tot deșertul. Trăiesc acolo, în Niciodată Nicăieri.

– Acolo, am murmurat, privind orizontul.

La lumina zilei, pustiurile erau relativ inofensive, dar odată ce se lăsa noaptea, peisajul care putea ascunde o întreagă comunitate de oameni devenea un loc în care un tânăr miner rătăcit sau rănit avea de dus o adevărată luptă pentru supraviețuire.

CAPITOLUL 28

Amy King căra o ladă de lemn într-un tunel îngust din mină. Tunelurile se întindeau în adâncul pământului. Erau tot mai prost construite. Whitt și cu mine urmam indicații pentru a o găsi.

Semăna leit cu sora ei. Pistruiată și cu părul portocaliu, părea un copil în vesta reflectorizantă care-i era prea mare și cu casca de pe cap.

– Amy King?

– Eu sunt.

– Eu sunt detectiv Edward Whittacker, iar ea e detectiv Harriet Blue.

– Of, în sfârșit.

Amy puse lada grea jos.

– V-a luat ceva. Tori o fi deja la jumatea drumului spre Mexic, în pușca mea! De zile-ntregi le tot spun s-aducă niște polițiști p-aicea.

– De ce-ar fi Tori la jumătatea drumului spre Mexic? am întrebat.

– Nu știu, să dea naiba!

Amy oftă.

– Voi sunteți poliția. Voi să-mi ziceți. Undeva tot trebuie să fie.

– Corect.

Whitt scoase carnețelul și pixul din buzunar.

– Ce-ar fi să ne spui totul despre asta?

– Ultima oară am văzut-o în camera de odihnă. E ultima oară când a fost văzută de cineva, spuse Amy.

– Era *bine*, frăție. *Bine*, să mor io. Îmi tot zicea lumea că s-o fi dus și s-o fi aruncat în vreo râpă, sau o fi plecat cu vaporul la Sydney, sau mai știe sărăcia pe unde. N-a făcut nimic de genul ăsta. Deci poți să tai astea de pe lista aia a ta.

Am urmat-o pe fată în timp ce lua becuri din ladă și le înlocuia pe cele care umpleau tavanul cu unele noi. La fiecare câțiva metri deșuruba un bec și mi-l dădea mie. Când aveam ambele mâini pline, mă îndreptam din nou către ladă cu ele.

– Gabe Carter ne-a spus că a ieșit pur și simplu și s-a dus la culcare, așa e?

– Așa a fost.

– A zis ceva?

– Mi-a zis mie: „Să ți-o trag". Purtam una dintre bluzele ei favorite. Nu e mare brânză. În mod sigur nu era un motiv pentru care s-o ia de nebună prin deșert, cum au tot zis unii c-ar fi făcut.

– Unde sunt lucrurile lui Tori? am întrebat. În mod sigur, ai intrat să le recuperezi, să nu le ia ceilalți mineri.

– În mod sigur! se rățoi Amy. Parcă nici n-aș fi încercat! Tori lucra în partea de vest. N-am aflat că dispăruse decât în ziua și noaptea următoare. Mă certasem cu ea pentru bluză în noaptea în care-a dispărut – într-o vineri. Așa că a doua zi, când n-am reușit s-o găsesc, m-am gândit că nu făcea decât să mă evite. Se juca de-a v-ați ascunselea cu mine ca să nu o caut și să nu-i cer scuze că i-am șterpelit bluza. Duminică dimineața încă nu dădusem de ea. Am întrebat lumea din jur și n-o văzuse nimeni! Fără să-mi spună cineva, i-au cotrobăit prin lucruri, de parcă nu s-ar mai fi întors.

– Aici parcă toată lumea moare să pună mâna pe lucrurile altora.

Am ridicat mâinile, într-un gest disperat.

– De ce, când au atâția bani pe mână?

– Pentru că locul ăsta-i o nenorocită de insulă, colega, spuse Amy. Dacă uiți să-ți pui șosetele în bagaj când pleci de-acasă din Sydney sau Darwin sau de unde mama dracului vii, s-a-ncheiat! – trei săptămâni nu mai ai șosete. Nu poți să mergi pur și simplu la mină și să-ți mai cumperi! Dacă vrei un rahat de pachet de țigări trebuie să mergi cu mașina până-n oraș jumătate de oră și să te-ntorci după încă jumătate de oră.

– Dar, stai un pic, c-am văzut un automat în biroul administrativ. Nu-s țigări acolo?

– Nu. Dacă lași țigările în automat, gașca lui Richie le cumpără și le cresc prețul cu cincizeci la sută. Deci când vin companiile de catering să reumple stocul, toată lumea se duce și le cumpără. Ideea e că lucrurile sunt de mare preț pe-aici. Ar trebui să vezi cu cât vând fetele tampoane când cineva și-a uitat stocul. Am văzut și la zece dolari bucata.

– E nebunie, spuse Whitt.

– Știi ce lucruri de-ale lui Tori au dispărut? Telefonul și portofelul ei erau încă aici? am întrebat.

– Nu știu, dar am văzut un telefon care seamănă al dracului de tare cu al lui Tori pe-aici. L-a luat una dintre târâturile-alea de prostituate. Dar probabil c-a scos SIM-ul lui Tori. N-avem cum să dovedim că-i al ei.

Whitt se duse la lada grea din capătul tunelului și o ridică, scutindu-mă de al treilea drum cu becuri arse. O cără până unde era Amy.

„S-a zis și cu accidentarea aia la spate“, mă gândeam.

– Dac-aş fi în locul vostru, aş sta cu ochii pe curvele-alea, spuse Amy. Sunt date dracului.

– Pe mine m-au ajutat destul de mult, am spus.

– Mda, pufni Amy, sunt bune să te facă să crezi că-ți fac un serviciu. Dacă vorbesc cu tine, o fac doar ca să afle ce știi.

– De ce te-ar interesa ce facem noi? întrebă Whitt.

Amy se opri și arătă cu un bec spre noi.

– Acum trei sau patru luni, un tip de la departamentul de inginerie a babardit o fată de-asta și n-a plătit factura. Am auzit că iepurașii marsupiali s-au adunat și l-au trimis în deşert, numai în boxeri. Nu tu pantofi, nu tu nimic. Ăsta a ajuns înapoi la mină după cinci ore, cu arsuri solare de gradul doi și insolație.

Amy clătină din cap, scârbită.

– Atunci n-au ajutat atât de mult, nu-i așa?

CAPITOLUL 29

Whitt intră în vorbă cu Amy, iar eu am început să notez în carneţel o listă cu întrebările pe care aveam să le pun. Trebuia să ştiu numele complete ale iepuraşilor marsupiali şi tot cazierul lor, şi dacă povestea cu minerul care nu-şi plătise factura era adevărată. Cei de la centrul medical îmi puteau spune asta. Dacă Tori îşi lăsase telefonul şi portofelul în urmă când dispăruse, era de rău. Dar faptul că văzuse cineva telefonul în posesia uneia dintre prostituatele de la mină nu era o pistă suficient de bună pentru a o urmări.

– Şi asta faci tu toată ziua? întrebă Whitt. Schimbi becuri?

– Da. Te cam doare mintea, aşa-i? Penele-astea de curent sunt de vină. Se întâmplă mereu. Dacă-i afectată o linie, puşcă toate becurile.

Lui Amy îi curgea transpiraţia pe gât în timp ce se întindea după becuri.

– E mai ieftin să schimbi pur şi simplu becurile decât să reconfigurezi tot traseul electric.

– Mina asta face o grămadă de lucruri prin metoda economică, remarcă Whitt.

– Mare dreptate ai.

La jumătatea drumului prin tunelul izolat am dat de un alt tunel blocat cu o baricadă din lemn.

– Acolo jos ce-i?

Am arătat cu degetul în întuneric.

– Nu-i nimic, zise Amy. Ăla-i un tunel de explorare. Minerii au coborât pe-acolo ca să caute minereu de uraniu și n-au găsit.

– Pare periculos.

Whitt miji ochii în întuneric.

– Nici măcar nu e luminat.

– Luminat? Astea ar trebui distruse. Dar costă timp și bani, frăție, și șefilor nu le place să piardă de-astea. În loc să le-astupe, minerii blochează tunelurile nefolosite.

– Oamenii intră în ele?

– A, am văzut oameni intrând în ele, spuse Amy, zâmbind ștrengărește. E un loc bun pentru o cuibăreală pe ascuns. Dar cei mai mulți știu că nu trebuie să intre prea adânc. E periculos. Dacă te-mpiedici și ți se taie filmul într-un tunel de-ăsta, nici naiba nu te mai găsește.

– Câte tuneluri de-astea sunt? am întrebat.

– Cine știe? Eu aș zice că-s câteva zeci. Am auzit că apar unele și prin deșert. Dar cred că-i vrăjeală.

– Stai așa. Adică, vrei să ne spui că dac-ai putea găsi intrarea acestor tuneluri, ai putea să intri în mină din deșert?

– Ai putea, dar n-ai face-o.

Amy merse mai departe.

– Nimeni nu vrea atât de tare să intre aici. Tunelurile de explorare nu sunt pregătite. Șansele de prăbușire sunt destul de mari. Sunt și găuri negre – tuneluri care nu mai merg pe orizontală și duc direct în jos. Unele dintre găurile-astea au câțiva kilometri adâncime.

Amy se opri, privind spre becurile din mâinile ei. Mi s-a părut că o cuprinde un val de durere, de parc-ar fi suferit vreo pierdere. Era o fată puternică, dar pentru o clipă, i se făcu gura pungă. Era evident că încerca să-și stăpânească niște gânduri cumplite.

– Sper că nu e într-una dintre găurile-alea, spuse Amy, în sfârșit.

Ridică privirea spre mine.

– Zi-mi că nu-i într-una dintre găurile-alea.

CAPITOLUL 30

Era dureros să ieși la lumina puternică a zilei. I-am trântit carnețelul lui Whitt pe piept, simțindu-mă demoralizată. Amy ne conduse până la intrarea în mină, unde un Richie care părea epuizat făcea o afacere cu un tânăr miner. Richie se uită urât la mine cu ochiul care nu-i era umflat, vânăt și închis. Apoi întoarse privirea spre Amy, în timp ce aceasta se apuca din nou de treabă.

– Cu cât vorbim cu mai mulți oameni pe-aici, cu atât dispoziția mea devine mai proastă, i-am spus lui Whitt, trosnindu-mi încheieturile pumnilor, care mă dureau. Articulațiile începuseră să mă doară de la bătaia din bar din seara precedentă. În curând, durerea avea să ajungă la încheieturi, dacă nu găseam pastilele. Parcă nimic nu mergea bine.

– Presupusa scenă a crimei tocmai a crescut simțitor, oftă Whitt. Echipele de căutare care-au pornit pe urmele lui Danny au pornit spre deșert. Dar n-au luat-o pe sub pământ. E posibil ca acel dingo care i-a adus laba piciorului să-l fi găsit într-unul dintre tunelurile alea?

– Nu știu. Nu vreau să mă gândesc la asta. Pare un mod cumplit de a muri, am spus. Hai să nu ne distragem atenția, Whitt, pentru că în momentul de față nu există nicio dovadă că tunelurile au vreo legătură cu cazul nostru.

– Eu nu le-aş da la o parte aşa repede, spuse Whitt. Adică, unde s-a dus Tori în noaptea aia în care-a plecat din camera de odihnă? Ştim că n-a plecat din mină pe la intrările oficiale, că altfel ar fi surprins-o echipele de securitate pe camerele de supraveghere. Dacă a scos-o cineva din mină prin tuneluri?

– Amy spunea că tunelurile de explorare sunt întunecoase şi periculoase. Dacă le folosea cineva ca să intre şi să iasă din mină, trebuia să fie cineva care să le cunoască foarte bine.

– Şi cine ţi se pare că le-ar cunoaşte foarte bine? întrebă Whitt, făcând un semn din cap către ceva din spatele meu.

M-am întors şi i-am văzut pe activiştii de la Soldaţii Pământului. Scuturau gardurile în timp ce un grup de mineri trecea pe lângă ei, cu degetele încurcate în sârma ca diamantul şi cu ochii măriţi de furie.

CAPITOLUL 31

Prânzul arăta exact la fel de apetisant precum micul dejun din dimineața în care ajunseserăm la mină. Priveam cârnații care înotau în sosul uleios, translucid, care se prăjeau la lămpile de deasupra bufetului de oțel.

– Care e porția alocată pentru... batoanele astea din carne? am întrebat-o pe femeia de la bufet

– Poți să iei două bucăți d-alea, dacă vrei, spuse ea, tărăgănat.

– Și lipiciul ăsta cu miros de cartofi?

Doamna puse un braț păros pe tejghea.

– Crezi că e prima glumă pe care-a făcut-o cineva despre mâncarea d-aici, scumpete?

– Ce glumă?

Miji ochii la mine.

La masa noastră, Whitt scoase capacul unui alt pachet de delicatese de la Cercetași[1]. Era pui cu unt și cu orez basmati. Puiul cu unt era unul dintre felurile mele preferate de mâncare, de când stăteam în Sydney; era felul cu care mă răsfățam de câte ori pierdeam un caz sau infractorul reușea să scape, sau victima nu reușea să

[1] Mișcarea Cercetașilor a apărut în Anglia secolul XX, având ca scop dezvoltarea fizică, mentală și spirituală a tinerilor. (n.tr.)

depună mărturie împotriva atacatorului. Mirosul îmi provoca un soi de nod în stomac. Am început să-mi mestec cârnatul uscat.

– Dacă stai acolo și te holbezi la mine, mâncarea mea n-o să aibă un gust mai puțin senzațional, zise Whitt, amestecând în orez.

– Poate face ceva cu gustul mâncării mele, am spus.

Se aplecă și-și luă niște pui cu unt de pe farfurie și-l puse pe-a mea. A trebuit să-mi reamintesc că era un spion și un mincinos, nu prietenul meu, în timp ce acceptam cu recunoștință mâncarea.

– Cum merge cu cazul? întrebă Gabe Carter, în timp ce se trântea în scaunul de lângă mine. Farfuria-i era plină de mâncare de la mină, iar casca-i era plină de praf.

– Două cuvinte. Blake Korby, am spus.

– Cunosc numele-ăla.

Gabe se încruntă.

– Miner. Departamentul de inginerie. Personalul de la centrul medical tocmai a confirmat că a fost tratat pentru niște arsuri grave și pentru insolație în urmă cu câteva luni. O păsărică ne-a șoptit că asta s-a întâmplat pentru c-a încercat să-i jumulească de bani pe iepurașii marsupiali, așa că l-au dus până-n deșert și l-au obligat să se întoarcă pe jos.

– A, da, am auzit.

Gabe aprobă din cap.

– Pe-atunci eram în concediu, deci n-am văzut întâmplarea, dar am auzit c-a fost urât de tot. Dar nu cred că de la bani a pornit cearta. Am înțeles că s-a purtat cam dur cu una dintre fete, și ele au vrut să-l intimideze.

– Poate-ar trebui să fim mai atenți la ele, am spus.

– Nu știu.

Gabe se foi, neliniştit.

– Nu ştiu dacă v-ajută treaba asta cu ceva. Fetele-astea nu sunt ceea ce par a fi.

– Ce vrei să spui cu asta?

– Adică sunt fete de treabă. Unele au probleme foarte grave, şi când îşi iau lumea-n cap, o fac pentru că aşa au învăţat. Nu cred c-ar fi în stare să omoare pe cineva. Niciuna dintre ele nu e atât de răzbunătoare.

Avusesem ocazia să cunosc destule prostituate în meseria mea, pe vremea când lucram în Sydney, iar Gabe avea dreptate – jumătate dintre fetele care practicau această meserie erau fete bune prinse într-o viaţă nepotrivită. Dar cealaltă jumătate, după cum aflasem, era la fel ca oricine care trăia la limitele societăţii. Periculoase şi disperate, erau genul de oameni care ar fi fost în stare de orice pentru a supravieţui.

– De unde ştii atâtea despre cucoanele-astea? am întrebat.

Eram surprinsă de asprimea propriului ton.

– Nu! râse Gabe. Nu eu. Nu, mulţumesc. Ştiu pentru c-am stat de vorbă cu ele. Lu' Beth aia îi place-un pahar de vin şi-o bârfă, ca oricui.

Un zâmbet îmi apăru discret pe faţă. Am renunţat la el imediat ce l-am simţit formându-se.

– Atunci, zi-ne ceva de activiştii ăia.

Gabe se întunecă la faţă.

– Na, ăştia da suspecţi ca lumea, zise el.

CAPITOLUL 32

– Mereu am fost foarte precaut în privința Soldaților Pământului, continuă Gabe. Cred că sunt mai inteligenți decât sunt dispuși ceilalți să recunoască.

– De ce spui asta?

– Păi, în primul rând, sunt aici de opt luni.

Gabe arătă spre deșert.

– Bun, desigur, unii dintre oamenii lor au fost înlocuiți cu alții, dar prezența lor a rămas constantă. Dacă e să mă-ntrebați pe mine, oricine are banii și resursele necesare pentru a supraviețui acolo atât de mult timp n-ar trebui subestimat.

– De ce nu trimit șefii minei o echipă de pază să-i gonească? întrebă Whitt.

– Au încercat. Dar activiștii au tabăra mereu în mișcare, deci de câte ori pune Linebacker la punct o echipă de pază care să meargă să-i gonească, nu sunt unde erau ultima oară. Știu să intre și să iasă din mina asta. Știu ce echipamente să demonteze și când o să fie lăsate nesupravegheate.

– Par o adunătură de șmecheri, am spus.

– Stai, că mai e.

Se aplecă înainte.

– Linebacker a pus la un moment dat o echipă pe urmele lor și i-a încolțit într-o peșteră, undeva. Oamenii lui au dat buzna peste ei cu arme, cu torțe, și desigur, poate-au făcut ceva exces de zel. Îi vânaseră pe activiști de săptămâni întregi. S-au agitat. Ei, a lovit dezastrul când membrii echipei lui Linebacker și-au dat seama că activiștii țineau un blog live.

– Un blog live?

– Se numește Operațiunea Furtună în Deșert[1]. Tare drăguț, așa-i? Au camere în tabără, care funcționează 24/7. Camerele-astea transmit filmări pe site-ul Soldaților Pământului. Site-ul numără de câte zile sunt aici, luptând pentru cauza lor, împotriva minei. Oameni din toate colțurile lumii pot urmări filmările în orice moment și pot vedea tot ce fac ăștia, fie că dorm în nisip, că protestează la poartă, sau că te miri ce mai fac.

– E un stimulent destul de puternic pentru strângerile de fonduri, mă gândesc, comentă Whitt.

– Nu știu, ridică Gabe din umeri. Tot ce știu e că a ieșit un scandal destul de mare după ce imaginile cu echipa lui Linebacker dând buzna în tabăra activiștilor au ajuns pe YouTube. Una dintre fete a fost îmbrâncită, a căzut la pământ și s-a rănit la gleznă. Și CNN-ul a preluat filmarea. Au amenințat cu închiderea minei. Acum, ordinele șefilor sunt ca nimeni să nu se-atingă de activiști. O să se ardă rău.

Ușa sălii de mese se trânti. Linebacker însuși se strecură înăuntru. Paznicul vânos se duse direct la aparatul de cafea să verifice rezerva în scădere. În vreme ce eu și

---

[1] Aluzie la operațiunea armatei americane din timpul Războiului din Golf, din 1990. (n.tr.)

Whitt îl urmăream neliniștiți, Gabe zâmbi și ridică o mână, în semn de salut prietenesc.

– Aaron! strigă el. Aaron! Te răpim un minut?

Linebacker se îndreptă spre ei, târșâindu-și picioarele. Cu mâinile aspre, își netezea agitat partea din față a uniformei imaculate.

– Aaron Linbacher, ai făcut cunoștință cu detectivii Blue și Whittacker?

– Mdeah, mormăi Linebacker.

– Detectivii sunt interesați să afle despre Soldații Pământului.

– Soldații Pământului?

Linebacker își feri privirea, scârbit.

– Ăia-s niște teroriști. Niște insurgenți, la grămadă.

– E o acuzație destul de gravă, spuse Whitt. Ceea ce fac ei chiar se poate numi „terorism"?

Bărbatul mai în vârstă se încruntă la Whitt și-și încrucișă brațele pe piept.

– Terorismul este violență motivată ideologic sau amenințarea cu astfel de violențe, spuse el. Este un comportament de laș, menit să intimideze.

– Știu ce este terorismul, spuse Whitt zâmbind. Doar că nu văd violența sau amenințarea cu violența în ceea ce fac ei.

Linebacker se zburli.

– Pe 5 aprilie, anul ăsta, un compresor de șapte tone din cvadrantul E7 s-a defectat în timp ce era folosit pentru a scoate minereu la suprafață. Inginerii noștri au inspectat mașinăria și au descoperit că fusese sabotat cablul de frână.

– Cablul de frână și cablul de accelerație de la chestiile-astea arată la fel, spuse Gabe. E posibil să fi încurcat activiștii firele.

– Nu despre asta-i vorba! se răsti Linebacker. Dacă faci ceva ce pune în pericol viețile altora, se numește terorism! Am vorbit cu grupul de la gard despre incident și le-am spus ce-au făcut, le-am spus că puteau să ucidă pe cineva. Știi ce mi-au zis? Ia zi, știi?

– Ce? am întrebat.

– Au zis: „Închideți mina și nu moare nimeni".

CAPITOLUL 33

Păianjenul-vânător ocupase peretele de deasupra capului meu, ca o stea maronie și păroasă pe paravanul precum cerul. Când mi-am deschis telefonul, l-am găsit plin de mesaje în legătură cu Sam. Îl ținusem pe silențios, ca să nu audă nimeni bipăielile aproape neîncetate care începuseră odată cu primele comunicate de la știri. Aveam șaizeci și două de apeluri pierdute. Mesageria mea era plină de numere necunoscute, ale jurnaliștilor de la ziare din toată țara. Stăteam întinsă în pat și le citeam în timp ce Whitt vorbea cu cei de la Medicină Legală din Perth despre laba piciorului lui Danny.

Unele dintre mesaje erau întrebări binevoitoare, atente. Altele, mai puțin.

„Cum te simți știind că fratele tău e un criminal în serie?"

„Harriet, poți comenta decizia ministrului Boyd cu privire la reinstaurarea pedepsei cu moartea pentru Sam?"

„Detectiv Blue, dumneavoastră/Sam, ați fost abuzați sexual în sistemul de adopție? Este aceasta o posibilă motivație a crimelor? Vă rog, răspundeți!"

Era un număr pe care-l recunoșteam. Mama lui Julius Dean era o mamă adoptivă care ne luase pe mine și pe Sam în plasament pentru o perioadă scurtă, când eu aveam opt ani. Şi Julius avea tot opt ani, şi înţelegea foarte bine ciudăţeniile noastre – anxietatea legată de mâncare pe care-o dezvoltasem fiind înghesuită laolaltă cu hoarde de copii flămânzi şi nedoriţi, în case din toată Australia. Planurile de fugă pe care mi le făceam mereu împreună cu fratele meu.

Julius, Sam şi cu mine fuseserăm mereu prieteni, până când am fost mutaţi la o altă familie. Venise să mă viziteze în timp ce stăteam trează în unele nopţi în patul pliant din camera din spate. De mic dormea şi el prost. Vorbisem despre mama lui. Stătusem trează după ce pleca el, imaginându-mi cum ar fi fost să am şi eu o mamă.

Îmi dau seama, acum, ca adult, că-i căzusem probabil cu tronc micului Julius. Fără să ştie cât de mult timp aveam să fiu prezentă în viaţa lui, băiatul se îndrăgostise probabil de fetiţa cea nouă şi interesantă care venise să locuiască la el, cu poveştile ei despre familii şi şcoli de departe. Ori îl ignorasem, ori nu ştiam asta la momentul acela. Eu nu mă îndrăgostisem niciodată în copilărie. Ştiam că n-aveam să rămân mult timp nicăieri.

„L-au adus aici pe Sam pentru un control medical", spunea mesajul lui Julius.

M-am ridicat în şezut. Cum putusem să uit? Julius era doctor pentru pacienţii externi la spitalul Prince of Wales! Îl duseseră pe Sam la spital pentru a i se preleva probe fiziologice. Îi făcuseră fotografii, îi luaseră mostre din unghii, sânge, piele, urină. Dacă se putea pleda cu motivul nebuniei temporare, probabil că avocatul lui Sam ceruse şi un RMN şi un CT. I-am răspuns imediat lui Julius:

„Ce-ar trebui să ştiu? Cum e"

Julius îmi răspunse aproape imediat:

„Zgârietură mare pe gât. Multe zgârieturi mici pe braţe. Se potrivesc cu urmele de unghii. Sunt destul de vechi încât să cadreze cu moartea ultimei victime. Îmi pare rău, Harry."

Îmi tremurau mâinile când i-am răspuns:

„Cum e?" am repetat.

„Rece", scrise Julius.

Am lăsat telefonul deoparte, m-am aşezat şi mi-am trosnit încheieturile pumnilor, care mă dureau.

CAPITOLUL 34

Whitt își încheie apelul telefonic.

– Așa, zise el, privindu-și notițele. Laba piciorului lui Danny ne spune-o grămadă de lucruri, care s-ar putea să fie foarte folositoare. În primul rând, mostrele de sânge și de țesut au un nivel izotonic intracelular normal.

– Pe limba noastră, te rog.

M-am întins pe pat și mi-am afundat fața-n pernă.

– Nivelul de plasmă din sângele lui era normal. Când suferi de deshidratare, îți scade nivelul de plasmă. Al lui n-a scăzut. Avea și nivel normal de electroliți – nivelul de sodiu din sângele lui Danny în momentul în care a murit era stabil.

– Aham.

– Deci e rezonabil să tragem concluzia că n-a fost pe-acolo, rătăcind prin deșert, pierdut, pentru o perioadă lungă.

– Păi și dac-a fost și-a avut apă la el?

– M-am gândit la asta. Dac-a avut apă la el, așa se explică nivelul normal de electroliți. Dar ascultă aici: echipa a prelevat mostre din nisipul de la mină când a luat laba piciorului. Nisipul din și dimprejurul minei are o concentrație mare de chimicale transmise prin aer, produse de echipamentele miniere. Carbon. Benzină. Etanol. Nisipul din deșert n-are chimicale. Deci, dacă Danny ar fi fost acolo o perioadă lungă, nisipul din bocancul lui ar fi fost în mare parte lipsit de chimicale. Nisip din adâncul deșertului.

– Și nu era așa? am întrebat, cu fața-n pernă.

– Nu era. Era un strat subțire de nisip din adâncul deșertului, destul încât să sugereze că mersese ceva. Dar nu era destul încât să sugereze că mersese tocmai până acolo. Sau că fusese-acolo ore-n șir.

M-am întors ușor.

– Păi, dacă n-a mers pe jos de la mină înseamnă c-a ajuns prin alte mijloace. Și-a fost acolo doar puțin timp înainte de-a muri. Dacă n-a mers pe jos, înseamnă că a condus. De ce să fi condus tocmai până-n mijlocul deșertului?

– Habar n-am, zise Whitt.

– Dacă a condus într-adevăr, de ce n-a găsit echipa de căutări mașina?

– Care mașină?

– *Oricare* mașină. Să zicem că Danny ar fi condus singur până-n deșert și ar fi murit cumva. De ce nu mai e mașina acolo?

– Da, că bine zici.

Whitt își luă niște notițe.

– Dac-a mers cu cineva, și acel cineva s-a întors cu mașina, cine dracului e acel cineva și ce i-a făcut lui Danny?

– Exact.

Whitt aprobă din cap.

Întunericul și perna mea moale mi se păreau îmbietor de sigure. Chiar și să mă îndrept, să deschid din nou ochii, mi se părea o amenințare la adresa psihicului meu. Dac-aș fi putut să mă ascund în pernă, nu m-aș mai fi gândit la Sam. Sam cel rece și nesimțitor, plin de zgârieturile făcute de femeile răpite și...

– Şi ce zici că-i cu tine?

– Nimic, am spus. Sunt obosită.

– Păi nu-i timp să fii obosită. Hai să mergem să-ţi luăm o cafea de la sala de mese şi...

Cuvintele lui Whitt se pierdură undeva. În cealaltă cameră, la radio, pălăvrăgeala şi reclamele se întrerupseseră. Răsună melodia ştirilor de la ora şase. Am auzit patul lui Whitt scârţâind, şi când m-am uitat după el, dispăruse.

CAPITOLUL 35

Am sărit în sus și am ieșit din donga după el. Pe de-o parte, eram motivată de comportamentul ciudat al lui Whitt, pe de alta, eram recunoscătoare pentru orice lucru, cât de mic, care-mi lua gândul de la Sam.

– Hei! l-am strigat.

Whitt era deja la jumătatea curții zonei de locuit când l-am ajuns din urmă.

– Hei, ce faci?

– A, păi mă gândeam să-ți aduc cafeaua aia.

Râse neliniștit.

– Am zis să mergem, pe urm-am zis să merg numai eu, și...

– Lasă vrăjeala, Whitt.

L-am înghiontit în umăr.

– Tu crezi că n-am observat cum dispari ca un ninja de fiecare dată când încep știrile, în mă-sa? Ce dracului pui la cale?

– Să pun la cale? pufni el. Nu pun nimic la cale!

– Ai dispărut aseară exact la timp pentru a rata un reportaj drăguț despre fostul tău partener, detectivul Carmody.

De data asta l-am împuns cu degetul în piept.

– A primit un premiu. Ciudată chestie, totuși, și un alt tip a primit un premiu. *Partenerul lui din ultimii cincisprezece ani.*

– Polițiștii pot avea doi parteneri, Blue.

– Nu și-n departamentul meu.

– Îți cam bagi nasul unde nu-ți fierbe oala.

Whitt se îndreptă.

– Nu mi se pare corect. N-ai niciun motiv să faci asta.

– A, păi, de fapt, vreau să ajung să te cunosc mai bine, Whitt, am spus. Ce-ar fi să-mi spui mai multe despre accidentarea aia la spate?

– De fapt, asta-i o idee bună. Ce-ar fi să-mi spui *tu* ce cauți aici? întrebă el. N-am vorbit niciodată despre asta, nu-i așa? Hai să vorbim despre asta. Hai să avem o discuție lungă și profundă despre *Sam*, oricine-o fi și-ăla, și despre motivul pentru care ți-e atât de greu să ajungi să vorbești cu el la telefon. Hai s-avem o discuție despre motivul pentru care telefonul tău s-a aprins continuu toată noaptea. De ce primești atâtea apeluri? Cine te tot sună?

– Ești un tâmpit.

– *Eu* sunt tâmpit?

– Da, am spus. Și mai ești și mincinos.

– Ăsta nu-i răspuns la întrebările mele, Harriet.

– O să răspund la întrebările tale când o să răspunzi și tu la ale mele.

Ne-am fixat cu privirea în lumina slabă a după-amiezii. Câțiva mineri se opriseră în apropiere să vadă încăierarea. În timp ce între noi se lăsa o liniște încărcată de furie, ei plecară mai departe, târșâindu-și picioarele, dezamăgiți că nu ne luaserăm la pumni.

CAPITOLUL 36

M-am despărțit pentru o vreme de Whitt la marginea minei, urmărind soarele mare și roșu cum cobora dincolo de orizont. Deși trecuseră doar trei zile, mi se părea că trecuse o lună de când ajunseserăm la mină, iar inima-mi era încărcată de vinovăție pentru că reușisem să aflu atât de puține lucruri despre ce li se întâmplase lui Danny, Tori și Hon. Ochii lui Amy, care dăduse în sfârșit frâu liber îngrijorării pentru sora ei, lăsând-o s-o copleșească, mă chinuiau. Erau ochii cuiva care se confrunta cu un posibil viitor lipsit cu desăvârșire de răspunsuri.

„Spune-mi că nu-i într-una din găurile alea."

Tot ce știam era că moartea lui Danny mi se părea sinistră. Și nu credeam că Tori și Hon plecaseră de bunăvoie. Puținele probe de natură fizică pe care le aveam în legătură cu Danny nu indicau un tânăr pe care să-l fi afectat izolarea în așa hal încât să plece de unul singur prin deșert. Cineva îl dusese acolo.

Și din mesajul din caietul lui, părea că nu vrusese să meargă. Oare și alții avuseseră aceeași soartă?

M-am așezat pe treptele dongăi goale și am început să navighez pe Internet de pe telefonul meu, testând teoria cu privire la Soldații Pământului și aparentele lor acte de „terorism".

Din câte se părea, *chiar* exista „ecoterorism“: acte de violență comise în numele salvării mediului. Am aruncat o privire asupra cazurilor „țepuitorilor de copaci“ din Amazon, din anii 1960–1970, care băteau pe ascuns piroane de fier în trunchiurile copacilor, distrugând drujbele tăietorilor de lemne. În unele cazuri, aceștia suferiseră răni grave, iar programele de defrișări se opriseră de teama posibilelor decese. Erau multe grupuri acuzate de ecoterorism pentru că dăduseră foc fabricilor, centralelor energetice și laboratoarelor care făceau testări pe animale, fără să le pese cine-ar fi putut fi înăuntru. Am căutat condamnări și-am găsit destule.

Marie Mason, condamnată la douăzeci și doi de ani de închisoare pentru că arsese un laborator de cercetare care studia recolte modificate genetic.

Daniel Gerard McGowan, condamnat la șapte ani de închisoare pentru că arsese din temelii o fabrică de cherestea.

Site-ul FBI-ului descria felul în care membrii a două organizații din Statele Unite, Frontul de Eliberare a Pământului[1] și Frontul de Eliberare a Animalelor[2] amenințau și urmăreau angajați ai companiilor cu care se confruntau. Trimiteau oficialilor acelor companii scrisori în care le amenințau familiile oamenilor pe care-i angajau.

Soldații Pământului erau o organizație de protestatari ecologici și politici de pe tot globul. Erau Soldați ai Pământului care se legau cu lanțuri de utilajele de defrișări în Tasmania, și erau și mai mulți care porneau pe

---

[1] Earth Liberation Front, organizație ecologistă radicală înființată în 1992 (n.tr.)

[2] Animal Liberation Front, organizație radicală care militează pentru drepturile animalelor, înființată în 1976 (n.tr.)

urmele balenierelor japoneze din Oceanul Indian. Erau activiști de la Soldații Pământului care aveau tabere în deșertul african, și încercau să spargă grupurile de braconieri. Mândria site-ului lor erau imaginile live de la proteste. Nu era nevoie decât ca vizitatorii site-ului să facă un clic, și puteau urmări imagini în timp real de la locurile câtorva proteste ale Soldaților Pământului.

Am încercat să urmăresc imaginile filmate cu camera web sub titlul „Operațiunea Furtună în Deșert: Australia de Vest". Un mesaj de la un jurnalist întrerupse încărcarea transmisiei.

„Detectiv Blue, sunt producătorul emisiunii *60 Minutes*, Tony Gardner. Aș dori să vă ofer 400.000 $ în schimbul unui interviu în exclusivitate despre Sam. Haideți să vorbim!"

Am băgat telefonul în buzunar, scârbită.

CAPITOLUL 37

În plin deșert, am văzut o lumină.

A sclipit doar o dată. O străfulgerare a unei forme rotunde, ca lentila unei perechi de ochelari care sclipește exact din unghiul potrivit în lumina lunii. Am stat și am fixat cu privirea punctul în care-o văzusem până când mi se încețoșă privirea, dar n-am mai văzut-o. Probabil erau activiștii, care se întorceau de la gard la mină. Am aruncat o privire în depărtare, spre donga noastră, și m-am hotărât că n-aveam nevoie de ajutorul Locotenentului Mincinosu cu pista asta. Am pornit de-a lungul gardului, aruncând o privire spre camerele de supraveghere în timp ce mergeam prin întuneric.

De când eram mică, obișnuiam să umblu noaptea fără țintă. Eram cu capsa pusă, și spurcată la gură, ca majoritatea adolescenților, dar mă săturasem de tot jocul ăla – de ciclul sistemului de adopții care ne băgase pe mine și pe fratele meu în casele unor părinți tineri, cu visuri mărețe. Cupluri de douăzeci de ani care voiau să facă ceva „diferit“ și „îndrăzneț“, adoptând doi adolescenți cu probleme, ne luau pentru perioade de probă de câteva luni. Drăguții de Sharon și Dave Frumușelul din Mosman[1], cu ochii

[1] Suburbie din Sydney, Australia (n.tr.)

sclipind de speranța că Sam avea să-i spună într-o bună zi „tată" lui Dave, iar eu aveam să izbucnesc în lacrimi de recunoștință în fața lui Sharon pentru că mă scăpase de obiceiurile mele distructive.

Perioadele de plasament mergeau mereu la fel. Prost.

Sam îi arunca priviri pline de ură tăticului Dave de după romanele lui în ediție de buzunar, cu căștile urlându-i în urechi, iar pe Sharon o neliniștea o anumită privire pe care Dave mi-o arunca în timp ce stăteam întinsă pe marginea piscinei în bikini, iar noua noastră familie fericită se năruia.

Așa că mă plimbam noaptea ca să scap de prefăcătorie. Dacă mă încuiau în casă, ieșeam pe fereastră și făceam turul străzilor. Îmi plăcea să știu că puteam evada, fizic, dacă simțeam nevoia s-o fac. Că mă puteau plimba de colo-colo, dar nu mă puteau ține într-o cușcă.

Vântul deșertului îmi biciuia părul în timp ce mă ridicam din negura amintirilor și mă întorceam în prezent. Nu-mi dădusem seama cât de mult mă îndepărtasem de mină. Am privit în urmă, în direcția în care credeam că era mina, dar n-am văzut decât beznă. Am decis că probabil coboram un deal și mă rătăcisem de mină din cauza dâmbului stâncos. M-am întors și-am luat-o pe unde venisem, dar după aproximativ zece minute, tot nu vedeam luminile minei.

Probabil că ajunsesem cumva în direcția opusă. M-am oprit în întuneric și am ascultat urletele vântului.

Vântul suflase dinspre est în momentul în care plecasem de la mină.

Sau nu?

Cerul se umpluse de nori care se mișcau repede. Aveam gura uscată ca iasca. Unde erau activiștii? Oare dacă strigam, mă auzeau? Oare *voiam* să mă audă?

Băgasem pistolul în buzunarul de la spatele blugilor când mă îndepărtasem de Whitt, lucru pe care-l făceam când simțeam că toată lumea era împotriva mea. Mă bucuram că-l aveam la mine. M-am simțit copleșită de recunoștință când am auzit pași în apropiere. Talpa unui bocanc scrâșnea pe stâncile alunecoase.

– Cine-i acolo? am țipat, scoțând arma.

– Te văd, șopti o voce.

CAPITOLUL 38

– Rămâi pe loc! am țipat.

– Mă predau, râse Gabe Carter. Nu trage.

Luna se ițea de după nori. I-am recunoscut silueta mătăhăloasă în întuneric.

– Iisuse! Ce dracu' e cu tine?

L-am îmbrâncit atât de puternic, încât a dat în spate împleticindu-se.

– Scuze, n-am putut să m-abțin. Te-am văzut când ai venit peste dâmbul ăla de-acolo.

– M-am rătăcit, am recunoscut. M-am rătăcit rău de tot.

– Mă gândeam eu că asta s-a întâmplat. Din fericire, sunt dornic să te ajut. O să-ți arăt drumul de întoarcere în schimbul a...

Privi spre cer.

– ...o sută de dolari?

– Îți dau eu o sută de copci dacă nu-ți ții gura și nu mă duci la mină.

– Haide.

Mă luă de braț.

– Pe-aici.

Mergeam prin beznă, peste dealuri și prin văi. Urmasem o pantă ușoară și ocolisem o curbă, din ce-mi spunea el, lăsând probabil stelele să mă călăuzească în timp ce se plimbau pe cer.

– Ce mama naibii cauți pe-aici? l-am întrebat.

– Îmi place să mă plimb noaptea. Să privesc stelele. Mă face să mă simt... liber, cred. Înțelegi ce vreau să spun?

– Cred că da.

Habar n-aveam că ajunsesem atât de departe. Mă îngrozea faptul că mă pierdusem într-un asemenea hal și că mă apropiasem tot mai mult de pericol, precum un înotător care era tras în largul mării de un curent blând.

– Zici că-i un ocean aici, zise Gabe, de parcă mi-ar fi citit gândurile. Nu mai poți aprecia distanțele pe întuneric. N-ai puncte de reper. Bine, asta dacă n-ai ochiul format să le vezi.

– Ce vrei să zici cu asta?

– Acolo, spuse el. Aia e Venus. Aia galbenă de la orizont. Dacă te-ndrepți încolo, să știi c-o iei spre vest.

– Nu văd încotro arăți.

Am clipit.

– E beznă acolo.

Mâinile lui calde mi se lăsară pe umeri și merseră în jos pe brațe. Am zâmbit pe ascuns în timp ce el îmi ridica mâna și o întindea în față. Degetele lui mari, puternice, le cuprinseră pe-ale mele, luându-mi arătătorul și ghidându-l spre planeta îndepărtată.

– Încolo, spuse el. Aia galbenă.

– A, da.

– Aia e Venus. Aia e Saturn. Dacă te iei după aia mergi către sud-vest. Pătratul lui Pegas[1] e la nord, încolo. Alea de-acolo alcătuiesc Crucea Sudului[2].

---

[1] Constelație creată în jurul secolului II d.Hr. de către Ptolemeu și considerată una dintre cele 88 de constelații moderne (n.tr.)

[2] Constelație care face parte dintre cele 88 de constelații moderne, fiind una dintre cele mai ușor de remarcat (n.tr.)

– Știu cum arată Crucea Sudului. E și pe afurisitul de steag[1].

I-am tras un cot în stomac.

– Bine, măi, deșteapto. Atunci, știi să-ți găsești singură drumul spre mină.

– Nu, nu, nu, am spus, zâmbind. Poți s-o iei tu înainte. Nu-mi place să întrerup un tip care se descurcă bine.

Am pornit pe urmele umbrei mari din fața mea. Eram ciudat de fericită. Oare chiar râdeam alături de omul ăsta în deșert, în ciuda a tot ceea ce se întâmpla acasă? Chiar mă gândeam la mâinile lui calde atingându-mă, când toată viața mea era vraiște?

Peste un dâmb stâncos se înălțau luminile portocalii ale minei, strălucitoare și primitoare. Dispoziția mi se înrăutăți simțitor când Linebacker ieși de la postul de pază, în timp ce noi ne întorceam la porți.

În timp ce ne apropiam de biroul lui, am remarcat ținuta lui Gabe. Purta un trening negru și bocanci grei, negri.

– Ți-ai depășit perimetrul, se rățoi Linebacker. Ai vreo explicație pentru asta?

– Păi, eu mă plimbam, pur și simplu, și m-am întâlnit cu detect...

– N-ai nicio explicație oficială pentru contravenția ta. N-ai aprobare specială, zise Linebacker.

– Contravenție? am pufnit. Prietene, vezi-ți de-ale tale. Am fost doar la o plimbare.

– Nu ești aici la mină doar pentru că unul dintre minerii noștri a decis să meargă la o plimbare neaprobată prin sălbăticie? rânji Linebacker.

– Nu, am spus. De fapt, nu sunt.

---

[1] Crucea Sudului apare într-adevăr pe drapelul Australiei (n.tr.)

– N-a luat-o pe jos până încolo? întrebă Gabe.

– Nu. A condus. Sau a fost condus. E improbabil, dar totuşi posibil, chiar să fi zburat. Dar de mers pe jos, n-a mers.

Linebacker se întoarse tropăind în biroul lui minuscul, trântind uşa şi murmurând pentru sine. Am observat o carabină neagră uriaşă, cu o lunetă gigantică, îndreptată în sus, într-o servietă electronică prinsă cu nituri de podeaua biroului său. O bară din fier trecea de trăgaci, iar un cerc din jurul ţevii carabinei permitea scoaterea ei din servietă fără să fie nevoie de cod. Trebuia să fie arma cu care vânase câinii dingo.

– Vă fac raport la amândoi, spuse Linebacker, reapărând cu un carnet mare şi albastru.

– Ne faci raport! Ca să ce, să ne reţii? Hai, lasă-mă.

M-am întors şi am pornit la drum. Gabe o luă pe urmele mele.

– Asta o să fie trecută în jurnalul cu incidente. Alcătuiesc un raport oficial! zbieră Linebacker după noi. Un sumar detaliat al tipului şi frecvenţei breşelor de securitate!

– Ce ratat, i-am spus lui Gabe. Vai de capul lui.

– Hai, măi. Se simte şi el important. Are impresia că e principalul responsabil cu siguranţa tuturor. E linia aia subţire dintre noi şi hăul întunecat.

CAPITOLUL 39

Soldatul stătea în apropiere și aștepta în tunelul cufundat în beznă ca trădătoarea să-și vină în fire.

Pereții spațiului strâmt erau luminați de ochelarii lui cu vedere de noapte. Erau pereții prost asigurați ai unui tunel de explorare îndepărtat de artera principală a minei.

În timp ce-și revenea după lovitura surdă la cap, Amy orbecăia prin întunericul din fața ei. Chiar își trecu o mână prin fața ochilor, cumplit de speriată de gândul că orbise. Curând, o izbi mirosul puternic de pământ reavăn și-și dădu seama că era în adâncul minei. După căldura cumplită, realiză că era departe de suprafața scăldată în lumina lunii.

Soldatul se foi, iar Amy tresări la auzul pietrelor ce se dărâmau sub bocancii lui. Gura-i era deschisă. Gâfâia de groază. Soldatului nu-i pricinuia nicio bucurie groaza ei. De dragul respectării codului, trebuia să îi dea aceeași șansă pe care-o dădea și celorlalți. Era un om corect – un om cu principii.

Pentru că ea era femeie, sarcina lui avea să fie grea în seara aceea. În timp ce trecea prin Torkham[1], cele două femei pe care le întâlnise acolo îi bântuiseră visele în

---

[1] Oraș important de la granița dintre Pakistan și Afganistan (n.tr.)

perioada timpurie a detașării lui, și nu zecile de bărbați și băieți fără chipuri, ale căror zâmbete strălucitoare și bărbi îi făceau pe toți să se contopească într-unul singur.

Fusese un truc reușit. Cea mai tânără dintre femei stătuse în fața casei construite rudimentar, alături de persoana care era probabil mama ei, ținând în brațe flori ieftine, din plastic, și pungi pline de *sheer pira*[1]. Cele două așteptau mulțimea din casă să urce în mașini și să plece la nuntă. Tânăra era îmbrăcată în veșmintele tradiționale, azuriu cu fucsia, cu căptușeală aurie. Zâmbise foarte drăguț în timp ce primul convoi se oprise să vadă familia de țărani gătiți cu veșmintele cele mai alese.

Cu vesta ei cu explozibili, tânăra mireasă eliminase ea însăși șase soldați, apropiindu-se de fereastra șoferului de la prima mașină și oferindu-le dulciurile. Mama mai ucisese doi și distrusese un tanc care mergea al doilea în șir. Femeile veneau cu trucurile cele mai reușite. Făceau pe neajutoratele în timp ce măgarul lor zăcea pe marginea drumului, atrăgând oamenii buni spre moarte. Fugeau zbierând de gloate de bărbați, cu veșmintele sfâșiate, pretinzând că fuseseră violate, și scăpând în brațele inamicilor. Își trimiteau fiii și fiicele mici să cerșească apă, cu dinamită legată de ei.

Detașamentul Soldatului măcelărise familia care se pregătea de nunta falsă. Dar dreptatea pe care-o făcuseră era tardivă.

Își luă gândul de la amintirile sângeroase și azvârli casca de miner la picioarele lui Amy. Luă poziția de drepți

---

[1] Desert tradițional afgan preparat cu zahăr, apă de trandafiri, lapte praf, cardamom, fistic și nuci tocate (n.tr.)

și-și feri privirea de ea în timp ce se pregătea să-i comunice instrucțiunile.

– Cine-i acolo? se tângui ea.

– Dacă ajungi la suprafață înaintea mea, te las să scapi cu viață, începu el.

– Ce mama mă-sii?

– Tunelul în care te afli se întinde de la est la vest pe o distanță de zero virgulă șaptezeci și respectiv doi virgulă cincizeci kilometri raportă el. Vocea lui umplea spațiul strâmt. În punctul cu adâncimea cea mai mică, tunelul e la un kilometru virgulă cincizeci și șase sub nivelul mării, iar în punctul cu adâncimea cea mai mare, e la un kilometru virgulă nouăzeci și nouă sub nivelul mării.

– Ce mă-sa-i treaba asta?

Amy se împletici și se agăță de pereți în întuneric.

– Ce mama mă-sii?

– La patru sute optzeci și unu de metri de-a lungul tunelului, spre est, te-așteaptă arma ta.

Se răsuci pe călcâie și arătă cu degetul spre tunelul din spatele lui, de parcă ea l-ar fi putut vedea.

– La patru sute optzeci și unu de metri de-a lungul tunelului, spre vest, mă așteaptă arma mea. Avem undă verde, soldat.

– Să-mi bag!

Amy tremură. Se aplecă și pipăi casca de la picioare. Degetele i se plimbară pe orbecăite pe suprafața ei până când găsi lanterna prinsă de partea din față.

– Băga-mi-aș picioarele să-mi bag!

– Hai, afară! se răsti Soldatul.

Se întoarse și începu să alerge.

CAPITOLUL 40

– O, Dumnezeule mare.

Mâinile lui Amy erau amorțite, sângele îi năvălea în cap, răsunându-i în urechi.

– Doamne. Doamne.

Propriile cuvinte de mai devreme îi veniră în minte.

„Spune-mi că nu-i într-una dintre găurile alea."

Simțea un nod în gât, dar nu avea de gând să lase lacrimile s-o copleșească în momentul acela. Orice i s-ar fi întâmplat lui Tori acolo jos, nu avea să lase să i se întâmple și ei.

Întoarse lanterna de pe cască și și-o puse repede pe cap. Tunelul din fața ei se cufunda în beznă în timp ce lumina fremăta pe pereți. Gândurile-i zburau prin minte. Își închipuia cum ar fi fost să alunece unul dintre pilonii de susținere, iar noroiul să se reverse în tunel ca un val uriaș, care s-o dărâme, să-i umple plămânii, îngropând-o pe veci.

Alerga, oprindu-se brusc din loc în loc atunci când i se părea că zărise o gaură în calea ei. Pe neașteptate, drumul cufundat în beznă din fața ei se împărți în două. Ajunse la o bifurcație. Nu-i zisese nimic despre vreo bifurcație.

– Dobitocule! șuieră ea. Dobitocul dracului!

Furia clocotea în ea. Se întoarse și privi în urmă, spre bezna din care venise.

– Te omor! Te omor, băga-te-aş în mă-ta!

Nu era nimic acolo. Nu se-auzea nici măcar un sunet în afară de respirația ei agitată.

Amy intră în goană în tunelul din partea stângă. Pământul se înălța acolo. Centimetru cu centimetru, se îndrepta spre suprafață, spre siguranță.

Auzi un pocnet, iar brațul îi zbură înapoi. Nu simți durere, ci doar o smucitură puternică, iar ultimele două degete ale mâinii ei dispărură. Privi locul unde fuseseră și continuă să alerge, concentrată. Răsună un alt pocnet, iar ea fu aruncată într-o parte în timp ce un glonț îi atinse razant şoldul. Privi în urmă, văzu o străfulgerare și auzi glonțul zburând pe lângă ea.

În tunelul din fața ei, văzu o formă. O ladă de lapte, cu o carabină uriașă culcată pe ea. O ofrandă. Se aruncă înainte.

CAPITOLUL 41

El o urmă calm, în timp ce ea apuca arma. Mai folosise o armă. Îngenunche și o amorsă, se întoarse și trase o ploaie de gloanțe în întuneric.

Soldatul se feri, zâmbind la strădania ei. Mult prea sus.

Amy se aruncă în deschizătura din dreapta. El dădu colțul la timp pentru a o vedea privind în sus spre dâmbul noroios. Lumina de la intrarea principală în mină dansa pe acoperișul tunelului. Oamenii mergeau înainte și înapoi pe el.

Soldatul își simți mușchii feței încordându-se. Se încruntă, mijind ochii. Se lăsă într-un genunchi, ținti și trase. Amy se împiedică și căzu. Glonțul îi zdrobi genunchiul stâng.

– Ajutor! Să mă ajute cineva!

El înaintă și o apucă de gleznă. Nu era pregătit pentru momentul în care ea se răsuci în strânsoarea lui. Amy îl izbi cu patul puștii în partea laterală a capului. El începu să vadă cu coada ochiului lumini roșii din cauza loviturii. Nu era destul. O târî înapoi în întuneric în timp ce țipătul ei se ridica dincolo de pereții tunelului.

CAPITOLUL 42

L-am găsit pe Whitt în camera de odihnă, stând așezat cu unul dintre latte-urile aromate pe care le adusese în mină în pungulițe. În dimineața aceea îl lăsasem să doarmă și pornisem într-o plimbare lungă prin jurul minei, văzând-o din toate unghiurile. Macaraua uriașă din mijlocul minei părea a mă urmări precum ochii dintr-un portret.

Camera de odihnă era alcătuită din două clădiri demontabile care fuseseră unite pentru a crea un spațiu larg, în care se aflau o sală de sport cu multe greutăți și o zonă cu canapele, pentru relaxare și lectură. Unii dintre mineri se antrenau cu echipamentele sportive, iar o mulțime destul de mare se adunase în fața unui televizor uriaș din zona cu canapele, unde mai mulți jucau un joc video. Mulțimea aclamă când una dintre perechile de pe canapea înscrise, dar nu vedeam ce jucau din cauza umerilor minerilor.

În colțul încăperii era atârnat un sac de box. Am simțit un mic puseu de energie văzând crăpăturile și cutele binecunoscute din pielea roșie.

– Neața, spuse Whitt, prudent, în timp ce mă așezam lângă el.

– Neața, partenere. Ești gata să-l înhățăm p-ăsta azi?

– În mod sigur, o să dau tot ce am mai bun, zise el. Tocmai am vorbit la telefon cu părinții lui Hon. Vor să vină cu avionul până aici, dar le-am zis că n-ar fi o idee bună. N-o să facă decât să ne încurce.

– O să afle că fiul lor nu și-a făcut simțită prezența aici în niciun fel, am spus eu. Nu i-a rămas nici măcar o șosetă desperecheată care să sugereze c-ar fi fost în vizită pe-aici.

– Ah, făcu el. Ți-a revenit veselia.

– Mă deranjează chestia asta, Whitt. Mă deranjează faptul că nu a rămas nimic în urma oamenilor ăstora. Parcă i-ar fi ras cineva de pe fața Pământului.

– Toată mina asta o să fie rasă de pe fața Pământului când se termină minereul, spuse el. O s-o ia cu totul și o s-o mute în următorul loc. O să sufle vântul prin ea, o să astupe tunelurile și o să îngroape echipamentul pe care-l lasă în urmă. Ăștia-s ca țiganii.

– Mă enervează rău chestia asta, am spus.

Chiar mă enerva – toată nesiguranța, senzația că timpul până la plecare era limitat. Îmi aducea aminte de copilărie.

– Ce știm despre părinții lui Amy și ai lui Tori? întrebă el.

– Am dat un telefon de dimineață, încercând să aflu câte ceva. Tatăl lui Amy și al lui Tori e văduv. Cele două fete l-au dat în judecată și au obținut un ordin de restricție în 2011, când a încercat să dea peste Amy cu mașina. De-atunci, ele sunt fugare.

– Nu e printre posibilii suspecți, nu-i așa? Știe unde sunt?

– Din câte știu, nu, am spus. E pe un vas de pescuit din Cairns[1]. E tot rudă, deci poliția din Queensland[2] l-a

[1] Localitate din statul australian Queensland (n.tr.)

[2] Stat din nord-estul Australiei, cu capitala la Brisbane (n.tr.)

informat despre dispariția lui Tori. N-a avut de oferit nicio informație utilă.

Se lăsă liniștea între noi. Tensiunea care apăruse în seara precedentă păru a crește. Pe buze îmi stăteau cuvinte nerostite. Whitt se uită la telefon.

– Părinții lui Hon mi-au spus c-au vorbit cu el ultima oară la apelul lunar, îmi explică Whitt. Hon îi sună mereu pe data de întâi a lunii. Și eu sunt la fel. Doar că eu sun săptămânal. Mama așteaptă mereu să sune telefonul luni la ora șase seara.

Părea trist. Un moment rar de vulnerabilitate. L-am urmărit cu atenție.

– Fratele meu este Jacob Samuel Blue, îmi scăpă.

CAPITOLUL 43

Am căutat acea sclipire din ochii lui care să-mi arate că știa despre ce era vorba, o străfulgerare de-o clipă înainte să ascundă și să mascheze faptul că știa. N-a apărut. Pentru o clipă, am reușit să cred că nu știa nimic despre fratele meu.

– Îmi pare rău, eu nu...

Ridică din umeri.

– Ucigașul de la râul Georges.

Whitt se încruntă și mai tare.

– Ei, cel puțin așa îi zic ăștia de la ziare.

I-am sorbit din latte.

– Dacă e să mă-ntrebi pe mine, el n-are nicio treabă cu toată povestea asta.

Am lăsat faptul că Whitt fugea de orice formă de știri să rămână nerostit și neexplicat între noi. I-am spus despre dimineața din Sydney în care-am aflat că Sam avea să fie dus la poliție, drept unul dintre cei mai barbari criminali în serie ai nației noastre. Odată ce-am început, cuvintele parcă se revărsau din mine. Dacă Whitt mă spiona pentru colegii lui de la Sydney, auzea în clipa aceea chiar din gura mea că eram șocată și revoltată de ceea ce spuneau. Acuzația mă surprindea la fel de tare ca pe oricine altcineva.

– Am avut o copilărie grea, am spus. Ne-am tot plimbat prin casele oamenilor care ne luau în plasament, până când Sam a împlinit vârsta necesară pentru a-mi deveni tutore legal. Presa face mare tam-tam din chestia asta acum pentru a încerca să explice ce e-n neregulă cu el.

– Ce *cred ei* că e-n neregulă cu el, adică, zise Whitt. Din ce-mi spui tu, nu e nimic în neregulă cu el.

– Păi, am început. M-am oprit.

Confesiunea mea prinsese atât de mult elan, încât îmi veneau noi gânduri în minte, și abia apucam să-mi dau seama la ce mă gândeam înainte să iasă la iveală.

– Am văzut niște chestii pe panoul cazului de la Sydney, am spus. Erau fotografii din interiorul apartamentului lui. Lucrurile pe care le-au găsit. Și mie mi-au tot venit lucruri în minte, despre viețile noastre. Am avut parte de tați adoptivi care au fost duri cu el. Uneori l-au și bătut. Nu știu ce altceva i s-a mai întâmplat. Mereu a fost iute la mânie. Mereu a fost... secretos. Făceam o echipă pe cinste, știi?

El aprobă din cap.

– Trebuia să fim o echipă ca să putem supraviețui. Dar o părticică din el s-a ascuns mereu de mine. Îmi dădeam seama. Era *ceva* acolo, o parte din el la care nu reușeam să ajung. Dar nu e la fel cu toată lumea?

Whitt asculta cu atenție. O parte din mine nu voia să creadă că eram sinceră cu el. Cealaltă parte avea un sentiment extraordinar de eliberare, auzindu-mi cuvintele rostite cu voce tare, știind încotro se îndreptau.

– Oare cum pot gândi așa? am întrebat.

– Gândești așa cum ar gândi oricine în locul tău, spuse Whitt după o ceva vreme. Ești confuză. Oricine-ar fi confuz în locul tău.

Ne-am privit, și inevitabil, vechiul meu zid s-a înălțat din nou în jurul meu. Creierul îmi răsuna de alerte. Faptul că mă deschideam era periculos. Deja făcusem destul rău, iar instinctele îmi intrau în funcțiune.

– Bun, am spus, ridicându-mă hotărâtă. N-avem timp de conversații profunde, de suflet. Hai, ridică-te, să mergem iar la Amy. Să vedem dacă-și aduce aminte de ceva, acum c-a avut timp de gândire.

Am plecat fără să aștept ca Whitt să mă urmeze.

CAPITOLUL 44

Whitt și cu mine am ajuns la colțul dongăi lui Amy și aproape c-am dat peste Richie și peste un miner tânăr care părea foarte indispus, stând în lumina zilei. Ochiul vânăt al lui Richie se închisese foarte tare la culoare. În partea de jos avea o vânătaie care se vindeca, de un gălbui bolnăvicios. Prietenul lui miner se încordă văzându-ne și plecă târșâindu-și picioarele. Părea să profite de șansa de a ieși dintr-o situație riscantă.

– Nu părea a fi o întâlnire amicală.

Am făcut un semn cu capul spre miner.

– Ceva datorii neplătite?

– Ce-ar fi să-ți vezi tu de treburile tale, Păsărică, iar eu de-ale mele.

– Mă gândesc că trebuie să-ți fie greu. Nu poți să ai încredere-n drogații ăștia.

– Ce? Și-acuma io-mi dau drumu' la gură și-ți zic de clienții mei și de toate alea legate de droguri, cu dus și-n-tors, ca să ai tu ce să pui pă casetă? Cred că tu ai nevoie dă lecții.

– Nu te înregistrăm, spuse Whitt.

– Toată operațiunea asta a fost aiurea rău, rânji Richie la mine. Toată povestea aia cu minerii dispăruți ce-o folosiți voi. Se vede dă la o poștă că-i o abureală. Tot în curu' meu ați stat dă când ați ajuns aicea. Ei, ia uite-mă, păpușe. Aici sunt. Percheziționează-mă cât vrei; io nu-s traficant dă droguri.

Am râs, tare.

– Poți să crezi zvonurile dacă vrei. Da'-ți pierzi vremea așa. Io-s distribuitor neoficial dă bunuri, și-s specializat pă divertisment.

Scoase repede un catalog din buzunarul de la spate și mi-l aruncă în piept. Am consultat sute de titluri de DVD-uri.

– Filme, cărți, console, muzică, reviste, numără el pe degete. Pot să-ți fac rost dă titluri dân străinătate, titluri rare și titluri doar pentru adulți în dooșpatru dă ore. Am cartele preplătite dă internet, cartele dă telefon, telefoane mobile. Am legături și-n lumea divertismentului în direct, numai pentru adulți.

– Fain paravan ți-ai făcut.

Whitt îl bătu pe umăr.

– Nu-i paravan. V-arăt chitanțele.

Am atins catalogul cu un deget și am studiat un praf fin, alb, la lumina soarelui. Cei doi bărbați mă urmăriră cu privirea.

– Asta e cocaină? am întrebat.

Richie înghiți în sec.

Mi-am dat cu praful pe limbă și am pus puțin și pe gingii.

– Chiar are gust de cocaină.

– De apreciat efortul tău.

Whitt îl bătu iar pe Richie pe umăr.

– Dacă tot ești tu ăla mare care le-nvârte și le sucește pe toate în comerț la mină, poate poți să ne spui dac-a făcut cineva vreo tranzacție, ceva, cu lucrurile-astea.

Mi-am scos carnețelul din buzunarul de la spate.

– Un iPhone negru în carcasă albastră, aparținând lui Danny Stanton. Un iPhone alb în carcasă roz, aparținând lui Tori King. O tabletă, argintie, posibil iPad, aparținând lui Hon...

– Nu știu eu nimic dă chestiile-astea.

Richie făcu un semn din mână, expediindu-ne repede.

– Io n-am prins când s-au dat toate astea. D-asta sunt aici azi, dă dimineață devreme, ca să iau lucrurile lui Amy. Cineva a zis c-are laptop nou.

– Amy?

I-am aruncat o privire lui Whitt.

– Amy King?

– Da, Amy King.

Richie făcu un gest spre donga de lângă noi.

– Știu io cum stă treaba. Azi-noapte și-a ratat tura, și n-a mai văzut-o nimeni. Nici la apel n-a fost, dimineață. O să vină omu' meu dă legătură și să ne spună dacă și-a preluat tura azi, dă dimineață. Am auzit c-a plecat la Darwin s-o găsească pă sor-sa, deci dacă drăcia aia dă laptop e acolo, al meu e.

L-am împins pe Richie la o parte și am alergat pe scări în clădirea demontabilă.

Secțiunea lui Amy era dezordonată, în afară de pat, care era frumos aranjat. O pungă de plastic din apropierea pervazului îmi atrase atenția, și m-am dus acolo. Am ridicat două cutii cu mâncare la pachet și le-am îndreptat spre lumină. Era mâncare dintr-un bar. Capacul primei cutii era desfăcut, iar pe podea zăcea o furculiță din plastic. Pe chitanța de pe fundul pungii scria că fusese cumpărată la ora 18.37. Își cumpărase cina ca să reziste în tura de noapte. Venise acasă, desfăcuse prima cutie... și pățise ceva.

Cineva stătuse și o așteptase.

CAPITOLUL 45

Whitt mă urmă în sala de mese, cu telefonul lipit de ureche, raportând dispariția lui Amy șefilor lui din Perth.

L-am găsit pe Gabe Carter punându-și casca de protecție și adunându-și farfuria goală și tacâmurile.

– Amy a dispărut, am spus eu, cu răsuflarea tăiată. Vreau să fie căutată în toată mina. Toți minerii trebuie chemați. Trebuie să se știe unde e fiecare dintre ei. Cum fac să declar o alertă de-aia?

– Stai așa... ce? Adică Amy King?

– A dispărut!

– De unde știi?

– Ai dracului încredere-n mine! m-am răstit. Cu cine să vorbesc ca să trimită o echipă de căutare în deșert?

Mă roșisem la față, simțeam că-mi arde gâtul – cunoscutul sentiment al vinovăției extreme. Oare faptul că vorbisem deschis cu Amy o pusese în pericol? Oare ucigașul, oricine-ar fi fost el, ne văzuse ieșind din mină? Oare o considerase pe Amy periculoasă?

Cine fusese acolo în acele momente? Erau zeci de mineri care intraseră și ieșiseră, conducând camioane, lucrând în tunelurile aflate de-o parte și de alta a arterei principale a minei. Nu-mi aminteam nicio figură concretă. Nu era nimeni care să-mi fi stârnit deja curiozitatea.

– Bun. Cei de la secția din Perth știu că Amy a dispărut. Whitt închise telefonul.

– O să vadă care-i situația telefonului și conturilor ei și o să lanseze o alertă generală în Perth și-n împrejurimi. Dar n-o să trimită niciun elicopter până nu primesc confirmarea că nu-i în mină. În caz de eșec, o să accepte o solicitare din partea șefilor minei.

– Baftă cu asta, spuse Gabe. N-o să reușiți să-i convingeți pe șefi să golească mina sau să trimită o echipă de căutare. Dacă se-nchide locul ăsta, vor fi pierderi de zeci de mii de dolari pe oră.

– Hai să nu ne pierdem cu firea, i-am spus lui Whitt, vorbind mai mult cu mine însămi decât cu el. Încă s-ar putea să fie aici.

– Fetele-astea, King, mergeau din când în când în tabăra Soldaților Pământului, dacă țin eu bine minte, spuse Gabe. Când era pe terminate iarba la mină, erau câțiva care mergeau acolo. Știu că Tori mergea de obicei. Poate că Amy s-a dus să-i ia la întrebări.

– Corect, am spus eu, întorcându-mă către Whitt. Trebuie să mergem să vorbim cu ei. Dacă nu-i la mină, trebuie să fiu sigură că nu-i nici pe-aproape.

– Mă duc în oraș, să văd dacă n-a văzut-o careva pe-acolo, se oferi Gabe. O să rog pe cineva să preia tura mea. Dacă mergeți în deșert, nu fiți proști.

Gabe arătă spre mine.

– Ia-ți un telefon cu satelit, o pălărie, cremă de protecție solară și apă. Foarte multă apă. Tabăra Soldaților Pământului nu e departe, dar e periculoasă situația. Nu vrem să se mai piardă careva.

CAPITOLUL 46

Am pornit în pas alergător înapoi spre clădirea demontabilă, ca să-mi schimb bocancii și să-mi iau crema de protecție. Inima încă-mi bubuia în piept. Trebuia neapărat să mă stăpânesc. Era foarte posibil ca Amy să fie încă în mină, să ne întâlnim cu ea pe drumul de întoarcere de la tabăra Soldaților Pământului. O apucase brusc cheful de stat de vorbă cu ei în noaptea dinainte, în timp ce-și desfăcea cina. Dar nu puteam decât să continui s-o caut, și abia dacă n-o găseam puteam să intru în panică.

În timp ce intram în donga noastră, un anunț de la difuzor răsună undeva în apropiere, urmat de note muzicale stridente.

– Amy King, te rugăm să te prezinți la biroul administrativ imediat. Amy King, te rugăm să te prezinți la biroul administrativ imediat.

M-am oprit chiar în pragul ușii secțiunii mele și a lui Whitt. Pe fereastra mea, păianjenul vânător fusese strivit și omorât. Picioarele-i păroase erau lipite de geam de măruntaiele-i galbene și lipicioase. Am simțit că mă cuprinde greața.

– Whitt!

M-am întors și l-am auzit urcând treptele dongăi.

– Ai omorât pocitania aia de păianjen?

Îmi auzeam oroarea din glas. Urmă o pauză, în timp ce el încerca să înțeleagă ce spuneam. Ajunse după colț, încruntându-se.

– Hă?

– Păianjenul, băi, cretinule.

Am făcut un semn spre mizeria de pe geam.

– De ce-ai făcut asta? Ești conștient că nu fac niciun rău, nu?

– O, nu.

Se îngrozi văzându-l pe geam.

– Da, l-am văzut că se tot plimba prin cameră. Azi-noapte era pe tavan. Ajunsesem să-mi placă prezența lui. Era ca un animăluț de companie mai ciudat.

– Și-atunci de ce pușca mea l-ai omorât?

– Dar nu l-am omorât! N-am făcut eu asta, tu ești nebună?

– Și ce vrei să zici, c-a venit cineva și l-a-mprăștiat pe toată fereastra ca să-l găsim noi?

– Așa se pare.

Ridică din umeri.

M-am dus la patul meu și-am început să mă dezleg la bocanci, în timp ce el se holba la păianjen.

Era foarte ciudat să-l aud vorbind despre chestia asta exact în termenii în care ajunsesem eu să mă gândesc la ea – o mică bucurie într-o lume dură, un animăluț de companie ciudat. Dar nu credeam că altcineva ar fi putut intra în camera noastră și rămâne destul încât să observe drăcovenia și s-o vâneze. De ce să fi intrat cineva în camera noastră? Nu era nimic de valoare sau interesant în ea.

Mă întrebam de ce-ar fi mințit Whitt în legătură cu ceva atât de straniu și de plin de cruzime, când am văzut colțul unei cutii cunoscute ițindu-se de sub perna lui.

M-am ridicat și-am dat perna la o parte de pe pat, înhățându-mi cutia de diclofenac.

– Ce mama mă-sii? am întrebat, rar.

Whitt stătea în prag și se uita la mine.

– Ce...

– Să nu-ndrăznești, am spus, ridicând un deget. Să nu cumva să faci pe prostul. Știai că eu căutam astea. Ți-am spus să fii cu ochii pe ele. Știai că am nevoie de ele.

– Harriet, spuse Whitt, nu am pus eu astea acolo.

M-am trezit că pumnii-mi erau încleștați, cutia strivită, iar pachetul de pastile pocnea. Fierbeam de furie. Sângele-mi clocotea în cap, iar alerta pentru Amy răsună din nou în difuzor.

– O să mergem s-o căutăm din nou pe Amy, am spus. Și pe urmă o să discutăm despre cum te duci tu-n mă-ta înapoi în Perth și mă lași pe mine să mă ocup singură de cazul ăsta. Eu n-am încredere-n tine. Și dacă nu putem s-avem încredere unul în altul, ne pierdem vremea de pomană aici.

– Harriet, eu...

– Tacă-ți fleanca.

Mi-am pus bocancii de drumeție.

– Taci odată, Whitt. Nu faci decât să înrăutățești situația.

Am aruncat o privire spre rămășițele păianjenului în timp ce treceam de el și ieșeam din clădirea demontabilă. Ochii mei i-au întâlnit pe-ai lui timp de-o secundă. Părea îngrozit. Se pricepea foarte bine să mintă.

CAPITOLUL 47

„Bun“, mă gândeam. „Așadar, e posibil ca partenerul tău să nu fie doar un spion pentru Omucideri, în Sydney, ci și un ciudat care se joacă cu mintea ta.“

Îmi târșâiam picioarele prin deșert, cu Whitt la câțiva metri în spatele meu. Transpirația îmi curgea de pe frunte și pe linia maxilarului.

Mă descurcam cu ciudații. Ciudații cărora le plăceau jocurile bazate pe putere, brutalitate și supunere alcătuiau majoritatea cazurilor mele de la Departamentul de Infracțiuni Sexuale. Genul controlat, închis, precum Whitt, căruia-i plăcea să se joace cu mintea unei femei, intra, desigur, în categoria celor mai periculoși. Ăștia erau soții care puneau senzori GPS în spatele mașinilor soțiilor lor. Iubiții care întorceau o femeie împotriva prietenelor ei cu secrete și minciuni complicate, care-o izolau de rețeaua ei de sprijin. Cei care-i luau și-i ascundeau lucrurile personale, pentru ca ea să se întrebe dacă nu cumva înnebunise, fiind în alertă, și deci, mai ușor de controlat.

Erau cei care răneau animale pentru a-i demonstra ce se putea întâmpla dacă depășea vreo limită.

Un păianjen strivit era un mesaj foarte subtil. Dar însemna ceva, altfel nu l-ar fi lăsat acolo ca să-l găsesc eu.

Căldura uscată a deşertului îmi pârjolea gâtlejul. M-am oprit şi l-am lăsat pe Whitt să mă ajungă din urmă, privind harta rudimentară pe care mi-o desenase Gabe. În timp ce plecam de la mină, răsuna alerta pentru Amy. Nu răspunsese deloc în cele douăzeci de minute de când era activă. Ştiam că mesajul răsuna sub pământ, la mare adâncime, la radiouri portabile şi prin difuzoarele prinse pe tavanele camerei de odihnă, biroului administrativ şi sălii de mese. Se auzea în parcările de camioane şi prin staţiile de pompare în care bătea soarele.

Nu răspundea.

Am înghiţit în sec şi m-am şters pe frunte.

– E destul de cald aici.

Mi-am scos chipiul şi mi-am făcut vânt pe faţă.

– Nici măcar nu e încă miezul zilei.

– Uită-te cum ne joacă ochii feste pe căldura asta.

Miji ochii la orizont.

Pe suprafeţele plate ale deşertului apăruseră miraje mari, care semănau cu nişte lacuri largi şi negre. Îmi curgea transpiraţia în ochi. M-am ghemuit pe picioarele care mă dureau cumplit.

– Ştii, aici au cămile, spuse el. În deşertul australian există vreo jumătate de milion de cămile sălbăticite. Le-au adus britanicii pe vremea coloniilor.

– Sunt sigură că s-au adaptat perfect.

Am împăturit harta.

– Pe-aici. Trebuie să trecem printr-o vale, drept înainte.

În faţa noastră se întindea un defileu masiv, cu versanţii înclinaţi acoperiţi de stânci galbene ce se sfărâmau. Am coborât cu grijă, pe stânci uneori mai înalte decât noi.

– Fosile!

Whitt se opri în faţa mea când am ajuns la fund, arătând cu sticla de apă.

– Probabil a fost cândva un râu pe-aici.

– Grăbeşte-te.

Am trecut pe lângă el.

– Căutăm persoane dispărute, nu suntem la National Geographic.

Sticla de apă a lui Whitt zbură din mâna lui cu un pocnet puternic, lovindu-se de stânca plată din spatele lui.

Urmă sunetul împuşcăturii, care răsună în toată valea, cu un ecou ca de tunet.

Ne-am oprit amândoi. Whitt încă ţinea mâna întinsă, încercând să înţeleagă ce se întâmplase. Mai multe focuri de armă loviră lutul uscat de lângă noi, ridicând trâmbe de fum.

– Lasă-te jos!

Whitt se aruncă spre cea mai apropiată stâncă, lăsându-mă să merg cu paşi împleticiţi în spatele lui. Împuşcăturile loviră pământul de la picioarele mele. Toată valea răsuna de explozii asurzitoare, care-mi vibrau în timpane.

– Iisuse! am spus, gâfâind. Unde e? Vezi ceva?

Whitt aruncă o privire printr-o crăpătură dintre bolovani, spre partea superioară a văii. Nu aveai cum să-ţi dai seama din ce direcţie veneau împuşcăturile. M-am ghemuit lângă piatra caldă. Mă dureau genunchii şi mâinile, pentru că mi le făcusem carne vie în timp ce mă căţăram pe stâncă, îndreptându-mă spre un loc sigur. M-am uitat în spate şi-am văzut că tot ce mai rămăsese din sticla de apă a lui Whitt era un capac şi o bucată de plastic pârlit. Era o armă de calibru mare, cu o lunetă destul de zdravănă. Împuşcăturile încetaseră. În urma lor rămăsese numai țiuitul dureros din timpanele noastre traumatizate.

Eram prinși chiar în lumina soarelui.

Mâinile-mi tremurau în timp ce mă agățam de stâncă.

CAPITOLUL 48

Membrele încetară să-mi tremure după cincisprezece minute, dar tensiunea persistă, provocându-mi dureri musculare. Eram ghemuiți după o stâncă ce ne ajungea doar până la mijloc, dar când am încercat să ne schimbăm poziția, mutându-ne în lateral pentru a ajunge la o ascunzătoare mai mare, împușcăturile începură din nou, făcând să zboare bucăți de lut.

– Ăștia sigur nu-s activiștii, spuse Whitt.

– Numai Gabe Carter știe că suntem aici, am spus. Dacă nu cumva ne-a urmărit careva în tot acest timp.

– Poate-i aceeași persoană care ți-a furat pastilele, zise el.

Mi-am scos nisipul și praful din nas. Voiam să mă rățoiesc la el, dar nu puteam să mă cert cu Whitt în momentul acela, nu atât timp cât viețile amândurora erau în joc. Dacă voiam să scăpăm cu viață, trebuia neapărat să lucrăm în echipă.

Soarele se înălța încet deasupra capului nostru, arzându-mi antebrațele și ceafa neprotejate. Am luat câte-o gură din sticla de apă care ne mai rămăsese și ne-am dat din nou cu cremă de protecție, dar eram direct în lumina soarelui, iar dacă temperaturile corpurilor noastre continuau să crească, riscau să ne provoace insolație. În douăzeci de minute, respiram amândoi pe gură, inhalând scurt, cu hainele scăldate în sudoare.

M-am lipit de stâncă, iar Whitt îmi urmă exemplul.

– Cam căcăcioasă situația asta, spuse el deodată.

Nu m-am putut opri din râs. Nu-i stătea absolut deloc în fire. Am râs continuu cam un minut. Când am ridicat privirea, am văzut c-avea un soi de ușurare întipărită pe față, la gândul că tensiunea dintre noi dispăruse, chiar dacă pentru puțin timp.

– Nu sunt un pericol pentru tine, spuse Whitt.

– Dacă tu zici.

– Nu, pe bune. Faptul c-am venit aici la mină n-are nicio legătură cu tine.

– Și-atunci de ce-ai mințit în legătură cu asta?

Se șterse pe față cu tricoul și-și ascunse fața după cutele închise la culoare o perioadă. Când m-am hotărât că nu aveam să primesc un răspuns, ridică privirea și vorbi:

– N-am fost în brigada antidrog în Perth, spuse el. Am fost la Omucideri.

L-am urmărit străduindu-se să vorbească, în timp ce ținea mâinile în poală.

– Acum vreo doi ani mă ocupam de cazul unei puștoaice care fusese ucisă. Avea șapte ani. Un camionagiu de cursă lungă a găsit-o într-un șanț. Toate pistele din cazul ăsta duceau la trei frați care aveau legături cu pornografia infantilă. Era sinistru cazul ăla. O perioadă n-am mai fost bun de nimic. Am schimbat doi parteneri. N-a putut nimeni să suporte. Aveam coșmaruri.

– Te cred și eu, am spus.

– N-aveam nicio informație despre ăștia. Erau alunecoși ca țiparii. De fiecare dată când credeam că am ceva cu care să pot să-i încolțesc, îmi scăpau printre degete.

Tatăl lor era avocat. Și era unul foarte inventiv. I-am urmărit un an. Eram cu totul obsedat de ei. Îl alegeam pe unul și-l urmăream peste tot în zilele libere, sperând să ajung undeva. Nu vorbeam decât despre frații Cattair. După câteva luni, prietenii au început să mă evite. Am început să mă simt singur. Și știi și tu, spuse el, zâmbind amar, există un prieten care nu te lasă niciodată.

– Sticla, am spus eu.

– Corect.

– Ce mizerie.

M-am trezit că zâmbeam și eu amar.

– Stai, că devine o mizerie și mai mare, zise el. Toată viața mea era un haos. Apartamentul era praf. Nu mă mai spălam și nu mai mâncam zile întregi. Mi se părea că toate reușitele și nereușitele mele ca om aveau legătură cu indivizii ăștia trei. Așa că... le-am făcut-o. Am plantat probe.

Nu-mi venea să cred că-mi spunea lucrurile astea. Aproape că uitasem de valea din jurul nostru, de omul cu arma. Căldura făcea totul să pară suprarealist. Vedeam cu coada ochiului lumini albe, sclipitoare, iar capul îmi bubuia.

– Bineînțeles că nu mi-a mers, zise Whitt. A ieșit așa un dezastru, încât a venit poliția federală și m-a amenințat că mă bagă la zdup. A avut loc o operațiune uriașă de mușamalizare a întregii povești. Doar din motivul ăsta am reușit să-mi păstrez slujba. Dar frații Cattair sunt foarte departe de noi acum. N-o să fie niciodată judecați pentru ceea ce au făcut.

Își mușcă buza, scrutând cerul albastru nemărginit.

– Acum sunt foarte precis, spuse el. Obsesia aproape că s-a inversat. Dacă viața nu mi-e întru totul organizată, întru totul pregătită, simt că totul se prăbușește. Mă enervează lucruri mărunte, cum ar fi o cămașă necălcată. Mă fac să simt că o iau razna de tot. Când am plantat probele alea, Blue, am renunțat la tot. La codul meu moral. La simțul realității. Dacă mai fac o dată așa ceva? Dacă fac ceva *mai rău*?

Înțelegeam ce voia să spună despre a ține mâna ca lumea pe „volanul" vieții. Simțisem, zile întregi, că pierd controlul asupra vieții mele. Poate că suspiciunile mele cu privire la Whitt erau acea obsesie despre care vorbea – acea dorință disperată de-a controla lucrurile.

– Nu mă uit la știri pentru că nu vreau să văd nimic despre ei, spuse el. Frații Cattair. O să ucidă din nou. Știu că o să o facă. Și când o să o facă, vina o să fie a mea. Acum umblă liberi prin lume din cauza mea.

– Tu ai încercat să faci ceea ce trebuie.

M-am întins să-l iau de mână.

– Sunt polițist.

Își retrase mâna.

– N-am nicio scuză.

Brusc, Whitt fu aruncat în față, și am auzit pocnitura carabinei. Rămase cu gura căscată, apoi se împletici și se ghemui, ținându-se de braț. Pipăia materialul sfâșiat. Îl zgâriase.

– A dat ocolul, spuse Whitt, privind spre versantul văii. Trebuie neapărat să ieșim de-aici.

CAPITOLUL 49

Am pornit, alergând spre un grup de stânci care ne ascundea de locul unde credeam că era trăgătorul. Doar câteva împuşcături răsunară în aer. Stâncile erau mai mari, şi m-am simţit uşurată imediat ce umbra lor m-a acoperit. Fiecare muşchi din picioare îmi zvâcnea. Whitt privi peste partea de sus a stâncii, iar un glonţ intră pocnind într-una dintre stâncile din spatele nostru, stârnind praful.

– Pare aproape ca un joc, am spus eu. Ar fi putut să ne doboare cu uşurinţă când alergam.

– Am auzit despre chestii de-astea de la un coleg care a luptat în Afganistan, gâfâi Whitt. A văzut lunetişti din trupele speciale cum se antrenau în deşert folosind sătenii pe post de vânat. Aştepţi să iasă într-un spaţiu deschis şi pe urmă vezi dacă poţi să-i îndrepţi încotro vrei tu să meargă. A spus că unii forţează adolescenţi să sară de pe stânci, mânându-i cu împuşcături.

– Deci nu ne mişcăm, am spus. Nu intrăm în joc. Când se întunecă, o rupem la fugă. Dacă nu cumva...

– Ce?

– Dacă nu cumva are vedere de noapte.

Începusem din nou să tremur.

– Whitt, trebuie neapărat să scăpăm de-aici. Dacă Gabe trimite pe cineva să ne găsească, o să-i trimitem direct într-o capcană.

– Atunci vom fi nevoiți să ne mișcăm în continuare.

Ridică privirea spre versantul văii.

– Poate găsim vreun tunel, sau ceva. Stâncile-alea de-acolo. Ești gata? Pornim.

Oricât făcea pe curajosul, Whitt ezită o clipă, legănându-se pe călcâie, apoi o luă la goană spre următoarea grămadă de stânci. Am alergat după el, și abia după ce-am ieșit din umbra ascunzătorii mele au început împușcăturile.

Am alunecat pe pietriș în timp ce împușcăturile izbeau pământul de sub mine. N-aveam de ales decât să mă arunc într-o depresiune puțin adâncă. M-am aruncat cu fața în jos. M-am înghesuit acolo, lipindu-mi corpul de partea laterală a culmii micuțe. Un scorpion auriu, scos din nisip de aterizarea mea, se îndepărtă de mine cu coada curbată.

Whitt se ghemuise după stâncile spre care ne îndreptaserăm, cu o privire zăpăcită. Acum că trăgătorul ne despărțise, nu mai puteam colabora. Whitt își acoperi fața câteva secunde, gândindu-se. Soarele-mi ardea ceafa, pătrunzând într-o piele deja pârlită.

Când am ridicat privirea, Whitt se bătea ușor în piept și arăta cu degetul în vale, spunând ceva pe mutește.

„Îl îndepărtez eu."

Arătă spre gura văii, deasupra noastră, spre panta care ducea spre cer. Arătă spre ochii lui.

„Tu du-te repede-acolo sus. Încearcă să te uiți la trăgător."

Am ridicat degetul mijlociu.

„Ia du-te tu-n mă-ta. Îl îndepărtez eu. Tu fugi pe culmea aia."

Știam că eu alergam mai bine, și având în vedere experiența mea din ring, eram cea mai stăpână pe propriile picioare dintre noi doi pe stâncile alea abrupte. Da, faptul că mă transformasem în țintă era mai periculos. Dar n-aveam timp de galanteriile răsuflate și de doi bani ale lui Whitt. Voiam să scap din vale cu viață.

Whitt oftă. Când privi din nou spre mine, mi-am lovit palma cu pumnul.

„Vezi că-ți dau!"

Whitt își mușcă buza, gândindu-se ce variante avea. Înainte să apuc să-i mai adresez vreo amenințare, fugi.

– Dobitocule, am spus printre dinți.

M-am întors și-am luat-o la fugă, urcând pe versantul văii. Mușchii coapselor mi se încordară. Am simțit o durere cumplită în timp ce urcam treptele din piatră. Picioarele-mi alunecară în nisip, dar am reușit repede să urc, aproape ajungând la gura văii.

Auzeam împușcături răsunând în valea de sub mine.

M-am prins de ultima culme și am alunecat spre pământ, lipindu-mă de un grup de stânci. L-am văzut pe Whitt gonind pe lângă un șir de stânci. Gloanțele treceau prin găurile dintre bolovani, groaznic de aproape de capul lui.

Am căutat crestele și am văzut cu coada ochiului umărul unui om, în timp ce trăgătorul își ajusta ținta. Brațul lui lung era acoperit de uniforma de camuflaj pentru deșert. Fața-i era ascunsă în umbra unei stânci mari.

Urmă o pauză, apoi răsună o singură împușcătură în vale. L-am auzit pe Whitt țipând. Apoi, parcă alunecă, dispărând din raza mea vizuală.

– Whitt! am urlat.

Culmea din fața mea parcă explodă în timp ce trăgătorul împroșca gloanțe în direcția mea. Nu am putut decât să stau întinsă cu fața în mâini, așteptând să se oprească vacarmul.

Se opri. Când am ridicat privirea, brațul și silueta din umbră dispăruseră.

Am început să cobor spre fundul văii. Pământul de sub mine cobora în pantă, și am alunecat. M-am oprit chiar în fața unei gropi uriașe din deșert.

Whitt se târa de unde căzuse pe o porțiune îngustă, chiar lângă o prăpastie colosală. Din hăurile întunecate, vântul trecea repede de mine. Partenerul meu avea fiecare porțiune de piele la vedere zgâriată sau lovită. Pe obraz, îi curgea sânge.

– Ești bine.

Whitt se uită la porțiunea de la umăr a cămășii, care i se rupsese și la butonul lipsă. Palmele lui zdrelite lăsau urme însângerate pe materialul murdar.

– Am distrus-o.

În timp ce mă privea, în ochii lui se vedea un zâmbet.

– Am distrus-o, în mă-sa.

CAPITOLUL 50

Intrarea noastră în tabăra Soldaților Pământului fu anunțată cu mult înainte de-a avea loc. Răsună un fluier pătrunzător. Oamenii stăteau în grupuri, privindu-ne. Îmi sucisem glezna în lupta din vale, iar Whitt arăta de parcă suferise un accident de mașină. Dar niciunul dintre cei din grupul de zdrențăroși nu veni să ne ajute.

Se lăsă liniștea, până când o femeie înaltă, cu părul lung, cărunt și împletit, făcu un pas în față.

– Eu sunt Ocean Devine, de la Colectivul Internațional al Soldaților Pământului, spuse ea. Suntem pe pământurile aborigenilor aici, și avem permisiunea șefilor lor de trib pentru a ne afla aici.

– Ușurel, băi, Gandalf[1], am spus. N-am venit aici să ne punem cu voi. Suntem detectivi de la poliția statală, care anchetează niște dispariții legate de mină.

– Ce-ați pățit? se băgă în seamă Shamma, tipa cu dreadlocks mov. Un găligan care purta numai blugi o dădu înapoi.

– A tras cineva în noi, spuse Whitt. Avem nevoie de echipamentele voastre ca să anunțăm autoritățile despre

[1] Celebrul vrăjitor din trilogia lui Tolkien, *Stăpânul Inelelor* (n.tr.)

incident. Dacă aveți oameni în zonă, o să vă rog să le spuneți să plece. Nu sunt în siguranță.

– Și avem nevoie de îngrijiri medicale, am spus.

Am smuls o sticlă de apă din mâinile celui mai apropiat hipiot.

– Dumnezeule mare, credeam că voi erați ăia care-și ajutau aproapele.

– Vă dăm voie să intrați în tabăra noastră dacă vă lăsați percheziționați, spuse Ocean.

– Hai, faceți-vă de cap. Și-așa, hainele lui Whitt mai au un pic și pică de pe el.

Mi-am târșâit picioarele spre gura peșterii uriașe unde-și făcuseră tabăra și m-am trântit pe una dintre păturile de pe nisip. Mi-am desfăcut brațele și picioarele pe lâna răcoroasă și moale.

– Tot mă doare. Eu de-aici nu mă mișc. N-aveți decât să mă percheziționați de-aici.

În timp ce stăteam întinsă în tăcere pe pătură, simțind că mor, niște bărbați îl percheziționară pe Whitt, iar două fete veniră la mine și mă pipăiră fără prea mare tragere de inimă. Whitt se așeză în apropiere, iar Shamma deschise o trusă medicală.

Nu mi-a scăpat din vedere faptul că unul dintre acei oameni ar fi putut fi trăgătorul. Îi priveam cu atenție, în timp ce o altă fată îngenunche alături de mine și începu să-mi frece mâinile zdrelite. Nu era un grup de amatori. Trei dintre cele patru mașini cu tracțiune integrală de ultimă generație înconjurau partea din față a peșterii. Echipamente la fel de scumpe erau peste tot – laptopuri cu carcasă dură, echipamente radar și generatoare electrice. Pentru o adunătură de ecologiști, aveau aparatură destul de ca lumea.

Mi-am venit în fire când fata care se îngrijea de mâinile mele rupse o ramură în fața mea și începu s-o frece înr-un bol.

– Ce mama naibii-i aia?

– E rădăcină de arbore de ceai, zise fata. Am niște aloe vera pentru arsura solară. Asta-i copita-caprei[1].

Îmi arătă o cutie de plastic plină de o pastă maro.

– Copita-caprei?

– Așa-i spune plantei, copita-caprei. E din nordul statului.

– Dar voi ceva medicamente adevărate n-aveți? am întrebat, cotrobăind prin cutia de lângă ea.

– Noi suntem hotărâți să folosim numai metode medicale lipsite de cruzime față de animale, spuse Ocean.

Se ghemui lângă mine.

– Nu folosim deloc produse farmaceutice provenite din tratamente neetice împotriva animalelor, sau de orifine animală ca atare. Așa că n-avem de ales decât să ne bazăm pe ceea ce putem culege.

Fata mă mânji cu niște pomadă de-aia de-a ei pe palme. Durerea-mi dispăru aproape instantaneu, dar n-aveam de gând să strig asta în gura mare.

– Amy King a fost pe-aici în ultimele douăzeci și patru de ore?

– Oamenii voștri intră și ies continuu de-aici.

Buza lui Ocean se strâmbă a dispreț.

– Pentru unii cărora le pasă atât de puțin de mediu, se deplasează cam mult ca să facă rost de niște iarbă. Aruncă

---

[1] *Ipomoea pes-caprae*, plantă agățătoare răspândită în nordul Australiei (n.tr.)

gunoi peste tot pe drum. Sticle de apă care se descompun în miliarde de ani. Hai să te întreb, ce-o să faci tu...

– ...într-un miliard de ani? Nimic. O să zac moartă în pământul rece, și *n-o* să ascult predici despre mediul înconjurător.

– Cam așa ceva, spuse ea, cu dispreț. Numai tu contezi. Numai prezentul contează.

– Numai Amy King contează, am spus. Ai văzut-o?

– Detectivul Blue nu are intenția de a da dovadă de lipsă de respect față de cauza voastră, spuse Whitt, din apropiere. Dar fata a dispărut de azi-noapte, și credem că dispariția ei ar putea avea legătură cu disparițiile altor trei mineri, printre care se numără și sora ei, Tori.

Unele dintre fetele din apropiere schimbară priviri cu subînțeles cu Shamma.

– N-am văzut pe nimeni în ultimele douăzeci și patru de ore, spuse Ocean, apoi își dădu părul după ureche. Și am observat o crotalie de plastic ieșind dintre firele ei de păr argintii. Crotalia era cusută cu o ață în cartilajul din partea de sus a urechii ei.

– Ce dracului e aia?

– Asta? întrebă ea. Crotalia asta a fost purtată de un miel australian în vârstă de opt luni. Numele lui era B211349. A fost electroșocat, apoi măcelărit. I-a fost tăiată beregata, apoi a fost consumat.

Am expirat lung și profund pe nas.

– Și tu-i porți crotalia?

– Unii dintre noi ne-am tatuat numele lor, spuse o fată din apropiere.

Îmi arătă partea interioară a brațului ei.

– Îi deplângem.

Nu ştiam dacă să râd sau să plâng, şi nu puteam să opresc câteva semne ale acelei lupte interioare să-mi apară pe faţă. Ocean observă. Femeia înaltă, bronzată se ridică în picioare, şi în timp ce-o urmăream îndreptându-se spre grupul de bărbaţi de lângă maşini, alţi trei bărbaţi veniră din deşert, desculţi şi plini de praf. Unul dintre ei purta pantaloni de camuflaj pentru deşert, dar nu purta bluză. Ocean ne aruncă o privire răutăcioasă, în timp ce ne adăposteam în peşteră. Era genul de privire pe care-o mai văzusem de multe ori. Era privirea cuiva care-şi măsura adversarul pentru o luptă.

CAPITOLUL 51

Am încercat să mă grăbesc alături de băieții care ne duceau înapoi la mină cu mașina, deși Soldații Pământului nu păreau genul de oameni care să facă lucrurile în grabă. Am folosit unul dintre telefoanele lor cu satelit ca să sun la mină. Gabe Carter încă nu se întorsese din oraș. Pe fundal încă se-auzea alerta pentru Amy.

– Nu știu ce-i mai rău, am spus, deplângerea mieilor morți sau ipocrizia crasă de care se dă dovadă pe-aici. Cât o să dureze până când se descompun toate sculele-astea? l-am întrebat pe Whitt, trăgându-i un șut unui generator în timp ce umblam neliniștiți prin tabăra Soldaților Pământului.

– Și fătuca aia, Shamma, are machiaj, jur.

– Poate-i machiaj ecologic, spuse el. Oricum, nu m-aș apuca să mă cert cu ăștia. Par destul de pregătiți. O să-ți spună că au nevoie de tehnologie pentru cauza lor. Un mic sacrificiu pentru binele comun.

– Da, păi dacă tot vor atât de tare să facă sacrificii, poate c-o să se apuce să facă sacrificii umane.

Ne-am oprit la marginea taberei Soldaților Pământului, trecând de stânca de deasupra.

– Felul în care-a vorbit Ocean despre mielul ăla; probabil că ei consideră persoana care l-a omorât drept...

altceva. Un criminal. Pentru ei e un război cât se poate de real. Și ține minte ce ne-a zis Linebacker. Aproape c-au omorât pe cineva cu cascadoria aia a lor cu compresorul. Nu-i văd purtând casca acelui miner în cazul în care omul ar fi fost strivit.

– Poate c-ar trebui să le verificăm antecedentele, spuse Whitt.

– Sunt de acord. Trăgătorul purta o bluză de camuflaj pentru deșert. Sunt destule cu modelul ăsta.

Am arătat spre două fete care stăteau în cerc în partea din spate a peșterii. Două dintre ele purtau acei pantaloni de armată.

Am ieșit din mină și am stat în umbra culmii, cu ochii pe șoferi. Speram doar ca Gabe s-o fi găsit pe Amy în oraș. În fiecare secundă în care Amy era dispărută, era în pericol. Nu înțelegeam de ce nimeni nu era în stare să vadă lucrul ăsta. Îmi venea să mă apuc să mă cert cu oamenii de lângă camioane, când fata, Shamma, se apropie de mine.

– Sunteți aici în legătură cu Danny? întrebă ea.

– Da.

M-am concentrat asupra ei.

– Și cu alții. Îl cunoșteai?

Feri capul și se scărpină în lațele murdare.

– S-ar putea zice că eram prieteni. M-am întristat auzind ce s-a întâmplat. Sunteți siguri c-a murit? Adică, n-aveți de unde să știți că nu-i undeva pe-acolo și... și-i lipsește laba unui picior?

– A murit, am spus. Laba piciorului i-a fost mâncată de animalele de pradă, post-mortem.

– Și ne pare foarte rău pentru pierderea pe care-ați suferit-o, interveni Whitt, dându-mi un cot.

– Mersi.

Shamma ridică din umeri. Se întoarse să plece, apoi ezită.

– Pot să vă arăt ceva?

– N-avem ti...

– Sigur că da, spuse Whitt.

Am urmat-o pe fată, ocolind versantul culmii, spre un loc îngust cu umbră. Ardeam de nerăbdare să mă întorc în mină și am rămas în spate. Când am ajuns-o din urmă, Shamma îngenunchease lângă o grămăjoară de pietre, în nisip.

– În urmă cu câteva săptămâni, băieții au găsit un cangur.

Trasă o linie cu degetul prin nisip, urmărind conturul unui cerc concentric frumos din pietre.

– Era grav rănit. Rana încetase să sângereze, dar cangurul părea să fi rătăcit multă vreme. Era epuizat. A murit aici, la mină.

Whitt se ghemui ca să se uite mai bine la pietre, la movilița unde îngropaseră animalul.

– Îi retezase cineva piciorul cu un glonț, spuse Shamma. Ce fel de om ar fi în stare să facă așa ceva?

CAPITOLUL 52

Ne-am întors la mină, iar Whitt se duse la centrul medical să-i fie îngrijite tăieturile şi zgârieturile. Soarele deja arunca umbre de după-amiază. Când am ajuns la colţ, la donga mea, l-am găsit pe Gabe acolo. Păşi în faţă, căscând gura.

– Ce dracului s-a întâmplat? Arăţi groaznic!

– A tras cineva în noi.

M-am aşezat pe trepte, epuizată.

– Ne-a vânat cineva-n vale, ca pe câini.

– O, Dumnezeule.

Gabe privi în jur.

– Unde e partenerul tău?

– S-a dus la centrul medical. A căzut într-o crevasă. O să stau aici un minut, că-s moartă de oboseală. Pe urmă mergem direct la şefi. Avem un criminal în libertate. Nimeni nu e în siguranţă.

– N-o să găseşti pe nimeni de la conducerea administraţiei aici, spuse Gabe. Am încercat deja să-i abordez în legătură cu Amy. E o şedinţă la mina din nord, şi toţi ăştia mari s-au dus acolo.

– O să fac rost de aprobare de la poliţie dacă e nevoie, am spus. Închidem mina asta până la noi anchete.

M-am ridicat în picioare şi m-am împleticit.

Gabe mă prinse de braţul pe care l-am întins.

– Cred că-ţi trebuie un pahar cu apă. Probabil că ai insolaţie. Toată eşti prăjită pe braţe.

Îmi întoarse braţul pe partea cealaltă. Pielea era roşie ca focul, până la vârful degetelor. Deja simţeam cum ceafa arsă începea să mă mănânce pe sub guler. M-am aşezat la loc, iar uriaşul se aşeză lângă mine.

– Deci nu era nici urmă de ea?

– Nu, spuse el. Au văzut-o vreo doi oameni în oraş, cumpărându-şi cina. A luat o maşină încoace şi-apoi a mai văzut-o cineva îndreptându-se spre donga. Asta a fost tot.

Am încercat să respir adânc. De când aflasem despre Sam, stomacul meu era mereu într-o stare vecină cu greaţa. Nici insolaţia şi nici îngrijorarea mea faţă de Amy nu mă ajutau prea tare.

– Nu pot să cred c-am pierdut-o, am spus eu. Chiar de sub nas mi-a scăpat. De ce n-am recunoscut-o ca pe-o posibilă ţintă? Am pierdut-o, şi l-am pierdut şi pe criminal acolo în vale. Trebuia să alerg direct spre el. Trebuia să fi făcut tot ce puteam ca să-l văd mai bine.

– Harry, tu eşti absolut sigură că ăsta era tipul pe care-l căutai?

M-am uitat la el, şi probabil că privirea mea era înspăimântătoare, pentru că ridică ambele mâini.

– Fac şi eu pe avocatul diavolului pe-aici. Oare să fi fost vreun dobitoc din deşert care încerca să v-alunge de pe pământurile lui? Sau vreunul dintre Soldaţii Pământului care voia să vă gonească?

– Nu încerca să scape de noi, Gabe, am spus, printre dinţi. Încerca să ne *omoare*. Gloanţele loveau pământul de la picioarele mele, măi, dă-o-n mama mă-sii de treabă. Whitt a căzut într-o groapă-n pământ, băga-mi-aş!

– Îmi pare rău, spuse el. Trebuia să întreb. Șefii o să te întrebe exact același lucru mâine. O să sugereze, exact așa cum au făcut și în cazurile lui Hon, Danny și Tori, că toată povestea nu-i decât o exagerare.

– Iar eu o să le sucesc gâturile-alea de umflați!

– N-o să ajungi nicăieri cu asta, râse el.

– Simt că-mi pierd mințile.

M-am frecat la ochi. Mă dureau de oboseală.

– De fiecare dată te învinovățești pentru tot ce se întâmplă?

Gabe mă luă de mână. Abia am băgat de seamă.

– Sau e vorba numai despre cazul ăsta?

– Nu știu. Pur și simplu parc-aș fi blestemată acum. Oricine care are orice legătură cu mine e în pericol.

– Probabil că merită riscul.

Mi-am dat seama că degetele lui le cuprinseseră pe ale mele și mi-am stăpânit dorința bruscă și atotcuprinzătoare de-a le retrage brusc. Toată viața am avut impulsul de a da înapoi în fața dovezilor de afecțiune.

Erau atât de multe riscuri în a te apropia de Harriet Blue. Părinții adoptivi care mă avuseseră în grijă. Băieții care mă iubiseră, cărora le dădeam regulat papucii fără vreo explicație atunci când lucrurile începeau să devină serioase; chiar și simpla prezență a periuței de dinți a unui bărbat în baia mea cerea prea multă implicare. Șefii cu care lucram mă considerau imprevizibilă, o fată temperamentală. O parte din mine era sigură că Sam era nevinovat, și ceva în legătură cu mine adusese acel coșmar în viața lui. În mod sigur eu eram de vină. Murdăream oameni. Le aduceam pericolul la ușă.

CAPITOLUL 53

Deşi ştiam bine bătăile de cap pe care urma să le avem, eu şi Gabe ne-am strecurat din mină şi-am ajuns în deşert. Cerul era senin, imens şi plin de stele. Era o noapte fierbinte – căldura zilei orbitoare nu se potolise aproape deloc. O perioadă, am mers în linişte. La fel de firesc ca atunci când eram în pragul uşii mele, Gabe mă luă de mână. Am simţit acele furnicături cunoscute pe gât, izbindu-se de-o greutate din stomac, adusă de amintirea ultimei dăţi când cineva mersese astfel alături de mine. Toate sentimentele mele faţă de iubiţii din trecut erau distante şi dureroase. Îmi simţeam trupul răzvrătindu-se. La orizont, purpuriul apusului persista precum ceaţa.

Am găsit o stâncă mare, plată şi ne-am aşezat unul lângă altul, privind răsăritul lunii.

– Dacă voia să te omoare, întrebă Gabe deodată, de ce nu eşti moartă?

Am fost nevoită să mă gândesc o clipă. Experienţa mea în pragul morţii din ziua aceea era ultimul lucru la care voiam să mă gândesc. Cineva încercase să mă omoare, iar ceea ce mă umpluse pe mine de groază era mâna unui străin într-a mea.

– Ştii tu. Viteza şi agilitatea mea incredibilă au salvat situaţia.

El râse.

– Și Whitt e incredibil de rapid și de agil?

– Nu, el e doar norocos.

Mi-am adus aminte de povestea lui în timp ce stăteam adăpostiți sub stânci și am privit spre mină, întrebându-mă cum se descurca la centrul medical. Îl lăsasem în grija asistentelor care îi dădeau jos blugii și-i dezlipeau un tricou scăldat în sudoare de pe umeri. Gabe îmi urmări privirea și văzu pistolul care mi se ițea din buzunarul din spate al blugilor.

– Umbli peste tot cu drăcia aia după tine?

– De-acum înainte, așa o să fac, am spus, punându-mi repede tricoul peste armă.

– Fac pariu că s-au speriat câțiva bărbați care voiau s-apuce și ei un cur ca lumea și-au dat de un Glock[1] autorizat pentru uz de către poliție.

– De unde vin eu, să apuci pe cineva de cur brusc nu e o formă de salut acceptată în general.

– Păi acum ești în deșertul australian.

Zâmbi.

– Poate-ar fi bine să dai de veste. Să n-o apuce nimeni pe Harry de cur. Nici pe Whitt – și el o să poarte o armă.

– O să încerc să mă stăpânesc.

– Cred că ăla-i un tip de treabă, am spus eu, aruncând din nou o privire spre mină. Dar nu sunt sigură. E foarte greu să ai încredere în oameni când sunt atât de multe în joc.

– E foarte greu să ai încredere în oameni când nu e *nimic* în joc, spuse Gabe. Dacă te-ai ars destul de tare o dată, o să ai mereu cicatrici. Ți se schimbă instinctele.

---

[1] Companie germană de armament fondată în 1963 (n.tr.)

– Pare că vorbești din proprie experiență, am spus.

Zâmbi cu sfială.

– Cât de intim vrei să discutăm?

– *Tu* poți să discuți cât de intim vrei. Eu nu recunosc nimic.

Privi spre orizont. Vântul îi aruncă părul peste frunte.

– Am venit aici să-mi stric căsnicia, spuse el.

CAPITOLUL 54

Făcu o pauză lungă după ce rosti cuvintele. Senzația de neliniște din stomacul meu era tot mai puternică. Al meu corp îmi spunea că eram prea aproape de ăsta, că eram prea vulnerabilă. Că dacă-i dădeam voie să mă atragă cu secretele lui, aveam să fiu nevoită să-i ofer și eu niște secrete la schimb.

– Povestea noastră a fost una foarte frumoasă, știi? spuse el. Când l-am auzit pe taică-meu spunând-o la toastul de la nuntă, mi s-a părut inventată. Ea și prietenele ei se îndreptau spre o galerie de artă într-o seară, îmbrăcate de gală. Cu rochii de bal, cu tot tacâmul. Ceva chestie de-asta caritabilă.

– În timp ce conduceam spre serviciu, am văzut grupul lor. Arătau de parcă tocmai ieșiseră de la o ședință foto și aproape c-am dat cu mașina în spatele unui camion. Apoi s-a deschis cerul și a început să plouă. Turna cu găleata.

Lăsă brusc mâinile jos.

– O, nu!

Am râs.

– Și-am început să strig: „Urcați, urcați!“, și ele intraseră toate-n panică. Parcă erau niște găini ude. Nu era nici urmă de-adăpost nicăieri. N-au stat nici măcar o secundă pe gânduri. S-au aruncat în mașină.

– Fără să se gândească o clipă că s-ar fi putut să fii vreun criminal înarmat cu un topor?

– Păi, purtam o uniformă de la McDonald's.

Am râs cu poftă.

– Poftim? Câți ani aveai?

– Nouășpe.

Durerea din stomac mi se liniștea.

– Michelle a urcat pe locul din față, spuse el. Când am ajuns la ușile de la intrare ale galeriei, am întrebat-o dacă nu vrea, în loc de asta, să mergem să luăm o înghețată. Chiar a acceptat. L-am lăsat încolo de serviciu și-am plecat împreună.

– Chiar pare inventată povestea asta.

– Nu-i așa? Partea cea mai nebunească e că un an mai târziu, mă căsătoream cu ea.

Între noi se lăsă o liniște, în care se resimțea o tristețe autentică.

– Nu era de nasul meu. Era evident din prima seară în care ne-am cunoscut, și a rămas la fel de evident pe durata logodnei și a căsniciei. S-a hotărât să se stabilească într-o casă suburbană cu un tolomac de muncitor în construcții, când ar fi putut să bea șampanie cu vedetele de film, ca familia ei.

– Când am adus-o pe lume pe-a doua noastră fiică, s-a schimbat, oftă el. Ieșea mult. Aveam scandaluri-monstru. Nu mă mai suporta de nicio culoare, știi?

– Uau, am făcut eu.

– Am considerat c-avea să-i fie mai ușor dac-o părăseam.

– Și-ai venit aici.

– Da. După o vreme, nu m-am mai întors. Lucram în ture consecutive fără s-o mai sun. I-am dat undă verde. A profitat de asta.

– Copiii ți-i vezi?

– Ori de câte ori pot, spuse el. S-ar putea să fie mai bine pentru ei așa. Și pentru Michelle. Se înscrie la facultatea de drept.

– Facultatea de drept n-o să-i țină de cald noaptea, am spus.

El zâmbi.

– Nu. Chiar n-o să-i țină. Și cred că îngheață. Își șterse fruntea de sudoare și scutură stropii de pe mână. Că io's destul de fierbinte.

Am râs, scoțând un sunet puternic, ca un claxon. Era genul de sunet pe care-l scoteam rar în prezența oamenilor pe care nu-i cunoșteam. Îl făcu și pe el să râdă. Puse un braț în jurul umerilor mei și mă ținu strâns. Am închis ochii, simțind cum stomacul îmi făcea o nouă tumbă. Eram copleșită de încântare și de groază în timp ce buzele ni s-au unit.

Alertă. Alarmă. Stare de panică. Imagini fulgerătoare prin fața ochilor mei.

Sam. Fetele moarte. Camera ciudată din fotografiile de pe panoul cazului. Danny. Hon. Tori. Amy. Whitt. Tunelurile întunecate de sub pământ, care duceau din ce în ce mai jos, spre nimic.

„Renunță", mi-am spus. „Renunță dracului, pur și simplu."

M-am strecurat în poala lui și i-am trecut degetele prin părul umed de transpirație. M-a tras în jos și m-a lipit de el, strivindu-mă.

– O, Doamne, spuse el, cu fruntea lipită de a mea.

L-am cuprins de gât cu brațele.

CAPITOLUL 55

„Ce. Mă-sa. Ai făcut?"

Mergeam prin tabăra minieră, încercând să rămân pe aleile dintre clădirile unde erau cazați minerii. Umblam fără țintă, ascunzându-mă mai degrabă de propriile gânduri decât de vreun pericol real. Eram atât de șocată de ceea ce făcuserăm eu și Gabe în deșert, încât mă opream din când în când și ridicam privirea spre stele.

„Ce. Mama. Mă-sii?"

„M-am culcat cu un tip în timpul unui caz."

„M-am culcat cu un tip pe care abia îl cunoșteam în timpul unui caz."

„M-am culcat cu un tip, aici, acum, la mama dracu-n praznic, când Sam ar putea fi închis pe viață, iar cineva alege minerii tineri unul câte unul, ca pe rațe, când cineva ne vânează pe mine și pe Whitt, se joacă cu noi de parcă am fi niște piese."

Până să-mi vin în fire, stăteam în fața minei. Un camion care trecu uruind pe lângă mine aruncă o lumină mare și portocalie pe pereții de stâncă. Țineam minte vag cum trecusem pe lângă Linebacker, în drumul meu. Acesta fuma o țigară pe prima platformă a macaralei uriașe. Îl văzusem, dar parcă nu-l văzusem cu adevărat. În capul meu era o harababură totală.

Dar știam ce mă adusese în acel punct. Era ultimul loc în care o văzusem pe Amy. M-am hotărât că nu aveam să mă culc. Nu când mintea-mi era atât de tulburată. Trebuia neapărat să caut acolo, chiar dacă în cele din urmă aveam să fiu oprită și-avea să mi se spună să-mi mut curul din zona minei în care se lucrează până nu muream cumva. Dacă părea că știu încotro mă îndrept, în mod sigur aveau să mă ignore. Am luat o cască de protecție din cuier și am pornit prin tunelurile superioare ale minei.

Am studiat atent chipul fiecărui om care-a trecut pe lângă mine prin întuneric, aprobând din cap cu o mină sumbră. „Mă duc să mă întâlnesc cu un martor. Nu e nimic interesant de văzut aici."

Toți erau atât de tineri. M-am trezit întrebându-mă cum își lăsau atâția părinți fiii și fiicele tinere să plece la o muncă atât de periculoasă, atât de departe. Dar poate că-mi proiectam fanteziile din tinerețe despre părinți și îngrijorarea lor pentru copii asupra tinerilor ăstora. La urma urmei, habar n-aveam cum era să fii fata cuiva, în pragul maturității. S-o sun pe mama să-i spun că ajunsesem cu bine acasă după o noapte de pomină în oraș. Să-i dau voie să-mi cumpere lucruri pentru primul meu apartament.

Poate că părinții adevărați n-aveau atâtea nevoi. Nu știam. Dac-am fi avut părinți adevărați, oare cum ar fi reacționat în clipa aceea, având în vedere că Sam era după gratii, iar bărbații și femeile din departamentul meu de poliție alcătuiau dosarul pentru prima lui înfățișare la tribunal? Părinții mei închipuiți, când mi-i imaginam, erau mai în vârstă decât ar fi trebuit să fie. Aveau ochii larg deschiși, erau speriați de moarte și trăgeau perdelele dantelate în timp ce jurnaliștii le băteau cu putere la ușă.

Îmi imaginam cum îi apăram de presă. Le spuneam să țină ușa închisă, să nu asculte lucrurile cumplite pe care le spuneau cei de la știri. Îmi imaginam cum eram eroina lor în vremurile-astea extrem de grele.

Dar nu, eram singură. Numai eu puteam decide cum să mă descurc, și până în acel moment nu luasem nicio decizie clară. Tataie mă forțase să vin în mijlocul pustietății, unde aproape că murisem, cu tot cu partenerul meu, înainte să-i sar în brațe primului tip care făcuse o glumă de Doamne-ajută în prezența mea.

Criticile amare pe care mi le făceam au fost întrerupte de sunetul unui țipăt scurt. Un vaiet subțire, de surprindere, o pauză, apoi un urlet.

Am încremenit în loc. În clipa aceea eram într-una dintre arterele principale ale minei, care porneau din caverna principală. Un șir lung de becuri aurii atârna lângă mine. Lumina lor abia pătrundea într-un tunel îngust de explorare blocat cu o barieră din lemn pe care scria „NU INTRAȚI".

Am fixat hăul cu privirea, încercând să detectez orice se afla dincolo de baricadă. Oare chiar auzisem un țipăt sau o luasem razna din cauza stresului?

Am apucat lanterna din vârful căștii și am pornit-o cu un clic. Nu mergea. Probabil că luasem o cască de pe un suport cu căști cu lanterne ce trebuiau reîncărcate. Am aruncat o privire în urmă, spre locul pe unde venisem, întrebându-mă dacă aveam să reușesc să mai găsesc drumul de întoarcere dacă mă îndreptam spre tunelul principal ca să chem ajutoare.

Țipătul răsună din nou.

Am scos pistolul.

CAPITOLUL 56

„Te omor! Te omor, lua-te-ar dracu'!"

Cuvintele răsunau prin tunelul minuscul, izbindu-se de pereții întunecați și producând ecou.

Soldatul privi silueta detectivului Blue la intrarea în tunelul de explorare, activând carabina și trăgând piedica.

Apăsă „redare" pe micul reportofon din mâna lui. Țipătul lui Amy era strident.

„Ajutor! Să mă ajute cineva!"

– Cine-i acolo? strigă Blue.

Soldatul merse pe furiș cu spatele, încet, ajungând după colțul tunelului. Odată învăluit în întuneric, își trase ochelarii cu viziune nocturnă pe față și-i porni. Se auzi un zumzet ușor, apoi un nor gri începu să-i plutească prin fața ochilor.

După aceea, ea îi apăru în față. Se furișa înainte, prin pământul moale, cu un picior în fața celuilalt, cu șoldul în față și cu pistolul întins, strâns cu ambele mâini, gata de atac. Avea mișcările lente, calculate, ale unui păianjen. Soldatului îi plăcea s-o vadă astfel, în modul de atac. Merse cu spatele, făcând pași tot mai mari, până când ajunse la o distanță potrivită. Cu reportofonul în buzunar, acoperind sunetele înăbușite ale reluării înregistrării, se întoarse și apăsă din nou pe redare.

„Ajutor! Să mă ajute cineva!“

Se opri, se lipi de peretele tunelului și o urmări furișându-se spre el, pe nevăzute. Luă una dintre mâini de pe pistol și o întinse în față, iar el observă ușorul tremur al acesteia, singura parte din corpul ei care nu era încordată ca o bucată de sârmă, gata să plesnească. Îi vedea chiar și mușchii gâtului flexându-se, și o singură venă umflându-i-se pe fruntea transpirată. Se apropie mai mult. Era aproape deasupra lui. Ochii ei erau ca două găvane albe în lumina ochelarilor cu viziune nocturnă. Era chinuitor s-o vadă trecând fără să se întindă, fără s-o atingă în treacăt, fără s-o ciupească zdravăn.

Probabil că respirase prea puternic, pentru că ea se întoarse repede și începu să orbecăie prin întuneric.

– Unde ești? întrebă ea.

– Chiar aici, răspunse el.

Soldatul o lovi cu piciorul în tibie, făcând-o să cadă în față, apoi o plesni peste față. Pistolul îi zbură din mână în tunel. Ea se întinse în praf, dar, ca un bun boxer, nu rămase la pământ mult timp. Se năpusti asupra picioarelor lui, iar el nu-și putu stăpâni un hohot de râs în timp ce cădea în praf cu tot cu ea.

Hazlie tigroaica aia mică. Nu putea rezista unei cotonogeli ca la carte.

Dar ăsta nu era jocul ei.

Soldatul scoase lanterna din buzunar și-i trase una cu ea în cap.

Își pierdu imediat cunoștința.

CAPITOLUL 57

Războiul era o chestiune complexă. Nu mulți îl înțelegeau așa cum îl înțelegea Soldatul. Mergea încet de-a lungul tunelului, târând-o pe detectiv Blue, inconștientă, de glezne. Aruncă o privire în urmă, spre ea, de parcă i-ar fi putut vorbi, de parcă ar fi putut s-o învețe ceva cu gândurile lui. Brațele și mâinile ei treceau peste denivelări și peste pietre, în spatele capului ei.

El se gândea că războiul implica aspecte științifice. Calcule strategice. Risc și recompensă. Probabilitate, așteptări, managementul informației. Războiul putea fi măsurat în milioane de variabile, în care mediul optim era comparat cu tehnologia disponibilă, nivelul de pregătire și calitatea de lider. Dar pe Soldat îl interesau variațiunile de ordin moral din cadrul războiului. Felul în care câmpul de luptă putea dezvolta sau distruge loialitatea. Crea eroi. Crea trădători.

Lumea avea nevoie de război.

În timp ce o târa spre gaură, Soldatul avea multe decizii importante de luat. Pe câmpul de luptă, le luase de nenumărate ori. „Ar trebui să moară acest om?“

Era o întrebare pe care și-o pusese poate de sute de ori. Gonise prin tranșee și buncăre subterane, trăsese rafale de gloanțe, se trăseseră asupra lui rafale de gloanțe, era plin de praf pe jachetă și de sânge în ochi, și peste tot în jurul lui, oamenii urlau.

Goliseră camere în case-capcană, câte una pe rând, măcelărindu-și inamicii în bazele lor. În timp ce trecea din cameră în cameră cu echipa lui, dădea uneori de câte-un soldat inamic care se zbătea pe jos cu un glonț înfipt în mațe.

„Ar trebui să moară acest om?"

Uneori, apăsase pe trăgaci. Alteori, îi lăsase să sufere, permițând ca altcineva să-și asume meritul pentru moartea lor. Uneori, dacă admirase ceva anume, cum ar fi croiul hainelor lor, sau felul în care se aruncaseră în fața femeilor când începuseră focurile de armă, trecuse mai departe, fără să apese pe trăgaci.

Se opri și o privi pe detectiva Harriet Blue cum își venea în fire, se rostogolea pe-o parte și se ținea de capul plin de sânge. O urmări orbecăind prin întuneric, amintindu-și unde era, ridicându-se brusc în picioare, încercând să se hotărască ce i se întâmplase.

„Oare-ar trebui să moară?" se întrebă el.

O admira foarte mult. Era un adversar bun. Îi făcea plăcere să se joace cu ea.

Înainte să apuce să se hotărască, ea păru a-l auzi și alergă spre el. El o apucă de păr și o trânti la pământ, căzu peste ea și scoase din nou lanterna de la cingătoare.

O ținu de păr și aprinse lanterna. Se asigură că vedea bine gaura din fața ei, hăul nesfârșit, întunericul.

„Acolo te duci, scorpie ce ești."

O ridică, făcu un pas înapoi și o aruncă.

CAPITOLUL 58

Am alunecat pe pământ și am întins mâinile. Mi s-au umplut de pământ până când au atins o scândură aflată chiar pe marginea găurii. Ochii-mi erau împăienjeniți de explozii de lumină purpurie, iar lanterna ardea, acoperindu-mi vederea nocturnă ca un foc nestăpânit. M-am ținut tare. Loveam cu picioarele în gol.

– Lașule! am spus printre dinți. Căcat laș ce ești!

Îmi tremurau brațele. Știam că era tot acolo, în întuneric. Dacă mă lovea cu picioarele în mâini, s-ar fi zis cu mine. Aveam să cad direct în hău.

„Sunt și găuri negre."

Vocea lui Amy îmi răsuna în cap.

„Unele dintre găurile-alea au câțiva kilometri adâncime."

Îmi auzeam propriile strigăte răsunând în adâncuri. Am rămas agățată și l-am așteptat să vină și să mă termine.

Dar sunetul pașilor lui care se îndepărtau îmi întrerupse respirația panicată. Pașii lui îmi dădură puterea de a-mi găsi un punct de sprijin și de a mă strădui să urc, târându-mă pe burtă. Am rămas întinsă pe pământ și am respirat, încă ținând strâns pumni de pământ, de parc-aș fi căzut dacă mi-aș fi dat drumul. Știam că dacă țipam, tunelul avea să-mi ducă vocea până la el.

– Te găsesc eu! am urlat, cu o voce tremurândă. Vin eu după tine, dobitocule!

CAPITOLUL 59

I-am dat la o parte pe bărbații și pe femeile îngrozite care încercaseră să se înghesuie în jurul meu la intrarea în mină. Probabil că arătam destul de rău, pentru că se deschiseră telefoane și începură să se dea indicații. Puțin îmi păsa. M-am dus hotărâtă direct înapoi la donga noastră. Era evident că Whitt fusese chemat, pentru c-a venit doar în pantalonii dungați de pijama. Pe brațul zgâriat de glonț purta un bandaj alb, gros.

– Dumnezeule, spuse el, în timp ce se apropia de mine. Blue, ești...

– Nu, nu sunt bine. E aici. Tocmai a... Eram în... în mină.

Nu puteam să-mi trag sufletul. Mă strângea pieptul. Știam că era vorba de șoc. Îl văzusem de multe ori în meseria mea. M-am pocnit cu pumnul în piept, încercând să fac aerul să circule.

– E o gaură. Ucigașul.

Fiecare individ reacționează într-un mod unic la șoc. Unii încep să sughită. Altora le clănțăne dinții-n gură. Unii se prăbușesc, devin catatonici. Corpul nu poate face față supradozei de teroare, adrenalinei revărsate în vene. Am tușit și m-am îndreptat.

– Blue, stai jos.

– Nu. Nu. Criminalul. E aici.

– Stai jos!

– Vreau – un radio!

Whitt mă apucă de umeri și mă privi în ochi. Vorbi foarte rar.

– Ai o gaură-n cap cât degetul meu arătător de lungă.

Am privit spre el. Ridică un deget în fața nasului meu.

– Aa.

M-am așezat pe treptele de la intrarea dongăi noastre. Whitt alergă înăuntru și-mi aduse un prosop pentru mâini, pe care mi l-am lipit de frunte, pe partea dreaptă. Nu simțeam deloc rana. Senzorii mei pentru durere se închideau în tot corpul. Îmi era frig.

– Ce să fac? întrebă el.

– Evacuează mina. Închide tabăra. Adu-i pe șefi aici. Cheamă-mi un doctor. Găsește-l pe Gabe. Te-ajută el.

Whitt alergă pe scări și intră în dongă să-și găsească telefonul. Vestea atacului se răspândise, iar minerii se furișau din dongile lor ca să arunce o privire spre mine. Am văzut doi iepurași-marsupiali la fereastra de vizavi de mine. Le-am făcut semn cu mâna. Nu mă puteam hotărî dacă eram rușinată sau furioasă. Când am plecat privirea, am văzut că bluza și pantalonii-mi erau mânjiți de sânge.

CAPITOLUL 60

Am rămas pe treptele dongăi, lăsând medicul să vină la mine. Voiam să transmit un mesaj minerilor. Da, era un criminal în libertate. Pericolul era real. Lucrurile nu mergeau ca de obicei.

Hainele-mi erau pline de murdărie, iar jumătate din fața mea parcă era o mască mânjită de sânge. Când medicul mi-a terminat de șters obrajii și gâtul, cârpa sterilă era îmbibată în roșu.

– Una la mână, spuse ea, mi se pare-o prostie că nu vrei să vii cu mine înapoi la cabinetul medical. Îți intră praf și tot felul de rahaturi în rană.

– O să fiu în regulă, am spus, cu ochii închiși. N-am văzut să scrie „Moarte prin praf" pe prima pagină a vreunui ziar.

– Nu e vorba doar despre asta.

Strânse tare copca. Bazele palmelor ei înmănușate stăteau pe fruntea mea.

– Cred c-ar trebui să fii într-un elicopter, în drum spre Perth. Ai nevoie de un RMN. S-ar putea să ai o fractură craniană.

– N-am nicio fractură craniană.

– De unde știi tu asta, măi, deșteapto?

– Mi-am fracturat craniul de trei ori în ring. Cunosc senzația.

– Așadar, boxezi. Asta explică niște lucruri.

Se auziră pași, iar Gabe apăru în câmpul meu vizual. Se uită la rana de la capul meu.

– Să-mi bag picioarele!

– E-n regulă.

De-a lungul anilor, încasasem ceva lovituri, deci nu-mi făceam prea multe griji în legătură cu capul meu. Cu toate astea, expresia lui Gabe m-a dus cu gândul la anii de început. Semnele unei bătăi zdravene arată mai rău pe o femeie. Depinde din ce familie vii, dar de obicei e o priveliște șocantă.

Asistenta mi-a dat drumul, și mi-am trosnit gâtul. Când am ridicat privirea, Whitt și un bărbat în pantaloni și o cămașă albă, imaculată, se alăturaseră lui Gabe, care stătea în fața mea.

– Harry, el e David Burns. E ofițerul operațional de serviciu.

I-am întins mâna mea însângerată. O privi cu groază.

– Păi...

Am lăsat-o să cadă.

– Cred c-ar fi trebuit să m-aștept să fiți la fel de primitor precum ați fost și prima oară când am ajuns aici.

– Îmi cer scuze, doamnă Blue. Echipa de management a fost deosebit de ocupată luna asta.

– Sunt detectiv Blue.

– Sunt îngrozit de povestea asta, spuse Burns.

Privirea i se îndreptă spre rana mea de la cap.

– Presupun corect că ați fost neînsoțită în mod accidental într-una din zonele noastre operaționale?

– Am fost neînsoțită în mod intenționat într-una dintre zonele dumneavoastră operaționale, am spus. Am cerut ajutor pentru a o găsi pe Amy King acum vreo nouă-zece ore bune. N-am văzut nici picior de om care s-o caute. Mă gândesc că ăsta nu-i accident, nu?

Burns își umflă pieptul.

– N-am trimis nicio echipă de căutare, doamnă Blue, pentru că nu există dovezi care să sugereze...

– Acum există, am spus. Am văzut șapca lui Hon.

Gabe și Whitt se priviră fix.

– Înainte ca ucigașul să mă arunce-n gaură, a binevoit să-și aprindă lanterna și să-mi arăte unde-aveam să ajung. M-am uitat în gaură și am văzut o șapcă atârnand într-o parte a puțului, care avea pe ea drapelul australian. Se prinsese de-o rădăcină, sau de-o piatră, ceva. Era aceeași șapcă trăsnită pe care-o poartă Hon Lu într-o fotografie pe care-am luat-o de la locul crimei lui.

Burns pufni, ferindu-și privirea.

– Adică din dormitorul lui?

– Da, când cineva a fost omorât, ne referim în general la ultimul loc unde a fost văzut drept „locul crimei". Am zâmbit.

– Pentru că e *locul* unde a fost comisă o *crimă*.

– În regulă.

Whitt ieși în față, agitat.

– Jucați-vă frumos. Putem măcar să închidem mina, să ne-asigurăm că-i toată lumea în regulă, și să aruncăm o privire-n gaură.

– Nu putem măcar să facem nimic, domnule Whittacker, spuse Burns, cu mâinile în buzunare. De la bun început, ancheta asta a fost o farsă. Toată lumea chiar *e* în siguranță.

Și să pornim o misiune de excavare ca să căutăm ce? Indicii? E penibil.

– *Cadavre*, măi, idiotule.

M-am ridicat, poate prea repede.

– Căutăm cadavre. Cred că Hon și Tori sunt jos, acolo. Poate și Amy. Dacă nu aprobi o căutare, cobor chiar eu acolo, dă-o-n mă-sa de treabă.

– Doamnă Blue, spuse Burns, ați suferit o rană gravă la cap. Nu știu ce vi se pare c-ați văzut...

– Sunt *detectiv* Blue, maimuțoi emasculat ce ești!

Medicul pufni tare, apoi încercă să-și ascundă zâmbetul.

– Poveștile dumneavoastră n-au nicio logică, spuse Burns în continuare. Ați umblat pe-aici fără să fiți autorizată, fără escortă, într-o zonă restricționată a minei, punându-mă în pericol și pe mine, și personalul meu, și-ați inventat povestea asta despre cum ați fost... atacată? Nu l-ați văzut pe acest presupus atacator, și totuși pretindeți că ați văzut o șapcă în gaură, care-ar reprezenta o dovadă că...

– Eu îl omor p-ăsta, i-am spus lui Whitt, calm. Dacă nu-l iei de lângă mine în clipa asta, io-l sugrum cu cravata.

– Bun.

Whitt îl luă pe Burns pe după umeri.

– Domnule Burns, ce-ar fi să stăm noi de vorbă acolo...

Când Gabe mă atinse pe umăr, am tresărit, șocată. Parcă-mi trecuse curent electric prin piele.

– Restul echipei de la conducere ar trebui să vină mâine cu avionul, spuse el. Ce-ar fi s-o lăsăm așa în seara asta?

– S-o lăsăm așa? am zis. S-o lăsăm așa! Da, bineînțeles, lăsăm copilul dispărut al cuiva într-o gaură întunecată aflată tocmai...

– Știu.

Aprobă din cap, frecându-mă pe umăr.

– Nu-i nevoie să mă convingi. Sunt cu tine până la capăt, Harry.

– Măcar e cineva, am spus. Locul ăsta e... e fără suflet, dă-o-n mama mă-sii. Dacă ăștia din conducere nu ni se alătură, Gabe, o să moară mai mulți oameni. Garantez asta.

CAPITOLUL 61

Pumnii mei loveau sacul de box din camera de odihnă cu bufnituri satisfăcătoare. Impactul trimitea unde de șoc pe antebrațele mele, spre umeri, prin pieptul meu. M-am întors și i-am tras sacului vreo câteva croșee puternice în partea laterală, m-am dat înapoi și mi-am pocnit adversarul imaginar direct în față. Îmi era ușor să mă pierd cu totul în antrenament. Aveam destui parteneri de antrenament pe care să mi-i închipui. Îmi imaginam că-l pocnesc pe Nigel în cap pentru că-l arestase pe fratele meu. Îi trăgeam lui Linebacker un pumn în stomac prin surprindere pentru că mă certa ca pe un copil. Îl izbeam pe Burns cu pumnul în rinichi și îmi imaginam cum se chircea, prăbușindu-se pe saltea, sfâșiat de durere.

Când m-am întors, trei mineri stăteau în pragul ușii camerei de odihnă și se holbau la mine. Am scuipat pe podea și m-am întins după sticla de apă.

– Vreți să faceți o poză cumva? m-am răstit.

Bărbații dispărură.

În timp ce mă îndreptam din nou spre donga mea, le-am văzut pe Shamma și pe o altă fată de la Soldații Pământului stând lângă linia gardului, ascunse vederii de un stivuitor uriaș. Stăteau ghemuite și se foloseau de binocluri pentru a privi pământul de dincolo de cauciucurile mașinăriei, spre curtea de transport. Am privit în direcția în care se uitau ele, dar n-am văzut nimic. Când am ieșit de după unul dintre cauciucurile uriașe ale stivuitorului, ambele fete țipară, surprinse.

– Doamnelor.

– Să-mi bag picioarele, ne-ai speriat de ne-am căcat pe noi, spuse Shamma. Ce-ai pățit la cap?

– Am luat una-n căpățână de la suspectul nostru, am spus, punând mâna pe copci. N-a fost nimeni dintre voi la mină azi-noapte, nu?

Fetele se uitară una la alta. Shamma deschise gura să vorbească, iar prietena ei o întrerupse.

– Ocean a spus să nu vă ajutăm cu ancheta, spuse ea.

– Poftim?

– Trebuie să plecăm.

Trase de Shamma. Fata cu părul mov se ridică repede, privindu-și sandalele fix.

– Oricine-ar fi fost, l-a omorât pe Danny, murmură Shamma.

– Tu și Danny ați fost un cuplu? am întrebat.

– Shamma, trebuie să plecăm.

Prietena ei dădea înapoi.

– Cam așa ceva, spuse Shamma.

Privirea ei o întâlni pe a mea. Se opri asupra sârmei dintre noi, iar când vorbi în sfârșit, o făcu pe o voce scăzută și repede.

– Ocean și vreo doi tipi au ieșit aseară la legat, spuse ea. Au și niște chestii înregistrate pe sistemul de camere. Știi tu, pentru blog. Chestii care-ar putea să ne ajute. Dar nu știu dac-o să ți le dea. Cred că ești pe urmele lor.

CAPITOLUL 62

Stătea la intrarea în sala de şedinţe a echipei de la conducere, lângă Whitt, şi citeam ştirile pe telefon.

– Legat, am citit. Termen folosit de activiştii ecologişti pentru a descrie legarea cu lanţuri grele a echipamentelor considerate dăunătoare pentru cauză şi ataşarea lacătelor industriale. Activiştii leagă uneori bucăţi mari din echipamentele funcţionale laolaltă sau închid clădirile importante pentru a încerca să oprească producţia.

– Mari şmecheri, ăştia, nu-i aşa? întrebă Whitt.

N-aveam cum să nu caut mai departe pe internet, să dau de informaţii despre Sam. Ştiam că pentru câteva zile, informaţiile despre probele colectate trebuiau oprite în timp ce avocaţii acuzării se pregăteau pentru audierea preliminară. N-aveau de ce să dea toate cărţile pe faţă în faza iniţială. Dar unele informaţii aveau să scape oricum.

Am trecut fulgerător cu privirea peste câteva titluri. Nu eram în stare să citesc mai multe.

„BLUE PLÂNGE ÎN CUSTODIE, SPUN PAZNICII“

„«MI-A SPUS CĂ MĂ OMOARĂ»: VICTIMA LUI BLUE DE PE TRASEUL PENTRU BICICLIŞTI SPUNE TOTUL“

„A CHINUIT ANIMALE, A FĂCUT ÎN PAT PÂNĂ ÎN ADOLESCENȚA TÂRZIE – SPUNE UN PĂRINTE ADOPTIV AL LUI BLUE"

Am făcut clic pe ultimul link, apoi m-am oprit. Nu mă puteam concentra pe așa ceva în acel moment. Aveam să mă înfurii, iar dacă voiam să-i conving pe cei de la conducere să ne sprijine în căutarea minerilor dispăruți, trebuia să-mi păstrez calmul.

– De ce stăm aici ca niște școlari care-l așteaptă pe director? am întrebat.

M-am ridicat și-am deschis cu putere ușa sălii de ședințe.

Doisprezece bărbați și femei la costum stăteau la o masă lungă de pin. Burns era singurul bărbat care stătea în picioare.

– ...e ficțiune pură, spunea el.

Aproape că se înecă în momentul în care mă văzu.

Gabe se opri din alergat în hol, lângă Whitt.

– Mi-a scăpat ceva? întrebă el.

– Nu, oftă Whitt. Ai venit exact la timp pentru spectacol.

– Bună dimineața! Ia te uită, ce mai priveliște. Ia te uită la voi toți!

Am făcut un gest larg cu brațul, arătând spre masă.

– Sunteți imaculați. Faini cercei, domnișoară. Foarte stilați. Mă bucur că ați petrecut atât de mult timp aranjându-vă pentru ședința asta în timp ce trupurile neînsuflețite a patru dintre angajații voștri zac putrezind în pământ, așteptând să fie descoperite.

– Dumnezeule.

Femeia cu cerceii se apucă de piept, privindu-l pe Burns.

– Asta vorbește serios?

– Exact despre asta vorbeam.

Burns își dădu ochii peste cap.

– Douăzeci de minute-am așteptat acolo.

Am arătat spre pragul ușii.

– Asta înseamnă încă douăzeci de minute în care familiile lor au așteptat să afle ce s-a întâmplat cu ei. Vreți să încetați să vă mai prostiți și să aprobați naibii o căutare, cretini umflați în pene ce sunteți?

– Nu vrem decât să înțelegem situația, doamnă Blue, spuse un om mai în vârstă, cu palmele desfăcute într-un gest care îndemna la cumpătare. Domnul Burns tocmai ne punea la curent. Până acum, am înțeles că toată povestea asta are legătură cu dispariția lui Daniel Stanton.

– Sunt *detectiv.*

Am simțit maxilarul pocnindu-mi.

– Și da. Daniel Stanton. Hon Lu. Tori și Amy King.

– Vedeți dumneavoastră, poliția din Perth mi-a dat impresia că nu li s-a întâmplat nimic acestor mineri.

Privi spre toți oamenii de la masă.

– Ni s-a spus, de exemplu, că Hon Lu a fost foarte tulburat de faptul că activiștii au avut o razie la depozitul de hrană, și probabil c-a părăsit mina de rușine pentru că nu i-a putut opri. Ni s-a spus că Tori King a plecat pentru că avea probleme în relație, și că sora ei a plecat s-o caute. Deși o parte din rămășițele lui Daniel au fost recuperate, nu există vreun semn în niciunul dintre aceste cazuri, inclusiv al lui, de...

– Jocuri murdare?

Am arătat spre capul meu.

– Nu ți se pare destul de murdar?

– Ah, da. David mi-a spus despre declarația dumneavoastră cum că ați fi fost... atacată de un bărbat pe care-l considerați răspunzător pentru soarta minerilor dispăruți. Doamnă Blue, serios, trebuie să vă întreb...

– Dacă-mi mai spune careva „doamnă Blue“, jur că-mi ies din sărite, am spus.

– Păi nu v-ați ieșit deja? întrebă el, zâmbind.

– Dragule, i-am zâmbit la rându-mi, nici măcar n-am început.

– În absența altor amănunte care să vă confirme povestea, *detectiv* Blue, mă tem că nu pot aproba o operațiune care să consume atât de mult timp și bani investiți în resursele noastre.

Bărbatul mai în vârstă își împreună mâinile pe masă.

– Mina a fost închisă azi-noapte timp de cinci ore după... accidentul dumneavoastră. Acest lucru ne-a costat aproximativ șaptezeci și cinci de mii de dolari. Pe lângă dificultățile pe care le-am întâmpinat în primele ore ale acestei dimineți cu activiștii locali, care ne-au scos din funcțiune niște echipamente, în acest moment ne concentrăm pe repunerea în funcțiune a acestui loc. Nu există probe care să sugereze faptul că Daniel Stanton sau oricare dintre ceilalți tineri pe care i-ați menționat ar fi fost luați în vizor intenționat de cineva, fie din interiorul minei, fie din exteriorul acesteia. Și cu asta, basta.

– Cu asta, basta, așa-i?

Cu toții mă fixau cu privirea, un zid uman sfidător îmbrăcat în mătăsuri și lână scumpă. Era un tip, evident cel mai tânăr din echipa de conducere, care-avea o expresie foarte vinovată. I-am considerat rușinea nerostită ca pe un mic triumf, un câștig destul de mare ca să ies din cameră fără să iau ceva la pumni.

Am stat la intrarea în sala de ședințe și i-am ascultat cum încuiau ușile în urma mea.

Nici măcar n-am fost afară suficient de mult încât Gabe și Whitt să-și dea seama ce să-mi spună. I-am privit, apoi m-am întors și i-am tras un șut ușii sălii de ședințe, deschizând-o din nou.

CAPITOLUL 63

Femeia cu cercecii frumoşi ţipă. Patru sau cinci persoane se ridicară în picioare. Ochii se măriseră, iar gurile se căscaseră. Credeam că nimeni din încăpere nu mai văzuse de mult un act de violenţă. De fapt, puteam să pun pariu că exact de lucrul ăsta aveau nevoie.

– Ba cu asta *nu* e basta, am spus, dând la o parte lacătul de pe uşă, care se spărsese şi sărise pe covor.

Cel mai tânăr membru al echipei de conducere părea impresionat în secret.

Whitt se grăbi să intre în încăpere şi începu să bolborosească vrute şi nevrute, încercând să se scuze, să calmeze situaţia, dar l-am redus la tăcere cu o privire.

– Samuel Jacob Blue este fratele meu, am spus.

În încăpere se lăsase tăcerea. Toate privirile erau aţintite asupra mea.

Burns se ridică brusc de pe scaun, vânăt la faţă de furie.

– Ce mama dracului tot bălmăjeşti acolo?

– Să-mi bag picioarele, spuse cel mai tânăr membru al echipei de conducere. Samuel Jacob Blue? Ăsta-i Ucigaşul de la râul Georges!

Aruncă priviri prin încăpere, dar niciunul dintre colegii lui nu înţelegea ce voia să spună.

– La toate jurnalele de știri au spus. Tocmai a fost arestat în Sydney.

– Sunt aici în văgăuna asta de căcat, uitată de Dumnezeu, pentru că șeful meu vrea să mă țină departe de toată nebunia creată în presă de arestarea fratelui meu, am spus. A fost arestat acum cinci zile, cu trei capete de acuzare, pentru agresiune sexuală gravă și crimă. Urmează să mai vină capete de acuzare. Până acum, am ținut la distanță zecile de jurnaliști care încearcă să scoată un comentariu de la mine. Sunt la secția mea de poliție. Sunt la mine acasă. Îmi umplu telefonul de apeluri, mesaje și e-mailuri. În clipa de față, sunt persoana cea mai căutată pentru interviuri din întreaga țară.

Am întâlnit privirea lui Gabe. Stătea cu gura căscată. Nu puteam să mă gândesc la ce sacrificam în timp ce cuvintele-mi ieșeau ca un șuvoi din gură. Nu puteam să mă gândesc la ce avea să însemne această poveste odată ce aveau s-o afle minerii, odată ce oameni de teapa lui Richie și a găștii lui și a altor personaje amenințătoare care umblau prin mină aveau să afle cine sunt. În acel moment, trebuia să îi găsesc pe minerii dispăruți, și numai disperarea pură mă împingea înainte.

– Dacă nu organizați o căutare a acelor tineri prin mină, am spus, o să încep să preiau apeluri din partea jurnaliștilor. O să le spun unde sunt. O să vină aici ca să mă caute, și până să apucați să vă dezmeticiți, o să vă treziți cu ochii întregi țări, poate ai întregii lumi, ațintiți asupra acestui loc. Dacă voi credeți că-s interesați de mine, aflați c-o să le placă *la nebunie* cazul la care lucrez.

Se lăsă din nou o tăcere apăsătoare, şi abia în acea linişte deplină mi-am dat seama că tremuram din toate încheieturile de furie.

Renunţasem la tot, şi fie că ameninţarea mea avusese efect, fie că nu, nu mai aveam unde să mă ascund.

CAPITOLUL 64

Eram conştient că Gabe era undeva în grămada de oameni adunaţi în jurul biroului de la intrarea în mină, dar n-am dat vreun semn că l-aş fi văzut, şi nici el nu se apropie de mine. Nu ştiam când aveam să discutăm, dar probabil că avea să insiste în legătură cu asta. Îmi era ruşine că sărisem pe el în mijlocul deşertului, că mă folosisem de el pentru a-mi astâmpăra nevoia disperată, primordială, de a fi ţinută în braţe, de a-mi fi distrasă atenţia de la viaţa mea. Mai era şi umilinţa resimţită în urma situaţiei cu Sam. Ca detectiv la Infracţiuni Sexuale, nu reuşisem să fac nimic pentru ca fratele meu să nu comită, sau cel puţin să nu fie arestat pentru unele dintre cele mai cumplite fapte din istoria ţării. Am aruncat o privire peste umăr spre Gabe, care cotrobăia pe birou, în spatele mulţimii. Se uita la ceva pe telefon. Oare era cu ochii pe titlurile din ziare, având în vedere ceea ce aflase? Oare citea despre trecutul meu?

La masa pliantă din faţa noastră, două laptopuri mari fuseseră instalate şi afişau filmări de pe o cameră GoPro care era coborâtă în mină. Identificasem tunelul de explorare în care mă atrăsese ucigaşul şi-i spusesem lui Burns şi muncitorilor pe care-i trimisese despre ţipetele pe care le-auzisem dinăuntru. Erau două rânduri de urme de pași în nisipul și pământul din fața găurii, și semne clare în locul în care mă luptasem cu bărbatul care mă atacase. Peretele era mânjit cu sângele meu. Dar când am încercat să i le arăt lui Burns, lanterna lui s-a îndepărtat de ele. Era prea încăpățânat ca să mă ia în serios, chiar și în clipa aceea.

Whitt și cu mine am privit spre monitoarele laptopurilor în timp ce GoPro-ul era băgat în gaură. Lanterna de pe el nu scotea la iveală decât un cerc negru. Pereții stâncoși se îndepărtau în timp ce camera se afunda în adâncul pământului. Șapca pe care-o văzusem la doar trei sau patru metri adâncime dispăruse.

– Cât e de adâncă? am întrebat.

– Asta are în jur de un kilometru adâncime, spuse un miner tânăr. Cam atât de adânc am intrat în fiecare gaură din partea aia a minei înainte să mergem mai departe.

– Dacă nu s-a prăbușit, spuse altul. Nu-i nimic care să le susțină.

Ne-am oprit cu toții și am privit gaura neagră. Minerii care intrau și ieșeau din mină se opreau din când în când ca să întrebe oamenii din spatele mulțimii ce se întâmpla. Curând, începu să iasă la iveală o formă. Fundul circular al minei. Șapca roșie, albastră și albă.

– Uitați șapca! am strigat eu.

– Și uitați fundul minei, spuse Burns, abia reușind să ascundă faptul că jubila.

– Nu există cadavre. Exact așa cum am prezis.

Stăteam și priveam fix în adâncul pământului, la nisipul și bucățelele de piatră ce zăceau la suprafață. Burns transmise prin radio echipei de conducere că nu găsiserăm nimic. Tensiunea dintre oamenii din jurul meu a scăzu simțitor. Doi sau trei se îndepărtară.

– Stați așa, am spus. Ce-i asta?

Am bătut ușor în ecran. Era un obiect lung și alb care zăcea lângă șapcă. Oamenii din interior primiră un mesaj prin radio și coborâră ușor camera. Obiectul nu apărea clar. Burns se apropie de ecranul laptopului și se aplecă până ajunse cu nasul la centimetri distanță de el.

– E o piatră, spuse el.

– O singură piatră, albă, strălucitoare, într-un tunel plin numai de pietre gri, negre și maronii?

Burns privi spre mine, scrâșnind din măsele. Se întoarse repede și ridică o piatră palidă.

– O vezi p-asta? se răsti el la mine. Asta-i o piatră albă! Și asta-i tot o piatră albă!

Mai făcu câteva gesturi largi, ridicând furios o mână de praf și pietre.

– Aici cred că-s o mie de culori de pietre, dă-le-n mama mamii lor de pietre!

– Băi! se răsti Whitt. Ce-ar fi să vorbești cu colega mea cu un pic mai mult respect?

– Respect?

– Da, un pic mai mult respect, în mă-sa!

Whitt înaintă, făcându-l pe Burns să dea înapoi.

– Nu-mi place tonul tău. Putem să vorbim frumos, sau putem să începem să-ți facem și mai multe probleme. Tu aproape că-mpiedici bunul mers al unei anchete a poliției, prietene.

– Voi îmi impiedicați bunul mers al *afacerii.* Sunteți pe proprietatea mea, fără mandat.

Burns ridică mâinile a exasperare.

– De când e curiozitatea unui polițist mai presus de... logică? De dovezi! De *realitate*, dă-o dracului!

– Băgați-mă-n gaură, am spus.

Whitt și Burns se întoarseră amândoi să mă privească.

– Ce?

– Am spus. Să mă băgați. În gaură.

CAPITOLUL 65

Mi s-a părut o idee bună să cobor cu capul înainte, până m-au coborât cam o sută de metri. Circumferința găurii îmi permitea să mă întind și să ating pereții în timp ce treceam pe lângă ei. Degetele-mi treceau peste crestăturile pe care sfredelul uriaș le lăsase în lut și-n noroi. Sângele îmi năvălea în cap. Atârnam acolo, ascultându-mi bătăile inimii cum bubuiau în urechi, și simțindu-mi copcile de la rana de la cap cum zvâcneau.

„Aici aș fi căzut", mă gândeam. „Aici aș fi murit."

– Ești în regulă, Harriet? întrebă vocea lui Whitt.

Am apăsat butonul radioului portabil legat de talia mea.

– E cald aici, jos.

– Aranjează un pic camera, nu poți? întrebă el, în replică. Nu vedem decât pământ.

Am îndreptat camera de pe partea din față a căștii mele. Chinga de la bărbie îmi tăia maxilarul. Transpirația începuse să-mi alunece spre nas. Radioul lui Whitt pârâia când și când între transmisii. Îl auzeam pe Burns în fundal. Încă se smiorcăia în legătură cu siguranța, timpul și banii, cu faptul că decizia de a mă trimite jos fusese una ridicolă.

– Ești la vreo trei sute de metri, zise Whitt.

În timp ce macaraua mă cobora lin în beznă, mă întrebam cum aveam să mor dacă puțul se prăbușea brusc. Un scrâșnet brusc. Răsuflarea mi se tăia. Aveam pământ în ochi și în gură. Respiram încet în timp ce coboram, urmărind umberele care dansau pe pereți.

– Șase sute de metri.

Hamul îmi învinețea umerii. Nu îndrăzneam să mă mișc ca să câștig un pic de confort. Dacă alunecam, aveam să intru în picaj patru sute de metri spre fund, în beznă absolută.

– Nouă sute douăzeci.

– Cred că văd fundul, am șuierat.

Era incredibil de cald. Transpirația mi se scurgea pe brațe și de pe vârfurile degetelor.

– Văd șapca.

Macaraua cobora în continuare. Mă apropiam mult prea repede de fundul puțului.

– Stop! Stop!

Cablul care mă ținea se opri scrâșnind, zăngănind și tremurând în mașinăria îndepărtată. Am luat șapca lui Hon și am legat-o de ham.

– Unde ți-e piatra albă? întrebă Whitt.

Am întors capul și-am găsit-o. Era o piatră albă, lungă și subțire, care zăcea pe pământ, la suprafață. Am întins mâna. Eram la doar câțiva centimetri de ea.

– Coboară-mă un pic.

Răsunară două zăngănituri puternice, și-am coborât brusc treizeci de centimetri. Am apucat piatra și-am tras de ea.

Degetul mi se rupse în mână, plesnind.

CAPITOLUL 66

Am început să sap frenetic, îndepărtând nisipul și pământul de pe mână, de pe braț, de pe umărul îngropat acolo. Hon se pleoștise pe fundul găurii, cu un braț ridicat peste o movilă de pământ. Nu i se vedea decât încheietura unui deget deasupra liniei pământului, arătând ca o piatră palidă și subțire. Căldura extremă din gaură și soluțiile bogate începuseră să-i descompună cadavrul, slăbindu-i pielea și tendoanele din jurul degetelor și făcând-o să semene cu aluatul.

Am îndepărtat nisipul din jurul feței lui Hon. Gura căscată a mortului vomita un puhoi continuu de nisip de pe buzele-i înnegrite. Camera mea de filmat transmitea imagini spre biroul de sus, plin de oameni.

– Iisuse, ei sunt, îl auzeam pe Whitt prin radio. Întoarceți-vă. Întoarceți-vă toți. Scoateți-i pe oamenii ăștia de-aici.

Am auzit strigăte de groază la radio. Am încetat să mai îndepărtez nisipul și am rămas acolo, privind spre cadavrul pe jumătate cufundat.

– Trage-mă sus, te rog.

Stăteam la intrarea în mină, încă purtând hamul, recunoscătoare că simțeam soarele pe față. Am băgat degetul lui Hon Lu într-o pungă și i-am dat-o lui Whitt. Cei din

Perth trimiteau o echipă ca lumea de la criminalistică să coboare în gaură și să excaveze orice era acolo, asigurându-se că tot pământul și nisipul din jurul cadavrelor era băgat în pungi, în caz că existau fibre sau fire de păr care-ar fi putut ajuta la identificarea criminalului.

Mulțimea cu laptopuri din jurul mesei se împrăștiase. Bănuiam că acest lucru se întâmplase mai ales din cauza faptului că oamenii se grăbiseră să le povestească prietenilor lor ceea ce văzuseră. Deja se răspândeau veștile cu viteza unui incendiu de vegetație. Am ridicat privirea spre linia gardului și am văzut vreo doi mineri vorbind cu Soldații Pământului dincolo de sârmă, arătând spre mine, în jos, spre pereții înalți ai minei. David Burns se făcuse nevăzut cu totul. Mă bucuram. Nu știam ce-aș fi fost în stare să-i fac dacă-l vedeam, având în vedere că tocmai ieșisem din gaura în care aproape că fuseserăm obligați să lăsăm cadavrele.

– Câți crezi că-s acolo? întrebă Whitt.

– Nu știu.

Mi-am dres vocea.

– Cel puțin doi. Când am înlăturat nisipul din jurul umărului lui Hon, am văzut laba unui picior care nu era al lui, proptită lângă el. Dar nisipul era prea instabil. Mă tot afundam.

Whitt mă bătu ușor pe umăr și se duse să dea niște telefoane în Perth. N-am știut că Gabe se apropia de mine până când nu s-a oprit în fața mea.

– Salut.

– Salut.

L-am privit în ochi, încercând să descifrez ce simțea. N-am reușit. Își băgă mâinile-n buzunare.

– Păi, se pare c-o s-avem un circ pe cap, spuse el. Câți oameni vor ăștia să trimită?

– Păi, o să fie un medic legist, o echipă de extracție, vreo doi fotografi. Cel mai probabil o să scoată cadavrele de-acolo repede și eficient, o să le-arunce într-un elicopter și-o să le trimită înapoi spre Perth. Totul o să fie foarte discret. Nu vor să sperie restul minerilor.

– Cred că mă întorc la muncă, oftă el. Nu vreau să fiu prin apropiere când o să-nceapă să-i scoată. Crezi c-o să fie și jurnaliști?

– Nu știu. S-ar putea să nu aibă vreun motiv să vină dacă echipa duce cadavrele la Perth destul de repede.

Nu eram sigură că echipa de la Medicină Legală avea să reușească să intre și să iasă din mină înaintea jurnaliștilor. Minerii stăteau deja aproape de noi și ne făceau poze cu telefoanele. Aveau să alerteze presa doar de dragul distracției. Căutau să dea interviuri, să aibă parte de zece secunde în fața camerelor. Plictiseala de viață face așa ceva din om. Îl transformă într-o vedetă de reality show în devenire.

Gabe îmi studia expresia feței. Știam despre ce voia să vorbească, dar nu știam sigur dacă eram în stare să deschid subiectul chiar în clipa aceea.

– Îmi pare rău pentru fratele tău, spuse el. Dacă vin jurnaliștii...

– Mersi, am spus. Mă descurc eu.

M-am îndepărtat de el, prea confuză în legătură cu ceea ce făcuserăm și prea îngrozită de ceea ce văzusem acolo, în adâncul pământului, ca să mai vorbesc cu el.

CAPITOLUL 67

Până la sosirea echipei de extracție se lăsase deja noaptea. Whitt și cu mine am petrecut după-amiaza la biroul de la intrarea în mină, revizuind notițele pe care le luaserăm și urmărind oamenii care intrau în mină. Echipa de conducere aprobase închiderea completă a minei din partea de nord, dar asta nu-i împiedicase pe oameni să umble în continuare pe-acolo. L-am văzut cu coada ochiului pe Richie printre ei, și pe Linebacker. Veștile despre descoperire au circulat repede prin mină și au revenit la noi, profund distorsionate.

Cineva ne adusese cafeaua și prânzul. În timp ce stăteam acolo și încercam să mănânc, am auzit un grup de mineri aflați la jumătatea dealului. Vocile lor străbăteau suprafața de forma unui bol cu pământ prăfuit, ajungând până la noi.

– ...zicea c-a găsit vreo zece cadavre acolo jos.

– Nu, nu, *ea* a căzut acolo. În timp ce-o salvau pe ea au găsit *un braț*. Dar asta-i tot, nu sunt cadavre.

– Davo a aflat de la Richie... tot felul de bucăți, degete, chestii de-astea. Și o frânghie și niște bandă adezivă.

Le-am aruncat o privire urâtă minerilor și se retraseră. Dar până să se aprindă lămpile portocalii cu sodiu și până să dispară soarele dincolo de orizont, se mai întoarseră câteva zeci, care stăteau pe deal în grupuri. Când veni elicopterul, începură să arate cu degetul și să facă poze.

– Ai zice c-au și ei măcar unul acolo jos care să pară că jelește, i-am spus lui Whitt. În caz că vine presa.

– O să spună că erau în birouri, îi consolau pe membrii familiilor, spuse el. Dacă sunt aici, jos, când vine presa, o să trebuiască să răspundă la întrebări dificile despre asta.

Am recunoscut-o pe una dintre femeile care-au coborât din elicopter. Taylor Fink, cea cu părul portocaliu și cu pielea albă ca laptele, își puse geanta grea jos și-mi strânse mâna. Pentru o femeie atât de frumoasă, avea o poreclă groaznică, „Finkles“, ce-o urmărea peste tot. Mă ducea cu gândul la pistrui și riduri, ceea ce nu mi se părea corect, pentru că n-avea multe, nici de unele, nici de celelalte.

– Detectiv Blue, spuse ea. Ce grozăvii mi-ați mai pregătit?

Lucrasem cu Fink la câteva cazuri grave de trafic de carne vie din Sydney. Făcusem o razie la un bordel din Cambelltown[1] și găsiserăm două sclave sexuale moarte în beci. Ne-am îmbrățișat. S-ar fi putut s-o țin un pic cam mult.

– Ce faci pe-aici? am întrebat. Ai plecat din Sydney?

– Da, acum sunt în Perth.

Zâmbi larg.

– Singurele lucruri care m-ar determina să mă mut atât de departe ar fi banii sau un bărbat.

– Ar trebui să-mi dau seama după zâmbet despre care e vorba?

Făcu un semn cu ochiul.

---

[1] Suburbie din Sydney, Australia (n.tr.)

Am condus patologul și toată echipa spre gaură și i-am lăsat acolo.

Când luna ajunse sus, iar curiozitatea majorității populației de la mină se potoli, trei dintre polițiștii de la Medicină Legală, bărbați, ieșiră din mină cu o targă acoperită cu un cearșaf. Silueta de sub cearșaf nu era întinsă, ci ghemuită pe-o parte, cu un braț ridicat. Era Hon.

Taylor se îndreptă spre mine. Purta un costum din hârtie albă și mănuși albastre și avea camera în jurul gâtului. Nimeni dintre noi nu voia să audă ceea ce avea de spus.

– Erau trei acolo jos, spuse ea. Două femei tinere și un bărbat asiatic, înalt.

– Să-mi bag picioarele.

Am oftat.

– Una dintre femei a murit foarte recent. Între douăzeci și patru și patruzeci și opt de ore. Rigor mortis i s-a declanșat ușor. După cât de livide erau toate cele trei cadavre, se pare c-au fost azvârlite acolo la două ore după deces.

Se așeză pe marginea biroului și ne arătă o schiță pe care-o desenase, cu poziția cadavrelor în gaură. Una dintre fete căzuse pe-o parte, într-un soi de poziție fetală, cu picioarele îndoite. Hon căzuse în genunchi peste corpul ei strâmb, cu un braț ridicat peste o stâncă ieșită în relief. Altă fată căzuse între aceste două cadavre și se pleoștise cu fața pe genunchii lui Hon. Fata din vârful grămezii era Amy. În schiță, n-aveau fețe, n-aveau trăsături, mâinile și labele picioarelor le erau rotunjite, iar membrele le erau îndoite în poziții ciudate. Am urmărit echipa cum muta o altă targă în elicopter.

– Sunt ceva semne în legătură cu ce i-a ucis?

– O grămadă, spuse Taylor. Una dintre fete are uite-așa o gaură în piept.

Făcu un cerc cu circumferința cât o minge de tenis cu mâinile.

– Dac-aş fi în locul tău, spuse Taylor, băgându-şi caietul sub braţ, aş începe să-i iau p-ăştia la întrebări ca lumea, să aflu cine are-o armă mare şi puternică pe-aici.

CAPITOLUL 68

Soldatul o urmări pe detectiv Blue în timp ce elicopterul se îndepărta în noapte. Văzu luminile roșii de aterizare reflectându-se în pomeții ei înalți, transformându-i albul ochilor obosiți într-un roz lucios. În timp ce elicopterul dispărea, fața ei deveni o mască dură a hotărârii. Stătea în umbra unui excavator din apropiere și-și mușca buzele.

„Da, detectiv Blue. Încordează-te din nou. Simte goliciunea cum zvâcnește în tine. Ești un soldat. O să-i răzbuni pe cei care-au căzut alături de tine."

Cu fiecare moarte, se călea. Mușchii și oasele i se concentrau încet. Era același proces prin care lemnul se transforma în piatră. În același timp, măruntaiele-i fuseseră roase, până când Soldatul ajunsese doar o carcasă, care nu putea purta încărcătura inutilă a iubirii, a spaimei, a dorinței. Înlăuntrul lui nu era loc pentru milă. Când începeau să răsune împușcăturile, se izbeau de pereții lui interiori, astfel încât n-avea niciodată parte de liniște.

Când privirea ei se ridică pentru a o întâlni pe a partenerului, ochii-i luceau de ură în întuneric.

– O să începem să căutăm în zonele de locuit, spuse ea. O să confiscăm arma lui Linebacker și o s-o verificăm. Dă un telefon la Perth. Ne trebuie mai mulți oameni. Ne trebuie o echipă care să meargă şi să caute prin tabăra Soldaţilor Pământului. O echipă care să caute prin mine.

Era ca o regină nebună. Ca un comandant atât de distrus de bătăliile pe care le purtase, încât refuza să vadă limitele propriei puteri. Echipa de conducere avea să-i refuze toate indicaţiile. Dar nu asta conta în clipa aceea. În clipa aceea conta doar chemarea războiului.

În timp ce partenerul ei alerga prin noapte, Soldatul o urmări pe detectiv Blue pe după excavator, într-un spaţiu dintre două camioane şi în umbrele din spatele intrării în mină. Acolo o urmări cum stătea în întuneric, cu pumnii încleştaţi pe lângă corp.

Vedea că ei îi venea din nou să plângă. De când sosise, nu avusese parte nici măcar de-o clipă în care să poată lăsa garda jos. Lui îi făcuse plăcere să vadă sentimentele ei pentru fratele ei apărându-i pe faţă ori de câte ori arunca o privire de-o secundă spre titlurile din ziare, pe telefonul ei. Îi plăcea să-i vadă muşchii gâtului încordându-se, s-o vadă înghiţind în sec, tulburată, de fiecare dată când afla o ştire sumbră.

Of, plânsul. Ce plăcere vinovată ar fi fost. Să renunțe la tot și să se lase copleșită de suferință.

Detectivul Blue își drese glasul, își încordă maxilarul și se întoarse.

Nu vărsă nici măcar o lacrimă.

CAPITOLUL 69

Am dormit agitată, parcă făcând schimb de coşmaruri cu mine însămi. Am visat că strigam din fundul găurii, urlând de nebună la cercul de lumină cenuşie de deasupra mea, cu picioarele prinse sub trupul neînsufleţit al lui Amy. Când nu eram în gaură, eram în pat, dar corpul meu era paralizat de groază. O siluetă întunecată se plimba prin cameră, atingându-mi lucrurile, stând deasupra lui Whitt în timp ce acesta dormea. M-am smuls din visare. Într-o parte a clădirii demontabile răsuna un ciocănit puternic. Whitt dispăruse.

M-am dat jos din pat şi am deschis cu forţă uşa. Eram în maiou şi în chiloţi. Shamma cea cu părul mov era acolo, cu o şapcă trasă peste faţă.

– O să mă bag într-un mare căcat pentru chestia asta, spuse ea, aruncând o privire spre curtea zonei de locuit. Îmi puse nişte hârtii în braţe.

– Hai înăuntru, am spus.

– Nu.

Ţopăia cu nerăbdare pe călcâie.

– Trebuie s-o tai de-aici înainte să afle Ocean că sunt la mină. Ne-a luat pe toţi deoparte. N-avem voie să vorbim cu nimeni de la mină până la noi ordine.

– De ce încearcă să vă stea în cale? am întrebat. Nu vrea să-l prindem pe-ăla care face toate grozăviile-astea?

– Nu știu, frate.

Shamma oftă.

– Io niciodată nu știu care-i treaba. Io-s aici, în deșert, doar fiindcă vreau să opresc mina. Încerc să-mi urmez visul, știi ce zic? Nu vreau să fiu implicată-n crime și căcaturi de-astea.

– Shamma.

Am apucat-o de bluză înainte să apuce să plece.

– Crezi că există cineva în tabăra voastră care să fie suficient de periculos încât să fie răspunzător pentru așa ceva?

Fata se zbătu.

– Auzi, colega, ăia periculoșii-s în mină, zise ea. Io ieșisem la legat cu vreo lună-n urmă și unul m-a prins și m-a dat dă pământ. Și m-a dat ca lumea, mă, omule. Dup-aia m-a scuipat.

– Te-a scuipat?

– În față.

Aruncă o privire spre gard, din nou.

– Mi-a zis harși.

– Ce-i aia harși?

– Nu știu. Dar n-a mai pus nimeni mâna pă mine-așa, știi cum zic? Am fost io la ceva proteste la viața mea, și-au fost dure, dar nu așa dure. Io cred că ăsta mi-ar fi făcut ceva rău dacă nu eram în mijlocul minei. Parcă s-a supărat rău de tot.

– I-ai văzut fața? am întrebat-o. Poți să-mi zici ceva despre el?

Shamma se eliberă din strânsoarea mea și plecă în fugă.

Am privit spre hârtiile pe care mi le pusese tânăra în brațe. Erau copii xerox de calitate proastă de la două dintre camerele de luat vederi din tabăra Soldaților Pământului. Una dintre camere era îndreptată spre partea din spate a peșterii, urmărind un grup de Soldați ai Pământului care dormeau pe saltele pe pământ, unii adunați laolaltă, alții tolăniți de unii singuri. La început, nu mi-am dat seama care era scopul pozei, până când am distins o formă între stâncile vizibile prin gura peșterii. Era silueta întunecată a unui bărbat care traversa tabăra mergând printre camioane și cărând o armă mare după el.

CAPITOLUL 70

Așa cum se întâmplă de obicei cu corporațiile mari în momente de criză, cei mai mulți din șefii minei dispăruseră. Un David Burns cu fața cernită ne făcu un tur al minei, încercând în același timp să pară dornic să coopereze cu noi și să mă țină departe de birouri ca să nu mai dărâm vreo ușă. Ne adusese cappuccino în pahare de hârtie imaculate. Mă întrebam care era rația de cafea pentru membrii elitei.

În câteva minute, ne-a fost clar că plimbarea lungă și cafelele de la butic erau singurele gesturi prietenoase de care aveam să ne bucurăm.

– O să începem cu stabilirea punctelor de control la intrările și ieșirile din mină, am spus. Închideți toate ieșirile mai mici, restricționați fluxul de oameni și camioane spre cele două porți principale. O să am nevoie ca niște oameni de-ai voștri să se ocupe de căutări.

Burns asculta în tăcere, privind fix pământul.

– Eu și Whitt vom căuta în zona de locuit astăzi. Am și niște interogatorii de făcut cu anumiți oameni. O să confiscăm arma lui Aaron Linbacher și o să o trimitem să se facă teste balistice asupra ei, laolaltă cu orice arme pe care le descoperim. Contravenții legate de arme, atacuri violente...

– O să vreau să-mi predați toate imaginile surprinse de camerele de supraveghere din mină în ultimele câteva săptămâni, am continuat.

Ne-am oprit în fața biroului administrativ.

– Bine.

Burns își aranjă cravata.

– Din păcate, ai menționat doar un fapt concret cu care sunt de acord.

Am deschis gura, dar nu mi-am găsit cuvintele.

– Interogatoriile.

Aprobă din cap.

– Sunt de acord cu interogatoriile. Poți să le faci.

– Ce?

– O să transmit planurile tale echipei de conducere, bineînțeles, dar pot să-ți zic de pe-acum că răspunsurile o să fie aceleași. Propunerea ta încalcă unele dintre principiile noastre esențiale de-aici, de la mină.

Ridică din umeri, a neajutorare.

– Nu putem restricționa mișcările oamenilor care intră și ies din mină. Încetinirea vehiculelor în timp ce intră și ies pe porți, pentru a fi percheziționate cu lux de amănunte o să încetinească rău de tot activitatea din locul ăsta. Nu e practic, pur și simplu. Asta ca să nu mai vorbim de siguranță. Trebuie să ne asigurăm că putem duce vehiculele de urgență în diverse părți ale minei într-o clipă.

L-am privit pe Whitt. Expresia feței lui era impasibilă.

– Verificarea cazierelor? Aici trebuie să adopt aceeași poziție ca șefii noștri. Și percheziționarea zonelor de locuit? Nici să nu te gândești. În jurul minei se desfășoară activități la limita legalității.

Întinse palmele.

– Avem aici bărbați și femei care muncesc din greu, oameni cu familii, care trăiesc într-un mediu cu un nivel ridicat de stres. Nu pot să te las să mergi până la capăt și să arestezi o mare parte din populația minei pentru contravenții minore legate de droguri în căutarea cuiva despre care...

– Nu căutăm droguri, căutăm arme!

– În căutarea cuiva despre care nici nu suntem siguri că e măcar la mină.

– Înțelegem că sunt droguri la mină, spuse Whitt, cu blândețe. Ne-am face că nu vedem.

– Nu vorbesc numai despre droguri. Știm că aici există prostituate. Sunt șanse să existe DVD-uri piratate și pornografie. Și dacă găsiți într-adevăr arme? Suntem în deșertul australian. Avem aici membri ai personalului cărora le place să plece la vânătoare de porci sălbatici și de canguri. Probabil că locul ăsta e plin ochi de arme.

– Căutăm o armă foarte exactă, îi explică Whitt. Nu-i vreo pârâitoare de-aia de vânat porci.

Burns făcu un gest de lehamite din mână.

Mă străduiam din greu să-mi găsesc cuvintele.

– Tu ești conștient că avem un dement în mină? E un nenorocit de criminal în serie dus cu capul în mina asta. E pe-aici, pe undeva. Am dovezi fotografice cu el umblând prin tabăra Soldaților Pământului de la nici doi kilometri distanță. Am scos cadavrele a trei tineri din mina voastră. Fuseseră împușcați de la distanță. Fuseseră *vânați ca... animalele.*

Burns mă fixă cu privirea.

– Nu-mi spui nimic din ce nu știu deja, detectiv Blue.

– De fapt, împiedici bunul mers al căutărilor noastre, am spus. Adică... nu pot să cred că tu nu faci tot posibilul ca să găsești persoana care-a făcut asta.

– Cred că diferenţa dintre mine şi tine, detectiv Blue, e că eu sunt un om care are o perspectivă de ansamblu.

Stătea drept în faţa mea şi flutura din mâini, cu gesturi largi.

– Am în subordine peste cinci mii de membri ai personalului aici. Sunt... sunt ca un tată pentru ei. Sunt responsabil cu siguranţa lor. Cu fericirea lor. Cu productivitatea lor. Încearcă să-ţi închipui lucrul ăsta. Încearcă să ai perspectivă de ansamblu. Încearcă să-ţi închipui cum e să ai *cinci mii* de copii care au cu toţii foarte mare nevoie de tine.

Îşi aduse palmele laolaltă, astfel încât erau la doar un centimetru depărtare una de cealaltă.

– Ai o îndatorire foarte concretă, înţeleg asta. Dar e o slujbă care necesită o perspectivă în mănunt. Acum, eu nu pot să-mi sacrific grija faţă de perspectiva în ansamblu pentru a avea grijă de nevoile perspectivei în amănunt.

Căldura mi se strecura pe ceafă. Încheieturile pumnilor îmi trosneau, iar unghiile mi se înfigeau în palme. Whitt se mişcă din instinct, punând un picior între mine şi Burns, pentru eventualitatea în care aveam să mă reped asupra lui. Dar, o dată în viaţă, eram atât de supărată încât nu mă puteam mişca.

Burns ridică din umeri a treia oară, descărcându-şi fizic povara pe care i-o pusesem pe umeri. Era un om de care nu se putea lipi nimic, nici măcar morţile despre care eram sigură că aveau să urmeze refuzului lui de-a lua atitudine.

CAPITOLUL 71

Am dat buzna în camera de odihnă, cu Whitt pe urmele mele. Oamenii din zona cu consola de jocuri se opriră și se întoarseră. Mulțimea adunată în jurul canapelelor începu să șușotească. Am găsit iepurașii marsupiali exact acolo unde spuseseră minerii c-aveau să fie – se antrenau la aparatele de sport. Micuța blondă, Jaymee, stătea întinsă pe podea și făcea niște abdomene trase de păr, iar Beth, cea înaltă și brunetă, ridica vreo șaizeci de kilograme bune. Era ajutată de o fată agitată cu ciorapi cu sclipici. M-am îndreptat spre ea și m-am strecurat în fața fetei care-o ajuta pe Beth, luând greutatea și punând-o înapoi în suport.

– Măi!

– Am nevoie de tine, am spus, aplecându-mă peste bară, cu capul în jos, spre Beth.

– Știam io c-o să-ți vină cândva mintea la cap.

Beth zâmbi și-și mușcă buza inferioară.

– Dar de obicei nu îmi ofer serviciile fără o programare în prealabil.

– Am nevoie de voi toate. Afară. Acum.

Whitt mă întâlni în curte.

– Ce faci? întrebă el.

– Forţez un pic regulile, am spus, aşteptând în timp ce prostituatele se adunau în jurul meu.

– Care-i treaba, dulceaţă?

Beth îmi dădu la o parte nişte praf din deşert de pe umăr. Îmi privi copcile de pe frunte.

– Are careva nevoie de-o mătrăşeală?

– Încă nu. Vă numesc pe toate ajutoarele mele. Neoficial. Am nevoie de ajutor cu ancheta crimelor ăstora și ăștia din conducere pur și simplu nu vor să mă ajute. Trebuia să-mi dau seama de treaba asta și să apelez întâi la cei dezavantajaţi. Dar asta e.

– O, suntem ajutoare! strigă Jaymee, bătând din palmele-i transpirate. Ajutoare într-un caz de crimă!

– Vreau să daţi de veste că aţi fost jefuite, i-am spus lui Beth. Spuneţi-le minerilor că sunteţi în căutarea unei grămezi de bani, și mergeţi din ușă-n ușă. Băieţii ar trebui să fie dispuși să vă lase să le umblaţi prin lucruri dacă le băgaţi un pic de vrăjeală, nu? Doar să fiţi rapide, relaxate și prietenoase și să vă uitaţi prin cât mai multe donga posibil.

– Ce căutăm de fapt? întrebă Beth.

– Arme.

Mi-am scos telefonul și am deschis pagina de internet pe care o găsisem. Le-am arătat tuturor telefonul, încet.

– Căutăm arme de genul aceleia pe care-o vedeţi aici, în rândul de sus. Vedeţi luneta aia mare? Probabil o să găsiţi de-astea.

Am derulat imaginile pe ecran.

– Astea sunt puști de vânătoare elementare. Sunt ușor de găsit. Noi căutăm de-alea mai complicate. Alea mari și scumpe. Când vedeţi arme ca astea, vreau să le faceţi poze cu telefonul și să mi le aduceţi mie.

– Şi dacă-i în vreo cutie? întrebă o roşcată. Nu putem să le cerem să le deschidă, pur şi simplu.

– Faceţi o poză cutiei, am spus. S-ar putea să fie de folos. Mai vreau ca una dintre voi să se infiltreze în biroul administrativ şi să îmi facă rost de o listă cu numele tuturor membrilor personalului minei. Listele de prezenţă. Trebuie să fie undeva la vedere; sunt verificate în fiecare zi. Doar numele, fără altceva. O să trimit numele la secţia mea şi o să obţin nişte verificări de cazier.

– Mă duc eu la biroul administrativ, spuse Jaymee, zâmbind. Îl ştiu pe Terry, care lucrează la recepţie. Ăla da ciudat.

– O să pierdem toate ceva venituri dacă facem chestia asta, spuse Beth. Carnetul meu cu programări e plin.

– Vă plătesc eu, am spus.

– Vă plătim amândoi, spuse Whitt.

Fetele zâmbiră în semn de apreciere şi plecară, lăsându-ne singuri în curte.

– Nu putem decât să sperăm că, oricine-ar fi, ţine arma lângă el, i-am spus lui Whitt. S-ar putea să fie o pierdere totală de vreme dacă arma e într-unul dintre camioane, sau dacă o ţine-ascunsă undeva în deşert. Dar e cea mai bună variantă la care pot să mă gândesc.

– E un plan bun. S-ar putea să reuşim să descoperim ceva. Ce facem cu arma lui Linebacker?

– Asta-i următoarea mea şmecherie, am spus.

CAPITOLUL 72

Lenny Xavier avea slujba la care visase dintotdeauna. În copilărie, avea o obsesie: jocurile mecanice[1]. Mama lui își făcuse un obicei din a o lua pe alte drumuri spre centrul comercial, pentru că atunci când Lenny vedea jocurile mecanice, se grăbea spre geam și se uita la comorile dinăuntru. Jucăriile cele mai apropiate de gaură erau mereu cel mai ușor de prins, dar de cele mai multe ori erau aiurea – pachete de cărți sau ursuleți roz. Premiile ca lumea erau în colțul aparatului – pistoale cu apă și seturi cu arcuri și săgeți. Riscul consta în faptul că putea să înhațe în sfârșit un premiu cu brațul cromat și alunecos, iar la jumătatea drumului brațul să se clatine și să lase premiul să cadă.

Tensiunea resimțită când urmărea acele degete de oțel înfigându-se în grămada de comori era adesea mai satisfăcătoare decât câștigul. Într-un fel, când premiul cădea prin gaură, era mai puțin palpitant decât când zăcea acolo, după geam, și parcă-l chema.

[1] E vorba despre celebrele aparate pline de jucării pe care cel care se joacă trebuie să le prindă cu un braț mecanic și să le scoată din aparat. Dacă reușește, le poate păstra.

În cabina macaralei de 250 de tone de la marginea crevasei, Lenny simțea același fior tăcut, electrizant, pe care-l simțise direcționând brațul aparatului în copilărie. Vedea la sute de metri în jos în crăpătura uriașă din pământ. Vântul fierbinte al deșertului îi ciufulea părul în timp ce stătea pe scaunul operatorului, cu geamul deschis lângă el. În clipa aceea, ridica o piesă veche dintr-un excavator aflată pe o poliță la optzeci de metri de suprafață.

Mâinile lui Lenny se mișcau cu naturalețe pe butoanele de control, ghidând manetele lucioase cu mișcări imperceptibile. Cârligul de la capătul cablului se strecură cu ușurință în crăpătură, iar Lenny se ridică din scaun în timp ce-l ducea la câțiva centimetri de bucata enormă de metal.

Mick, un bărbat dolofan care stătea afară, chiar în fața macaralei lui Lenny, duse stația radio la gură. Difuzorul de lângă Lenny pârâi și porni.

– Mai vreo nouăzeci de centimetri-n jos, Lenny. Pe-ormă adu-l înapoi. Terminat.

– Recepționat, șefu'. Terminat.

Radioul bipăi și se opri.

Lenny coborî cablul încă nouăzeci de centimetri, apoi îndreptă din nou maneta spre el însuși, auzind pocnetul cârligului care ajunsese sub brațul excavatorului.

Radioul pârâi din nou. Purici. Ajustă cadranul, trecând de pe una dintre frecvențele din mină pe alta. Încerca să-și găsească șeful. Între frecvențe, auzi din întâmplare o voce.

– Dacă ajungi la mină, te las să scapi cu viață.

Lenny coborî privirea spre Mick, care nu folosea radioul. Mâna șefului său se ridica și cobora ușor, făcându-i semn lui Lenny să ridice cablul. Lenny se întreba dacă dăduse peste un post de radio sau peste un semnal de frecvență foarte înaltă de la camionagiii de pe o autostradă îndepărtată. Dar până la cea mai apropiată autostradă erau vreo patru ore bune. Și nu auzise de niciun post care să n-aibă legătură cu mina prin apropiere.

– Apelant, poți să repeți? Terminat.

– Dacă ajungi la mină, te las să scapi cu viață.

Lenny privi fix radioul. Părul de pe ceafă i se ridică, dar doar pentru o perioadă scurtă. Scăpă de sentiment. Luă radioul și acționă comutatorul pentru a retrage cârligul și cablul.

– Oricine-ar fi pe canalul ăsta, ai ajuns pe frecvența minei. Alege altă frecvență, colega.

Nu răspunse nimeni. Lenny își dădu seama că transpira. Se șterse pe frunte cu încheietura mâinii.

Se auzi brusc zgomot, un trosnet dinspre unul dintre stâlpii de oțel aflați chiar lângă geamul deschis. Lenny opri retragerea cablului și se ridică. Deschise mai larg geamul. Răsună încă un trosnet puternic, iar Lenny văzu niște scântei strălucitoare sărind de pe oțelul de deasupra pervazului. Pe pământ, Mick se întoarse și ridică privirea fixă, cu ochii mari, spre el.

Se auzi un bâzâit, apoi încă un trosnet, iar fereastra de lângă el se făcu țăndări.

– Rahat!

Se așeză înapoi în scaun. Fusese pregătit să-și dea seama când macaraua se afla sub presiune; când vântul bătea prea puternic, iar electricitatea statică din aer făcea mașinăriile să scoată scântei. Dar acea situație era diferită.

Apucă radioul.

– Mick? Băi, Mick! strigă el.

Trecu pe celălalt canal.

– Colega, vezi că-i ceva...

Un alt geam explodă în fața punții macaralei. Mick se feri, iar Lenny ieși grăbit din macara și sări în camion. Apoi sări din el și i se alătură șefului său, privind în sus spre macara.

În timp ce ei așteptau, gâfâind amândoi în soarele deșertului, radioul din mâna lui Mick pârâi din nou.

– Dacă ajungi la mină, te las să scapi cu viață.

CAPITOLUL 73

Stăteam la colțul cabanei lui Linebacker, privindu-l pe Whitt cum se pregătea să bată la ușă. Ca un școlar cu părul bălai, după cum se purta de când îl cunoscusem, minciunile, înșelătoria și încălcatul protocolului n-aveau să-i pice bine lui Whitt. Părea un om foarte diferit de cel pe care mi-l descrisese când eram ghemuiți în deșert, încolțiți. Alcoolicul, hărțuitorul, detectivul neliniștit obsedat să vâneze prădătorii care-i scăpaseră. O parte din mine admira faptul că revenindu-și din cea mai grea perioadă a vieții lui, Whitt părea să fi reușit să facă o nouă ființă din firea lui de odinioară. Cumva, fiind atent la detalii și ocupându-se de cele mai mici lucruri – făcutul patului, călcatul cămășilor, lustruirea pantofilor – evita gândurile negre. Poate că aveam ceva de învățat din comportamentul lui.

Ușa cabanei se deschise.

– Domnule Linebacker, spuse Whitt, zâmbind.

– Ce-i? Care-i treaba?

– Speram să puteți veni cu mine până-n sala de mese.

Whitt își îndreptă partea din față a cămășii.

– Facem niște interogatorii și m-am gândit că în calitatea dumneavoastră de șef al securității...

– Da, da.

Bărbatul mai în vârstă făcu un gest de lehamite din mână, trântind ușa de la donga după el.

Am văzut-o pe Beth în curtea celei de-a doua zone de locuit, în depărtare, trecând de la o cabană la alta. M-am strecurat pe ușa dongăi lui Linebacker și am rămas în întuneric și-n răcoare.

Spațiul mic mirosea a lac de ghete și a ulei de pușcă și era imaculat, la fel ca partea lui Whitt din cabana noastră. M-am dus direct la dulap, trecându-mi degetele peste cămășile și pantalonii agățați acolo. Hainele erau agățate în ordinea descrescătoare a lungimii. Fiecare umeraș era așezat la exact cinci centimetri distanță pe cuier. Și noi ne aranjaserăm uniformele la fel la academia de poliție. Pe podeaua debaralei erau două perechi de pantofi, cu boturile în afară, care sclipeau de curățenie. O pereche era din piele maro, una din piele neagră.

Dacă ucigașul era un fost polițist, astfel se explicau cunoștințele sale în materie de arme și poate și abilitatea lui de-a ținti. În Australia era dificil să găsești pe cineva care să te pregătească să tragi cu o armă cu bătaie lungă dacă nu ești fie polițist, fie cadru militar, sau fără să cheltui grămezi de bani la unul dintre puținele poligoane din țară. Chiar și așa, fără permis, criminalul n-ar fi putut deține o armă cu care să omoare în halul în care-o făcea omul nostru. Era o pistă bună.

Am cotrobăit prin partea de sus a dulapului și am luat o carabină neagră, uriașă. Am pus-o pe pat. I-am făcut repede o poză cu telefonul, am luat-o și i-am scos încărcătorul. Era complet încărcată. Eram atât de agitată că-mi ardea pielea. Dar nici dacă găseam arma crimei în camera lui nu era destul ca să-l pot acuza pe Linebacker pentru crime. Găsisem chiloții victimelor în dormitoarele atacatorilor lor și nu reușisem să obțin o condamnare. Am apucat primul sertar al biroului și i-am deșertat conținutul pe podea.

Pixuri, creioane, caiete, benzi de cauciuc, chei. Am apucat al doilea sertar și l-am golit. Fotografii cu femei goale. O revistă numită *Gore Porn*. Am răsfoit-o rapid, simțind cum strâmbam din buza superioară. Mai erau două exemplare în sertar. Am luat un dosar albastru și am răsfoit documentele înghesuite în el.

Un certificat de naștere. Declarații fiscale. Fluturași de salariu. Registre de închirieri. Și un teanc de hârtii capsate laolaltă, marcate cu un blazon australian negru.

M-am așezat pe pat și m-am uitat repede peste document. Privirea mi se opri asupra unui rând de litere îngroșate de pe a treia pagină.

Lăsare la vatră MEC 5[1].

L-am auzit pe Whitt strigând afară, dar înainte să apuc să mă ridic în picioare, Linebacker deschise cu forță ușa dongăi. Am scos pistolul de la cingătoare și l-am îndreptat spre el în timp ce el stătea în prag, înnegrindu-se la față.

---

[1] MEC este un acronim pentru Military Employment Classification, standard folosit pentru a stabili dacă un cadru militar este apt pentru serviciu în Australia MEC 5 este ultimul nivel, al cadrelor militare declarate inapte pentru serviciu. (n.tr.)

CAPITOLUL 74

Linebacker râse scurt, cu ură.

– Asta înțelegi tu prin operațiuni strict secrete, nu-i așa? zise el. Superdetectiva lui pește. Îl pui pe homălău să mă îndepărteze de-aici și-mi cotrobăi prin lucruri ca vulturii, ai?

Whitt intră în donga. Rușinea îi fu repede înlocuită de șoc când văzu carabina mare și neagră care stătea pe pat.

– Vrei să-mi explici și mie ce-i cu chestia asta?

Am făcut un semn cu mâna spre armă.

– Mie mi se pare că seamănă cu-o armă, spuse Linebacker, cu un zâmbet neplăcut.

– Interesant, i-am spus, zâmbind la rându-mi. Pentru că din câte-mi aduc eu aminte, singura armă pe care-ți este permis s-o deții se află la postul de pază.

– Ce fetiță deșteaptă, spuse Linebacker.

– Aia de la postul de pază tot închisă e?

– Bineînțeles că-i închisă.

– Și-atunci ce *dracului* e cu asta? m-am răstit.

El se întinse după armă, iar eu am sărit în picioare și mi-am armat pistolul. Și Whitt scosese arma, cu ambele mâini strânse în jurul patului, cu țeava aproape lipită de urechea lui Linebacker.

– Să nu îndrăznești să miști, fir-ai al dracului tu să fii!

– Sus mâinile!

– În regulă.

Linebacker încremeni, cu mâna la câțiva centimetri de patul carabinei.

– Ce-ar fi s-o armezi *tu*, atunci?

M-am oprit în loc.

Simțind că mă prăbușesc, mi-am lăsat pistolul jos și am ridicat carabina. Am apucat piedica și-am încercat s-o trag, dar am descoperit că nu se lovea de nimic. În timp ce degetul mi se îndrepta firește spre trăgaci, apăsă în gol, fără să-l găsească. Am întors carabina pe-o parte. Locul trăgaciului era gol.

Linebacker mustăcea.

Am luat carabina în mâini, privindu-i fix carcasa neagră, lucioasă.

– Acuma nu mai faci pe deșteapta, așa-i, fetișcană?

– Unde sunt piesele lipsă?

– Nu există, rânji Linebacker. Am un prieten în armată care-mi dă arma bucată cu bucată. O dată la șase săptămâni comandă o piesă de rezervă de la armurărie, ca să nu trezească suspiciuni, și mi-o trimite prin poștă. Ăsteia-i lipsește piedica, percutorul și arcul de la cui. În, să zicem, cam vreo trei luni, o să am o armă completă, fără niciun act.

– De ce-ai vrea o armă ca asta fără acte?

– Ca s-o vând, măi, dobitoaco! Tu ai habar cu câți bani pot să vând o armă de mărimea asta, căreia să nu poată nimeni să-i dea de urmă?

Linebacker miji ochii la mine.

– Ești bătută-n cap, sau ce-ai?

M-am uitat la dezordinea din pat. Linebacker luă carabina și o îndreptă spre fața mea.

– *Pac!* urlă el, apoi izbucni într-un râs sacadat.

CAPITOLUL 75

Stăteam cu ochii închiși în soarele dogoritor, care-mi înroșea dosul pleoapelor. Mă gândeam că poate dacă stau suficient de mult, ard rușinea pe care-o simțeam.

– Păi, asamblarea pieselor furate și confecționarea armelor neînregistrate din ele pe piața neagră nu e tocmai de ici, de colo.

Whitt mă bătu pe umăr.

– Sunt șanse mari de condamnare, dată fiind percheziția ilegală, am spus.

Am scos un geamăt prelung și zgomotos.

– O să se descotorosească de toate înainte să apucăm să solicităm un mandat prin telefon.

– A, da, știu, oftă el. Nu făceam decât să-mi arăt aprecierea față de efortul tău. Un efort de a face bine nu trebuie să treacă niciodată neobservat.

O perioadă lungă am mers în tăcere. Simțeam fierbințeala umilinței cum mi se revărsa de pe gât și față, dar inima încă-mi bubuia în piept.

– Nu-mi place de individul ăsta, Whitt.

Mi-am privit partenerul.

– Are un formular de lăsare la vatră din motive medicale de la Ministerul Apărării. Deci nu doar că știm că are prieteni în armată, dar știm și că el însuși a fost cadru militar. Ar avea pregătirea necesară pentru a folosi o asemenea armă, fie că spune că o asamblează pentru a o comercializa sau nu. Avea și-un exemplar din *Gore Porn* acolo.

– Porno-*ce?*

– Revista *Gore Porn*, am spus. Hai, nu mai face pe oripilatul. E o fițuică, dar e destul de populară. Contrar celor ca tine, care nu citesc decât *Grammar Weekly*[1] sau *Quiches of the World*[2], când se-adună laolaltă, tipii citesc niște porcării bolnave. Cele mai populare rubrici din revista *Broot* sunt tot accidentele cumplite de la locul de muncă și desigur, pornografia. Combină-le p-astea două, și-ți iese *Gore Porn*. Sadism. Operații estetice greșite. Filmări cu execuții și morți reale[3].

– Nu văd ce-i așa de atractiv în chestia asta.

– Chestia cu *Gore Porn* e că te-amuză copios, am spus. Oriunde-am mai văzut revista asta, asta a fost reacția proprietarului ei – „te-amuză copios". E scârboasă și perversă. O găsești în vestiarele polițiștilor, în cantinele de la marină și în camerele lăturalnice ale cluburilor sportive. Locuri în care femeile n-au ce să caute.

– Te cred pe cuvânt, Harriet.

– Dar îți spun din experiență – l-am bătut pe Whitt pe umăr – întotdeauna există doar *un* exemplar. Nu poți să zici că a cumpărat-o cineva să se-amuze când ai o colecție întreagă. În dormitorul tău.

– Și Linebacker câte avea?

---

[1] „Săptămânalul de gramatică" (n.tr.)

[2] „Plăcinte din lumea întreagă" (n.tr.)

[3] În original este folosit termenul „snuff", care denotă filmări reale cu oameni torturați sau uciși în moduri inimaginabile. (n.tr.)

– Cel puțin trei. Și erau numere consecutive. Știi, eu nu încerc să fac din țânțar armăsar, doar pentru că am impresia că ăsta-i un tâmpit sadea – ceea ce și este, evident –, dar când pui laolaltă arma și stagiul militar, mai adaugi și faptul că individul ăsta nu-i popular, și faptul că petrece mult timp umblând pe-aici de unul singur, și relatările martorilor oculari care spun că l-au văzut chinuind animale. Pe lângă toate astea, adaugi materiale lecturate în privat, care sugerează un soi de excitație violentă și ciudată și obții o persoană care – băi!

Un miner năvăli pe lângă mine, atât de aproape și de repede încât aproape că mă doborî. Fu urmat de încă doi, care se îndreptau spre camera de odihnă. Am auzit strigăte. Whitt și cu mine ne-am privit fix. Am văzut o străfulgerare de groază pe fața partenerului meu, apoi am auzit o împușcătură răsunând în aer.

CAPITOLUL 76

O mulțime se adunase într-o parte a curții, de-a lungul liniei gardului, ținându-se strâns cu mâinile de sârmă. Unii dintre bărbați strigau, dar cei mai mulți tăceau.

– Ce dracului se întâmplă?

L-am apucat pe cel mai apropiat miner.

Nu spuse nimic, doar arătă cu degetul.

În deșert, un bărbat înalt și musculos, cu cască de protecție, stătea nemișcat, cu mâinile ușor îndepărtate de corp. Stătea cam la trei sute de metri distanță. Am zărit o macara în depărtare.

– Ce se întâmplă?

Whitt se prinse de sârmă lângă mine.

Bărbatul păru că respiră adânc, apoi o luă în grabă înainte, dând nebunește din brațe în timp ce-și punea tot efortul în goana lui. Începu să alerge într-o parte. La picioare-i explodau nori de nisip. În cele din urmă, groaza puse stăpânire pe el. Se opri.

– O, Hristoase.

Am scos pistolul.

– Îl urmărește lunetistul.

M-am îndreptat în goană spre partea din față a mulțimii, la poartă. Nu era deschisă destul de larg pentru o mașină. M-am înghesuit și am închis-o după mine, încuindu-l pe

Whitt de partea cealaltă, cu mulțimea, ca să nu mă poată opri în caz că trebuia să alerg acolo. Nu voiam ca minerii ăia să rămână în afara liniei gardului.

Pe câmpii nu exista niciun fel de adăpost. Omul care stătea în deșert nu avea altă opțiune decât să încerce s-o ia la fugă. De oriunde ar fi venit împușcăturile, veneau de fiecare dată când începea să alerge. Nu știa dacă să stea nemișcat sau să alerge. Era la mila trăgătorului.

– Să-mi bag una, frate! strigă cineva din apropierea mea. De unde vin împușcăturile?

– Nu văd! Nu se-aude nimic! Oare-o avea amortizor?

– Trebuie să ieșim acolo!

– Nu iese nimeni acolo.

I-am urmărit opintindu-se în poarta încuiată.

– Toată lumea să-și păstreze calmul.

– Lenny! Lenny, fugi! țipă o tânără.

– Unde-i Mick? Mick era afară cu el!

– Să tacă toată lumea din gură!

Simțeam tremurul începând de la gambe și urcând pe picioare. Trebuia să gândesc.

– Vreau să vă îndepărtați cu toții de gard. Aici sunteți expuși.

– Nu putem să stăm cu mâinile-n sân și să vedem cum îl omoară! strigă cineva. Trebuie s-ajungem acolo!

M-am întors spre omul din deșert, Lenny, care se pregătea să alerge din nou spre gard.

Alergă, iar după vreo zece metri norii de nisip începură să se ridice din nou. Viră într-o parte, se împiedică și căzu. Se prinse de gambă. Sporovăiala de la gard încetă suficient cât să-i auzim urletul de agonie.

– Fă ceva! urlă fata la mine.

Transpirația îmi picura de pe buza superioară. Trebuia neapărat să aflu din ce direcție veneau împușcăturile. Nisipul părea a se umfla în dreapta lui Lenny. Dar spre est nu era niciun loc în care trăgătorul să se poată adăposti – decât dacă exista vreo gură de tunel pe care eu n-o vedeam, vreo gaură din care să iasă. Am mijit ochii în lumina orbitoare. Răsuflarea îmi ieșea greoi.

„Totul e asupra ta, Blue. Toți se uită la tine."

Lenny se târa, încerca să ajungă în genunchi. Am deschis poarta și m-am înghesuit prin mulțime, închizând-o după mine.

– Asta pleacă! strigă cineva în timp ce traversam curtea în fugă. Nu pleca, târâtură proastă ce ești! Nu-l lăsa acolo!

O mașină cu tracțiune integrală stătea în capătul parcării de camioane. Ușa șoferului fusese lăsată deschisă. Am sărit în mașină și-am răsucit cheile.

Mașina avea toată greutatea și aderența de care aveam nevoie. Am călcat pedala de accelerație, am întors camionul și m-am îndreptat direct spre poartă, cu claxonul urlând.

– Dați-vă la o parte!

Mașina se apropia cu viteză de gard. În timp ce distanța se micșora, am apăsat pedala de accelerație până la podea.

Poarta căzu cu un zgomot cumplit. De pe buze îmi scăpă un țipăt. Împușcăturile începură imediat. Geamul din partea șoferului se făcu țăndări, iar mii de cioburi de sticlă îmi zburară pe umeri și pe spate. Eram chircită aproape de tot la volan.

Poc-poc-poc-poc.

Nu m-am uitat, dar știam că umplea partea laterală a vehiculului de gloanțe. Am auzit curentul de aer ieșind dintr-unul dintre cauciucurile din spate, care explodase. Știam că un glonț ar fi putut să mi se înfigă-n măruntaie dintr-o clipă în alta. Mai fusesem împușcată – știam că era o bufnitură, o căldură amorțită, apoi acea senzație scârboasă de ceva ud care-mi curgea într-o parte a corpului.

Lenny începu să alerge. M-am întins și am deschis ușa pasagerului, călcând cu forță frânele în timp ce mă opream lângă miner. Se aruncă înăuntrul vehiculului, izbindu-se cu tot corpul de mine, aproape ajungându-mi cu capul în poală.

Am întors volanul și-am lăsat motorul să urle, întorcându-mă cu spatele la trăgător și transformând vehiculul într-o țintă mai mică. Nu-mi păsa unde aveam să ajungem. Bărbatul aflat în mașină cu mine era viu. Se chirci, plângând, pe bord. Ținea volanul cu degetele ca niște gheare.

CAPITOLUL 77

Când s-a lăsat seara, Whitt și cu mine ne-am retras pe treptele dongăi noastre, după ce petrecuserăm toată ziua interogându-l pe Lenny Xavier. Între noi se lăsă liniște, în timp ce ne gândeam la cele spuse de el cu privire la vocea de la radio care-l anunța că un joc bolnav era în desfășurare.

În deșert, Taylor Fink și echipa ei examinau cadavrul lui Michael Hibbert. Lenny ne spusese că în momentul în care începuseră împușcăturile, Mick rămăsese întins pe nisip și refuzase să fugă. Focurile de armă loviseră tot nisipul din jurul lui. Criminalul părea că îl încurajează să participe la cursa lui bolnavă.

– Cred că și-a dat seama că Mick n-avea de gând să-i intre-n joc, ne spusese Lenny tremurând, în timp ce stătea ghemuit în colțul camerei de odihnă. Apoi a mai răsunat o împușcătură, și creștetul capului lui Mick a fost despicat de tot. Dup-aia am luat-o la fugă.

Whitt și cu mine am primit în după-amiaza aceea vestea că poliția avea să trimită întăriri.

– Oare criminalul o să rămână aici sau o să plece? m-am întrebat cu voce tare.

Whitt își scutură genunchii pantalonilor, gândindu-se.

– O să rămână, spuse el într-un final. Toate elementele din povestea lui Lenny sugerează că ucigașului îi place spectacolul. O să vrea să vadă viespile agitându-se, acum că le-a dărâmat cuibul de-a binelea.

– Ziua în amiaza mare, am spus. În văzul tuturor. Ăsta s-a pus pe treabă.

– Că bine zici.

Am făcut doar o pauză de cinci minute, dar tot mă simțeam vinovată pentru că Gabe sosise și nu ne găsise pe mine și pe Whitt făcând ceva. Când l-am văzut îndreptându-se spre noi, cu casca în mână, am sărit din scaun.

– Ce-i, Harry, te-a mușcat ceva? întrebă Gabe.

– Nu.

Mi-am dat părul la o parte.

– Nu, doar ne adunam gândurile, și nu voiam să crezi că...

– Cred că păreți epuizați, zâmbi Gabe. Amândoi. Și toți minerii vorbesc despre cum ai condus ca o nebună ca să-l salvezi pe Lenny. Puteați să muriți amândoi.

Nu l-am observat pe Whitt plecând de lângă noi. Dar când Gabe îmi puse mâna pe umăr, am știut că eram singuri.

– M-am speriat de moarte când am auzit, spuse el.

– A fost în regulă.

Am mers în liniște până la gardul dinspre est și am privit spre corturile unității de medicină legală, care luminau în depărtare.

Privirea îmi rătăci prin deșertul întunecat până când descoperi un convoi de mașini care se îndrepta spre oraș, un lanț auriu cu roșu care străbătea deșertul, uruind.

– O să plece foarte puțini, spuse Gabe.

– A, serios?

– A, da.

Râse, puțin trist.

– O să se discute mult în seara asta, dar majoritatea o să rămână. Niciunul dintre ăștia nu vrea să pară speriat în fața celorlalți.

I-am privit degetele mari prinzând sârma.

– Făceam o verificare de materiale la trei kilometri adâncime la un moment dat, spuse Gabe. Drumul până jos cu liftul a durat cincisprezece minute. E cald la adâncimea aia, și aerul nu e bun de respirat. Trebuie să porți mască și echipament de protecție. Curgeau toate apele pe mine.

Privi fix cerul.

– Pământul scoate zgomote – nu înseamnă neapărat că se întâmplă ceva. Uruie întruna. Dar din nu știu ce motiv, un miner tânăr s-a speriat. Se prăbușise o mină din apropiere cu o zi înainte, și probabil că ăsta era foarte sensibil din fire. După un uruit foarte puternic, și-a lăsat jos toate sculele și-a-nceput să zbiere: „Se prăbușește!"

– Iisuse, am șoptit.

– La adâncimea aia, cu întunericul, cu presiunea, cu căldura, ești cu nervii la limită. Mintea e *pregătită* să intre în panică. De cele mai multe ori însă, reușești să-ți duci treaba la capăt. Dar strigătul puștiului ăstuia ne-a terminat pe toți. *Pac!* Parcă eram niște animale.

Clătină din cap, nevenindu-i să creadă.

– În momente ca ăsta ești pus față-n față cu propria omenie. Sau cu lipsa ei. Ca să scurtez povestea, tipii ăștia sunt experți neîntrecuți în a-și nega frica. N-o să plece de-aici.

Din proprie inițiativă, mâinile mele se strecuraseră și apucaseră gulerul bluzei mele. Materialul era umed de transpirație. Fusesem pe cale să intru în aceeași panică animalică din momentul arestării lui Sam. „Aș putea să trec prin asta ani de zile“, mă gândeam. „Ar putea să nu-mi mai treacă niciodată.“

– Cum trăiești la limită atât de mult timp? am întrebat.

– Îți obișnuiești mintea să nu se gândească la chestia asta. Totul stă în negare. Și crede-mă, într-un loc cum e ăsta ești atât de departe de tot ce înseamnă lumea obișnuită, încât cele câteva minciuni nevinovate pe care ți le spui ca să supraviețuiești vin foarte ușor. Adică, totul e ca un vis, nu-i așa? Soarele răsare, soarele apune. Nu există zile, nu există luni, iar vremea nu se schimbă niciodată. Aceiași oameni vin și pleacă. Știi, adevărul e că fie că ești la douăzeci sau la trei mii de metri adâncime, tot mori dacă se prăbușește toată șandramaua.

Privi fix spre orizont.

– Așa că te-apuci să-ți spui minciuni.

CAPITOLUL 78

Whitt și cu mine stăteam pe patul meu în semiîntuneric, cu spatele la paravan. În jurul nostru, pe așternuturi, erau vreo șase sau șapte caiete pline cu nume ale suspecților, istoricul locurilor lor de muncă și unde se aflau în mină. Am fixat cu privirea ecranul laptopului dintre noi. Jaymee, iepurașul marsupial, ne făcuse rost de lista cu membrii personalului. Și începuseră să vină e-mailuri de la secție cu cazierele minerilor.

Jaymee îmi adusese și o sticlă transparentă de plastic cu „vin din mină". Ca să combată interdicția la alcool din mină și prețurile mari din oraș, mulți dintre mineri începuseră să facă ei vin. Precum trăscăul din închisoare, de cele mai multe ori vinul din mină era groaznic – era rezultatul unor experimente nereușite cu fructe uscate și roșii, uneori chiar și cu pâine. Deși lotul ăsta era groaznic de acru și plin de sedimente, nu era chiar atât de rău. Am ținut sticla între genunchi și m-am bucurat de amețeala ușoară care mă cuprindea.

– Theodore Ivan Sava, spuse Whitt, căscând. Acuzație: agresiune sexuală, vătămare corporală gravă. Condamnare luată la cunoștință. Joseph Doyle. Acuzație: agresiune, agresiune... măi, dar multe agresiuni mai are ăsta. Condamnare luată la cunoștință. Blake Henry Young.

Acuzaţie: agresiune, opunerea la arest, atitudinea generală de cretin.

– Categoria a treia[1], am spus.

Am scris numele pe lista mea de categoria a treia.

– Jessica May Harvey. Acuzaţie: furt din locuinţe, deţinerea unei substanţe interzise. Condamnare luată la cunoştinţă. Mamă. Următorii trei sunt acuzaţi de agresiune sexuală, iar unul dintre ei a avut şi-o acuzaţie de omor.

Am luat carnetul cu categoria întâi şi-am început să scriu.

Whitt începu să râdă brusc.

– David Alistair Burns, spuse el, zâmbind. Deţinerea unei substanţe interzise. Trei capete de acuzare.

– Ce dobitoc, am zis. Nici nu mă miră că n-a vrut să facem verificările. Unde-i al lui Linebacker? Abia aştept să văd cazierul ăluia.

– Nu ne dau dosarele într-o anumită ordine.

Whitt căscă din nou.

Se auzi o bătaie uşoară în uşă, iar Taylor Fink băgă capul în cameră.

– Aaa, făcu ea. Daţi petrecere-n pijamale?

– Parola e „Sunt obosit şi vreau acasă".

Patologul se strecură pe pat între mine şi Whitt. Am mutat laptopul ca să-i fac loc.

Deschise un caiet plin de scrijelituri.

– Bun.

Respiră adânc.

---

[1] În categoria a treia se încadrează infracţiunile pentru care pedeapsa e aceea de închisoare pe viaţă sau pe o perioadă mai îndelungată de doi ani. Categoria a doua este rezervată celor cu termene mai scurte de doi ani, iar în categoria întâi este încadrată orice infracţiune pedepsită doar cu o amendă. (n.tr.)

– Hai să începem cu ceea ce-am văzut mai înainte în deşert. Bărbat alb, decedat, trecut de patruzeci de ani, uşor obez, cu o rană externă majoră, probabil cauzatoare de moarte. Plagă la nivelul capului, cauzată de o armă de calibru mare. Calota craniană a fost retezată complet. Moartea a survenit cel mai probabil instantaneu.

Îmi luam repede notițe în caiet.

– Am și descoperirile făcute în legătură cu cele trei cadavre din mină, dar în cazul lor parafrazez. Cu Amy King s-a jucat puțin. Îi lipsesc degete, are o plagă împuşcată la genunchi și una la șold. Se pare c-a fugărit-o pe-aici. Sora ei mai mică a murit în urma unui singur foc, de la distanță mare. A nimerit-o în spate. Hon Lu a suferit câteva răni. Îi lipseau vreo două degete și o ureche. Arsurile sugerează că și acestea au fost focuri trase de la distanță mare. Erau răni menite să-l provoace.

– Colegii tăi au făcut analiza solului din bocanci? întrebă Whitt.

– Da, au făcut-o. Tori și Hon aveau nisip din adâncul deşertului în partea superioară a bocancilor. Deci înainte să moară au fost undeva în Niciodată Nicăieri. Bocancii lui Amy erau plini doar de nisip din mină. Deci se pare că ea a fost ucisă aici.

– În tuneluri, am oftat. Probabil c-a vânat-o până a ajuns unde lucra ea, pentru că a vorbit cu noi. N-a avut timp să-și ducă ritualul la bun sfârșit.

– Uite o chestie interesantă pe care-am aflat-o, spuse Taylor. Toți trei aveau ulei de pușcă pe mâini. Lu avea și vânătăi care se potrivesc cu frecarea țevii unei puști. Toți trei au mânuit arme cu puțină vreme înainte de a muri.

– Poftim?

M-am uitat la Whitt.

– De ce să fi mânuit victimele noastre arma?

– Habar n-am. Nici n-avem idee dacă au mânuit *acea* armă, arma care i-a ucis. Au mânuit *o* armă, atât, spuse Taylor. Și descoperirile legate de reziduurile focurilor de armă sunt interesante. Hon și Tori aveau o cantitate mică pe ei, ceea ce indică faptul că mânuiseră o armă cu care se trăsese la un moment dat. Dar Amy era plină de resturi. Mie mi se pare că ea chiar a tras la un moment dat cu arma pe care-o mânuia.

Am stat în tăcere o perioadă lungă.

– E o vânătoare, am spus eu, privindu-i pe ceilalți în întuneric. Lenny a spus că înainte să înceapă împușcăturile, o voce de la radio i-a spus că dacă reușea să ajungă la mină, avea să scape cu viață. Gândiți-vă. E ca un ritual. Îi stimulezi cu o provocare și-i vânezi ca pe vulpi. Ce-i scoate cel mai tare din sărite pe vânătorii de vulpi? Când vulpile se lasă la pământ. Când Michael a refuzat să fugă ca să scape cu viață, a fost executat. Poate că ucigașul le-a dat celorlalți câte-o armă ca să facă vânătoarea mai interesantă. Să le dea o șansă de a lupta pentru supraviețuire.

– Lui Lenny nu i-a dat nicio armă, spuse Whitt.

– Nu, dar de data asta vâna ziua în amiaza mare, cu zeci de martori. Șansele ca Lenny să fie salvat existau oricum. Întreg spectacolul era destul de tentant pentru criminal.

– Cum îl găsim pe-ăsta? murmură Whitt, privindu-și fix mâinile. Cum preluăm controlul asupra ritualului?

– Încetăm să mai avem comportament de pradă, am spus.

CAPITOLUL 79

M-am trezit cu sunetul unui elicopter. O clipă am rămas pe loc întrebându-mă dacă mai fuseseră găsite cadavre, dar nu era decât elicopterul de la Canalul Șapte, care făcea ghemele de iarbă uscată să zboare prin curtea zonei de locuit. Minerii mergeau și se întorceau de la muncă de parcă nu s-ar fi întâmplat nimic, dar știam că dincolo de poartă avea să fie un număr mare de jurnaliști.

Când am ajuns la sala de mese, Whitt stătea cu un grup de opt polițiști în uniforme, patru bărbați și patru femei. O cafea neagră mă aștepta în locul în care m-am așezat.

Whitt mă prezentă fiecărui polițist, pe rând.

– Chiar aș vrea să știu ce-ar trebui să facem noi pe-aici, spuse unul dintre bărbați. Ne-a zis Edward că n-avem aprobare din partea șefilor minei ca să căutăm prin cabane. Și-ăștia din Perth parcă trag de timp pentru un mandat.

– N-o să obținem niciun mandat, am spus. Oamenii care au atâția bani și atâta influență au prea mulți prieteni la Ministerul Justiției. Șefii n-o să le permită polițiștilor să facă publică problema drogurilor din mină la știrile serii.

– Ce abureală, pufni polițistul de lângă mine.

– Percheziţiile au loc, dar au loc neoficial.

Am luat o gură din cafea.

– Se fac și verificări ale cazierelor, dar totul se desfășoară în mare secret. Am o listă cu membrii personalului minei care au un istoric de incidente cu violență sau contravenții legate de arme. Mă puteți ajuta cu chestiile-astea. Dar n-avem aprobare pentru arestări. Deci dacă minerii refuză să vorbească, n-aveți ce să faceți.

– Care sunt principalii suspecți? întrebă cineva.

Am scos o fotocopie după actul de identitate al lui Linebacker și am întins-o pe masă.

– Nu-mi place de ăsta, am spus. Și da, poate că asta mă influențează un pic. E un ciudat sadea. Dar dacă instinctele mele-s bune de ceva, ăsta e unul pe care trebuie să-l luăm în considerare.

La masă se lăsă o tăcere apăsătoare.

– Bun.

Am simțit cum mă înfierbânt la față.

– Știu la ce vă gândiți. La ce-s bune instinctele detectivului dacă nu și-a recunoscut fratele ca fiind un obsedat sexual? Păi, știți ceva, băieți? Încă nu s-a luat o hotărâre în privința vinovăției sau nevinovăției fratelui meu. Așadar, la data de azi nu am motive să bănuiesc c-ar fi ceva-n neregulă cu intuiția mea.

– Sunt de acord cu ceea ce crede Harriet despre individul ăsta.

Whitt bătu ușor în fotografia lui Linebacker.

– Cred că-i nevoie ca doi membri din echipa noastră să-l supravegheze nonstop.

Am despăturit fotografia siluetei misterioase din tabăra Soldaților Pământului.

– Am această imagine de la un grup de activiști din afara minei. Nici șefa lor nu-mi place, femeia asta, Ocean Divine.

– Ocean Divine? izbucni o polițistă tânără. Clasic!

– Ciudații ăștia poartă crotalii de la oi moarte. Cine știe de ce-or fi în stare? Nu cred că ei sunt în spatele acestor crime. Dar în mod cert nu cooperează cu noi, și vreau să știu de ce.

– Richard Lee Macchina.

Whitt puse o fotografie cu Richie pe masă.

– Ăsta-i baronul drogurilor din mină. Richie și gașca lui au fost violenți cu oamenii din zonă. Se știe c-au jefuit turiști neajutorați, și chiar și pe membrii mai slabi de înger ai personalului minei care încercau să treacă pe-aici. Dacă ăsta nu-i un soi de joc bolnav de putere, nu știu ce e.

– De ce avem un sindicat al drogurilor care funcționează pe față în mină? întrebă un polițist. Individul ăsta e salariat?

– Nu mă-ntreba, am oftat. Ăsta are voie să-și facă veacul pe-aici. Face parte din decor.

– Avem și prostituate care se ocupă de percheziții în locul nostru, spuse Whitt, zâmbind. Dar deși ne-au ajutat foarte mult, au fost și ele răspunzătoare pentru niște acte de violență asupra minerilor. Deci nu au ieșit de tot de pe lista noastră de suspecți.

– Bun venit în deșertul australian, râse cineva.

CAPITOLUL 80

De când trimiseserăm iepurașii marsupiali să caute prin zonele de locuit, îmi aduseseră poze cu lucrurile interesante pe care le găsiseră. Erau destule pistoale în mină. Cu atâta masculinitate prin jur, era logic ca unii dintre băieți să fi adus cu ei pistoale cu care să se dea mari, ba chiar pe care să le fi dus în deșert și să fi tras cu ele în niște conserve.

Printre arme erau și carabine, dar până la acel moment, numai carabine clasice, cu carcasă din lemn, pentru distanță mică, fără lunete. Erau genul de arme pe care fermierii le dădeau fiilor lor pentru a ține iepurii la distanță. Niciunul dintre bărbați nu părea să-și ascundă armele foarte bine. Pozele arătau arme care stăteau sprijinite de pereți și pe marginile paturilor. Probabil că exista o oarecare lăudăroșenie în legătură cu ce avea să se întâmple următoarea dată când apărea trăgătorul.

Pe măsură ce ziua trecea, minerii începură să se apropie de Whitt și de mine, în timp ce noi ne uitam peste caziere și interogam membri ai echipei de securitate care fuseseră la marginile minei în momentul în care Lenny și Mick fuseseră luați în vizor. Cei mai mulți nu oferiseră decât piste inutile, zvonuri și frânturi de discuții auzite din întâmplare.

Cineva văzuse o străfulgerare în curtea zonei de locuit dinspre est în timp ce se trăgea asupra lui Lenny.

Cineva auzise că omorurile aveau legătură cu o rețea de traficanți sexuali.

Cineva îl știa pe un tip din Perth care se ocupa de muniție și căruia un tip îmbrăcat cu un costum șic îi cumpărase recent toate gloanțele de calibru 50.

Dispoziția mi se înrăutățea simțitor cu fiecare nouă așa-zisă pistă. Știam că același lucru se întâmpla în Sydney, acum că ziarele își nominalizaseră deja suspectul în cazul Ucigașului de la râul Georges. Cineva trebuie să fi aflat că fratele meu arunca probe undeva în spatele unui depozit. Prietenul prietenului cuiva trebuie să fi scăpat la limită de el, după ce se oferise să-l ajute să mute niște lucruri care nu-i aparțineau într-un beci care nu era al lui.

Oamenii voiau să fie implicați în evenimente traumatice, îngrozitoare. Nu știam dacă era din cauză că voiau să înțeleagă o tragedie sau să se simtă ei înșiși mai bine, sau dacă era vreo fantezie bolnavă făcută să pară adevărată prin minciuni.

Bărbații și femeile din mină se agitau foarte mult. Bănuiam că unii dintre ei rămâneau acolo din motivele pe care mi le explicase Gabe. Dar bănuiam și că unii, în adâncul sufletelor lor, rămâneau pentru că se temeau să nu-și piardă slujbele. Erau oameni cu vieți grele, care avuseseră parte acolo de o siguranță pe care nu o cunoscuseră altundeva. Rămâneau pentru bani, pentru mâncare, pentru paturi. Rămâneau pentru că poate acasă îi așteptau soți, soții sau părinți furioși, și astfel se aflau într-un pericol la fel de mare.

Mulți dintre ei aveau aceleași suspiciuni ca și mine despre unii din rândurile lor. Tot auzeam despre actele de violență pe care Richie le comisese asupra unor oameni care aduseseră în mină droguri care nu erau ale lui. Fetele păreau să se teamă foarte tare de el și de haita lui de dulăi înfierbântați de soare.

Pe măsură ce lista noastră de suspecți periculoși creștea, Whitt și cu mine ne plimbam de la o cabană la alta, căutându-i pe principalii vinovați pentru actele de violență și contravențiile legate de arme din mină. Erau bărbați slinoși, cu priviri sumbre, care stăteau singuri în cabanele lor mucede și împuțite sau râdeau în grupuri strâns unite în camera de odihnă.

Din punct de vedere legal, nu aveam absolut niciun drept să-i întrebăm pe oamenii ăștia dacă puteam să le umblăm prin lucruri. Dar era foarte clar ce implica refuzul lor. În timp ce ne confruntam cu ei, priveau fețele celor ce stăteau cu ei la masă și știau că un zvon despre vinovăția lor ar fi putut să treacă prin jumătate de mină în decurs de o oră. Whitt și cu mine ne-am băgat pe sub paturi, am scos cutii din dulapuri, am dat la o parte saci cu haine.

Ziua trecu monoton. Până la prânz, jurnaliștii de la poartă, care nu reușiseră să intre în mină sau să obțină vreun comentariu din partea șefilor minei, începuseră deja să se furișeze spre gardurile laterale, încercând să intre în vorbă cu minerii din parcarea de camioane sau din zona de locuit. Nimeni nu voia să stea de vorbă cu ei, dar am văzut mineri care luau cărți de vizită. Mi-am ținut capul plecat. Nu voiam să fiu recunoscută.

– Mă-ntreb dacă sunt și ceva bani implicați în toată chestia asta, am murmurat, ferindu-mi privirea de camere.

– Dacă minerii-s băieți deștepți, vor aștepta până la ora trei. Reporterii o să înceapă să se calce în picioare pentru interviuri pentru știrile de la ora șase.

Doi reporteri începură să ne urmărească pe mine și pe Whitt de-a lungul liniei gardului, observând că nu purtam uniforme de mineri. De când venise presa, mă obișnuisem să-mi port șapca neagră. Mi-am tras-o mai jos peste față când au început să ne strige.

– Hei! Voi sunteți de la poliție?

– Ăștia-s buni, am murmurat.

– E din cauza ta, zise Whitt. Pe tine se vede de la o poștă că ești polițistă.

– Ce? Ba nu!

Mi-am îndreptat umerii.

– Tot pui mâna pe pistol, spuse el. Ăștia se gândesc: „Asta ori are-o armă acolo-n spate, ori nu-i vin bine blugii ăia deloc".

– Ba nu asta se gândesc. Se gândesc: „Cine-i femeia asta obișnuită și ce caută cu traficantul ăla de antichități?"

Whitt râse scurt, obosit. Îmi plăcea sunetul râsului lui. M-aș fi bucurat mai mult timp de el dacă n-ar fi fost întrerupt de focuri de armă.

CAPITOLUL 81

Împușcăturile au început tocmai când ajungeam după colț, în spațiul mare și gol dinaintea sălii de mese. Erau focuri rapide, care parcă spărgeau aerul. Eu și Whitt am ajuns la marginea clădirii cu provizii. Am privit într-acolo și i-am văzut pe cei doi jurnaliști ghemuindu-se lângă gard. Camera de filmat fusese deja pornită. De-a lungul gardului, îi vedeam pe ceilalți jurnaliști cum alergau spre noi prin nisip.

– Idioții dracului.

Am scos pistolul.

Camera de filmat se întoarse spre mine în timp ce le făceam semne cu mâna.

– La pământ! La pământ!

Minerii trecură în goană pe lângă noi. Eu și Whitt alergam din poziția ghemuit spre sala de mese. O tânără alerga afară, izbindu-se cu umărul de ușa din sticlă și ciobind-o. Auzeam mese și scaune dărâmate.

Focurile de armă încetară. Am simțit în aer miros de praf de pușcă, dar și un damf de ouă clocite care mă duse cu gândul la copilăria mea, la nopțile de vară și la Anul Nou. Încă dinainte să dăm buzna pe uși am știut că era ceva în neregulă în sala de mese. Încăperea era goală.

M-am îndreptat spre bufet și am luat în mână fitilul ars al unui șir de artificii roșii. Chicotelile și mustăcelile bărbaților de la fereastra din capătul sălii îmi atraseră atenția. Erau trei dintre membrii găștii lui Richie. Omul cu ochi de șarpe stătea în spatele mulțimii și filma cu telefonul ridicat. Bărbații o luară la goană, iar eu am rămas acolo ca proasta, cu arma lângă mine.

– Doamne. Whitt îmi luă fitilul. Ce aiurea e.

Un om în haine civile intră alergând în sala de mese, cu o cameră de filmat uriașă după el. Mi s-a părut că n-am făcut decât să tresar, dar văzându-l, m-am înfuriat atât de tare, încât mi-a trezit o reacție animalică. Pentru o fracțiune de secundă, am văzut o armă, apoi mi-am dat seama că întinsesem brațul și țintеam spre jurnalist cu pistolul.

– Aoleu! făcu el. Îmi cer scuze. Tocmai ce-am sărit gardul. Voiam să văd...

– Ai sărit gardul?

Am băgat pistolul înapoi în buzunarul blugilor.

– Bun. Lasă chestia aia jos. Scoate niște acte. Îți dau o citație pentru încălcarea proprietății private.

– Ce faci?

Cameramanul râse.

– Nu cred că vorbești serios.

Eram conștientă că gestul pe care-l făceam era prostesc și meschin, dar pe lângă faptul că umblam după fundul lui Richie și al membrilor găștii lui, țipând la ei să vină înapoi ca o profesoară care fugea după un grup de băieți neastâmpărați, n-aveam ce face. Nu știam cât aveam să mai pot suporta faptul că nu eram în stare să iau atitudine în fața unui laș de lunetist care împușca oamenii unul câte unul, ca pe rațe. Trebuia neapărat să fac ceva. Când l-am prins pe individ de biceps, am înfipt unghiile prea tare, iar el țipă.

– Nu trebuie să spui nimic, dar orice spui poate fi folosit la tribunal ca probă împotriva ta. Te voi escorta de la locul faptei, apoi vei primi o citație pentru a te prezenta la tribunal.

Whitt luă camera și băgă repede cipul de memorie în ea în timp ce eu îl conduceam pe cameraman afară. Oamenii care ieșiseră speriați din sala de mese priveau scena, alături de doisprezece jurnaliști. Furia pe care-o simțeam clocotindu-mi în piept era atât de fierbinte și de dureroasă, încât nu reușeam să mă concentrez pe altceva. Nu puteam să mă opresc din a o lua pe calea asta prostească. Nu puteam da înapoi în clipa aceea.

În timp ce-l conduceam pe cameraman prin curte, cu pas hotărât, camerele se opriră asupra feței mele. Atrăsesem atenția asupra mea în cel mai prost mod posibil.

– Harriet... Harriet Blue? strigă unul dintre jurnaliști.

– Hei! Nu e detectiv Harry Blue?

CAPITOLUL 82

– Echipele de filmare care anchetează crimele cărora le-au căzut victime câțiva angajați ai unei mine dintr-o zonă izolată din Australia de Vest s-au confruntat astăzi cu opoziția poliției. Un ofițer implicat în acest caz a acuzat un cameraman de încălcarea proprietății private, spuse prezentatorul știrilor. Cameramanul Simon Windell, de la Canalul Șapte, a fost escortat din mină de către detectivul-șef Harriet Jupiter Blue, după ce un incident din mină i-a speriat pe reporterii prezenți la fața locului.

Gabe se foi în patul de lângă mine, proptindu-se de perne și împingându-se mai tare în sus. Ținea brațul gros în jurul gâtului meu.

– Cum au zis ăștia mai înainte?

– C-am arestat un jurnalist.

Am scos fum de țigară pe fereastra deschisă de lângă mine.

– Așa am și făcut.

– Nu, au zis Harriet Jupiter...

I-am aruncat o privire piezișă.

– Așa mă cheamă.

Gabe mă privi în întuneric, cu ochii sclipind.

– *Jupiter?*

– Maică-mea era prostituată și dependentă de droguri, am zis. La ce dracului te-așteptai?

I-am tras un pumn în coaste.

Am urmărit imaginile din afara gardului care mă arătau pe mine conducându-l pe cameraman afară din sala de mese.

– Membrii echipelor de jurnaliști de la mină au fost șocați s-o descopere pe detectiva Blue, care n-a mai vorbit în public de la arestarea fratelui său Samuel Jacob Blue în cazul celor trei crime de la râul Georges.

Urmară mai multe imagini cu mine făcând semn camerelor să dispară din fața mea după ce-l scosesem pe Simon Windell pe porțile minei. Reporterii strigau la mine pe ecran, dar mi-am plecat capul și m-am îndepărtat. Eram în siguranță, în perimetrul minei.

O imagine cu Sam apăru foarte repede pe ecran. Fotografia cu noi doi în grădina însorită.

– Samuel Jacob Blue încă nu a înaintat nicio pledoarie pentru crime, și nici polițiștii nu au făcut vreun comentariu din care să reiasă dacă crimele au legătură cu ancheta surorii sale din Australia de Vest.

Am smuls telecomanda din mâna lui Gabe și am oprit televizorul de la marginea patului.

– Legătură? m-am răstit. Dacă au legătură crimele-astea de-aici cu cele de la râul Georges, atunci cine dracului le comite? Sam e-n pușcărie, dă-o-n mă-sa!

– Umblă și-ăștia după senzațional, spuse Gabe, căscând. Crimele sunt mai palpitante atunci când sunt legate unele de altele.

În calitate de șef al unei echipe mari de mineri, Gabe Carter avea o dongă mică și dărăpănată numai pentru el. Așezase patul aproape de fereastra prăfuită, unde putea sta proptit de perete și bea cafea dimineața. Stăteam întinsă pe pieptul lui și priveam luminile de la macaraua mare sclipind în mijlocul minei, în timp ce scuturam scrumul unei binemeritate țigări pe fereastră.

– Cum am putut să fiu atât de proastă? am întrebat. Acum m-am deconspirat.

– Ești prea dură cu tine.

Îmi mângâie firele moi de păr de la ceafă.

– Le-ai transmis jurnaliștilor un mesaj cum că n-ai de gând să le înghiți porcăriile.

– Au venit aici pentru imagini cu un ucigaș arestat și au găsit o polițistă care se umflă-n pene și-l scoate-n șuturi din mină pe unul de-al lor pentru că a sărit un gard. Nu dă bine. Nu doar că nu-mi sprijin fratele în Sydney, nici măcar aici nu-mi fac treaba ca lumea.

– Harry, tu...

– Ucigaș. Întunecat. Vânător. Răzbunare.

– Ce?

– Ucigaș. Întunecat. Vânător. Răzbunare, am spus, sucindu-i firele de păr de pe piept în timp ce mă gândeam. Danny Stanton a scris aceste cuvinte într-unul dintre caietele lui. Dacă nu găsesc arma, trebuie să aflu care e legătura dintre victime. Oare cuvintele-astea aveau vreun înțeles? Oare ele sunt informația-cheie care-mi lipsește?

– Auu!

Gabe îmi desprinse degetele de părul de pe pieptul lui.

– Vezi că ăsta-i prins!

– Aa. Scuze.

Stăteam în liniște sub cearșafurile reci. În noaptea de-afară se simțea zvâcnind căldura de peste zi. La început, și cea mai fină atingere a pielii lui Gabe, chiar și cea de la prima noastră strângere de mână, îmi oferea un refugiu excelent din calea gândurilor la ce se întâmpla acasă. În clipa aceea, acea alinare părea a fi dispărut. În prima noapte petrecută în deșert, nu știa cine eram sau ce se petrecea în lumea fratelui meu. Cum să nu se fi întrebat ce știam, în ce fel eram implicată în ceea ce se presupunea că făcuse Sam?

M-am îndepărtat de el, ghemuindu-mă, dar el mă trase aproape de el cu brațul pe care-l ținea sub mine și-și lipi buzele de urechea mea.

– Nu te mai gândi la Sydney. Ești aici din capul locului doar pentru că încerci să stai departe de toate necazurile de-acasă.

– Tu acum îmi citești gândurile?

Întinse o mână și îmi dădu o buclă neagră după ureche.

– Dacă încerci suficient de mult, poți să uiți de tot ce există în afara gardurilor ăstora. Eu fac chestia asta de ani de zile. Uită de presă. Uită de fratele tău. Acum n-ai ce să faci în legătură cu asta. Concentrează-te doar pe ceea ce se întâmplă aici.

Am închis ochii și am încercat să-mi închipui mina din mijlocul deșertului ca pe-o planetă într-un univers vast, cufundat în nisip. Pentru o clipă, m-am agățat de minciuna asta, și lumea mea mare și rea mi s-a părut un pic mai mică.

CAPITOLUL 83

Până la ora zece în seara aceea, Gabe adormise deja lângă mine. Ceasul lui intern se reglase exact după turele pe care le lucra în fiecare zi în mină. M-am furişat din patul lui şi m-am întors în donga mea, ca să-l găsesc pe Whitt. Pe patul lui era un bilet în care scria că plecase în oraş. Pentru o clipă, mă copleşi panica, şi am rămas încremenită în întuneric. Poate că toţi poliţiştii care se ocupau de caz plecaseră în oraş. Probabil cei mai mulţi dintre jurnalişti stăteau la hotelul din oraş. Aveau să facă presiuni asupra lui Whitt şi a poliţiştilor pentru a le da detalii despre caz. Aveau să ştie totul înainte s-apuc eu să urc în maşină ca să plec spre mină.

M-am îndreptat spre maşină, încercând să respir egal. La asta mă pricepeam cel mai bine. La a mă aştepta la ce era mai rău. La a nu avea încredere în abilităţile celorlalţi. Bineînţeles că ceilalţi poliţişti nu aveau să discute cu jurnaliştii. Bineînţeles că Whitt nu avea să dezvăluie nicio informaţie sensibilă. Oamenii ăştia erau profesionişti.

L-am zărit pe Whitt la o masă în spatele barului, cu două dintre poliţiste.

– E adevărat? întrebă el.

Mi-am simţit părul de pe ceafă ridicându-se.

– Ce să fie adevărat?

– Jupiter?

Îi zvâcni colțul gurii.

– Al doilea nume al tău chiar e Jupiter?

Am oftat. Polițistele de lângă el chicotiră. M-am așezat și mi-am turnat un pahar de vin din sticla de pe masă și l-am băut din trei înghițituri.

– Ce s-a mai întâmplat în ultimele câteva ore? am întrebat.

– Păi una dintre spioanele tale hărnicuțe a venit la mine cu niște vești palpitante.

Pe ecusonul polițistei scria Beckett. Își puse telefonul mobil în fața mea. Pe ecran era o poză cu o cutie neagră de plastic sub un pat de miner făcut în grabă.

– Și arăta bine. Proprietarul era Ethan Formosa. E ăla de la depozitul de mâncare, care lucra cu Hon. Are câteva atacuri grave în cazier.

– L-ați verificat?

– L-am verificat.

Rânjetul de mâncător de rahat nu dispăruse de pe fața lui Whitt.

– Formosa ni s-a opus din răsputeri. Nu voia să deschidem cutia aia în fața celorlalți mineri aflați la vremea aia prin dongă. Cu niciun chip.

– Păi și ce era? Era o armă?

Polițiștii de la masă se opriră, uitându-se unii la ceilalți.

– Dar-ar dracii, Whitt, vorbește.

– A fost, ăăă...

Își drese vocea.

– Cred că-i zice costum BDSM[1].

---

[1] În original *gimp suit*, denumire colocvială pentru costumele purtate de persoanele care practică BDSM (Bondage, Domination, Sado-Masochism) (n.tr.)

Cealaltă polițistă, Shae, pufni puternic și-și acoperi gura.

– Avea mască de-aia cu fermoar, spuse Whitt, chinuindu-se să se stăpânească. Niște curele, cu catarame. Niște... *unelte.* Era și... și un fel de pompă.

– În regulă.

M-am lăsat pe spate în scaunul meu și mi-am mai turnat un pahar de vin.

– Înțeleg ce zici.

– Perchezițiile fetelor au scos la iveală și alte patru cutii negre de dimensiuni mari, spuse Beckett, veselă. Două flaute, un saxofon și un fagot. Nu m-aș fi gândit niciodată că ar putea exista atât de mult talent muzical într-un loc ca ăsta. Am putea să ne facem o trupă.

– Da, Minerii Prăfuiți. Și invitatul lor special, Sadomasochistul Mascat.

Cei trei izbucniră în râs. Tensiunea simțită de Whitt în ultimele zile cedă. Oboseala din trăsăturile lui dispăruse. Deodată, le eram recunoscătoare femeilor de lângă el. În meseria asta e imposibil să rămâi mereu apăsat de seriozitatea situațiilor. Monotonia asta te poate omorî. Am văzut-o înnebunind ofițeri mai în vârstă, care nu mai aveau puterea de-a râde și de-a se bucura, nici măcar în vremuri bune. Eu încă nu ajunsesem în acel punct. Știam că am o rezervă consistentă de umor, dar nu mi se părea încă momentul potrivit pentru a-l scoate la iveală. Dacă o făceam, aveam să-mi aduc aminte repede de ceea ce se întâmpla acasă și să fiu copleșită de vinovăție. Nu-mi rămânea, pentru moment, decât să-mi găsesc alinarea în brațele lui Gabe.

M-am dus la bar să iau o altă sticlă de vin, fără să anunț pe nimeni unde mergeam. Procedam așa când eram foarte implicată într-un caz, deveneam nesimțită, distantă, uitam de regulile unei companii plăcute. Tataie îmi observase comportamentul și-l numise „modul de acțiune". Deodată, îi simțeam foarte tare lipsa, în timp ce mă îndreptam spre bar pe holul întunecat. Și în acest nor de tristețe, n-am reușit să observ primul braț întins spre mine de nicăieri.

Un bărbat în față. Un bărbat în spate. Am simțit o mână caldă și puternică pe gură. Un alt braț mă prinse de talie și începu să mă tragă înapoi.

CAPITOLUL 84

Muzica din barul principal era dată atât de tare, încât nici nu mi-am auzit propriul țipăt. Am fost târâtă cu spatele pe o scară minusculă, apoi împinsă în față într-unul dintre dormitoarele mucegăite de la primul etaj.

Se aprinse lumina de la baie. Odată cu ea veniră și mijloacele mele de apărare. Vocile a o sută de victime ale violurilor din cariera mea îmi răsunară în minte. Cele care se apăraseră și cele care nu se apăraseră. Vocile lor erau vii în imaginația mea. Retrăiam cele câteva momente în care le fusese luată siguranța.

„Mușcă. Zgârie. Dă-i cu piciorul. Încearcă să-i scoți ochii. Fă orice-ți dictează corpul să faci. Dar nu-l lăsa să te bage în mașină, în cameră, în beci."

În momentul în care am început să mă lupt, bărbatul care mă ținea în brațe îmi dădu drumul tare pe gresia din spațiul mare al cabinelor de duș. Dușul de deasupra mea picura ușor. Podeaua de sub mâinile și picioarele mele era udă.

Richie stătea în pragul ușii cu pistolul meu negru din dotare în mână. Mi-l șterpelise în ultimul moment din buzunarul de la spatele pantalonilor. Doi dintre oamenii lui stăteau în baie. Privirile li se îndreptară repede spre chiuveta plină de barbă rasă, spre cada pătată, spre oglinda crăpată și spre polițista speriată. Mirosul muced al trupurilor lor de bărbați umplu încăperea.

Richie aștepta în timp ce-mi analizam situația. Știam că doi membri ai găștii lui lipseau, probabil păzeau ușa. Podeaua vibra de muzica de jos. Nu avea să mă audă nimeni. Nu avea să vină să mă caute nimeni. Eram neînarmată și depășită numeric. Așa te simți când te cuprinde groaza.

– Să nu zici nimic, spuse Richie, de parc-aș fi fost în stare să zic ceva. Doar să stai să te gândești la tot ce ți-am putea face în clipa asta. Pune-ți imaginația la bătaie. Nu te gândi doar la cum te-am târî spre pat, acolo, ținându-te bine. Uită-te la cadă. Gândește-te cum ar fi s-o umplu pă jumate și să te înec în ea. Gândește-te la toate sculele cu care m-aș putea juca. Îți închipui toate lucrurile-astea, Păsărică?

Am încercat să trag mai mult aer în plămâni. Richie arătă spre mine. Toată mina lui de hoț-gentleman țanțoș dispăruse. Ochii-i erau goi.

– Multe belele mi-ai mai făcut pe-aici, femeie. Dân clipa când ai venit aici, ai fost o pacoste, în pana mea. N-a mai cumpărat lumea dă la mine. Pe-ormă a-nceput să cumpere și mai puțină lume când au venit pretenarii ăia ai tăi ieri. Pe-aici a trecut un șir dă mașini în ultimele patrușopt dă ore, și cele mai multe n-o să mai vină. Astea-s drumurile mele, și totuși, ăia au trecut fără să plătească taxa. Știi dă ce? Pentru că doi tâmpiți dă gabori stăteau în cârca mea ca puricii.

Richie se ghemui în fața mea. Un membru al găștii lui, un blond deșirat cu tatuaje pe mâini, zâmbi când i-am atras atenția.

– Venitul meu acuma-i zero, zise Richie. Cineva tre' să marce banu'.

– Whitt o să vină să mă caute, am spus.

– A, da? Așa ți-au zis ăștia să zici? murmură Richie. Mai întâi ți-au zis „Luptă pentru viața ta. Nu-i lăsa să te desprindă de turmă". Dup-aia ți-au zis: „Zi-le că ai o boală. Zi-le că ești gravidă. Zi-le că iubitul tău o să se-ntoarcă după tine dintr-o clipă în alta". Pe urmă ți-au zis: „Zi-le chestii despre tine. Fă-te om adevărat în ochii lor, ca să nu te omoare când termină cu tine".

Râse.

– Ei, uite că prietenul tău n-o să vină, Păsărică. Și-n ochii mei, tu nu ești om. Dar nu-ți fac nimica. Nici io, nici oamenii mei. Și știi de ce? Pentru că nu trebuie să-ți facem nimica. Acuma-ți dai și tu seama că toată vrăjeala ta cu fata luptătoare care face pă deșteapta nu te-a ajutat s-ajungi nicăieri. Te-ai umflat în pene pe-aicea, că ești tu mare polițistă nebună care nu-nghite căcaturile la nimenea. Ei, ia uită-te-acuma. Ai belit-o. Și cred că pentru cineva ca tine, ăsta-i cel mai nasol lucru pe care-aș putea să ți-l fac.

Richie se ridică și privi în jos spre mine.

– Uite cum stă treaba, Păsărică zise el. O să te ducă Pete și Andy cu mașina la Perth. Tu o să le zici la șefii ăia ai tăi că ai ajuns pân-acolo cu cercetările, pentru că ai crezut că trăgătorul a plecat dân mină. Îl suni pă bulangiu' ăla dă prieten al tău, Whittacker, și-i spui să se ducă acasă, și retragi și echipa dă sprijin. După ce-ai făcut toate astea, o să mă gândesc dacă-ți trimit înapoi arma dân dotare, ca să nu pari c-ai dat cu mucii-n fasole mai tare decât ai dat deja când ai pierdut-o.

Băgă arma în buzunarul de la spate și se întoarse în direcția opusă, făcând un schimb de priviri cu blondul. Cei doi tovarăși ai lui făcură un pas în față.

– Nu cred că-i nevoie să-ți spun ce se întâmplă dacă te pui rău cu mine, detectiv.

Făcu un semn cu degetul, privind apartamentul, baia, patul, frumoasa capcană în care mă prinsese.

– Asta? A fost mai ușor decât ar fi trebuit.

– Dar e o problemă, am spus eu.

M-am ridicat încet, iar Pete și Andy dădură înapoi, aruncându-i șefului lor doar câte-o privire fugară. Richie se opri în pragul ușii în timp ce eu mă adunam.

– Eu chiar *sunt* o polițistă nebună care nu-nghite căcaturile nimănui.

CAPITOLUL 85

E cel mai bine să-ți păstrezi energia când știi că lupți pentru viața ta. Începe cu puțin. Păstrează-te ușoară. Lovește cu precizie și nu risipi lovitura.

Cel numit Pete zâmbi și se întinse după mine în colțul dușului. I-am zâmbit și eu și i-am dat mâna la o parte cu o palmă.

„Așa-i. Totul e numai distracție și joacă." Transpirația de groază încă-mi picura pe maxilar, chiar și în timp ce dansam cu atacatorul meu. Richie se opri în prag să vadă ce avea să se întâmple.

Pete veni din nou în față. L-am prins de braț cu ambele mâini, i l-am sucit și l-am îmbrâncit. Se lovi de ușa de la duș, chircindu-se un pic și făcând geamul să se clatine în ramă. Am ridicat genunchiul și l-am lovit tare cu călcâiul peste brațul de care-l țineam, rupându-i radiusul cu un trosnet răsunător. Pete urlă. Brațul lui Andy se înfășură în jurul gâtului meu pe la spate. M-am împins în el destul cât să-i slăbesc strânsoarea, astfel încât antebrațul lui să ajungă aproape de gura mea.

L-am mușcat ca lumea.

Urletul lui Andy îmi făcu timpanele să pulseze. Cu toată greutatea corpului meu, l-am răsturnat peste Pete. Amândoi se prăvăliră peste paravanul de la duș, căzând în cabină. M-am întors și-am vrut să mă arunc asupra lui Richie, care era în prag, dar Andy mă atacă din nou, încercând să mă cuprindă cu brațele. I-am făcut jocul, l-am lăsat să încerce să mă ridice.

„Mare greșeală, prietene."

Mi-am încolăcit corpul în jurul capului lui, ca o pisică, înfigându-mi degetele în carnea moale de sub maxilarul lui. Îi cuprinsesem mijlocul cu picioarele. Ne-am lovit de chiuvetă. Robinetul mi se înfipse în șold, despicând carnea de sub blugi. L-am apucat pe Andy de păr cu ambii pumni și l-am izbit puternic cu capul în nas.

Pete stătea în colțul cabinei de duș, unde fusesem eu cu doar câteva clipe înainte, ținându-se de brațul îndoit, rupt. Andy îmi dăduse drumul și se lăsase la podea, lângă toaletă. M-am așezat pe marginea chiuvetei și mi-am șters sângele lui Pete de pe bărbie cu partea de jos a bluzei, trecându-mi un picior ud peste celălalt, cu nonșalanță, în timp ce Richie mă urmărea.

Rămăsesem fără unul dintre pantofi. Umărul bluzei îmi era sfâșiat, iar părul îmi intrase în față. Pantalonii-mi erau leoarcă, iar groaza-mi dispăruse, fiind înlocuită de adrenalina eliberată în luptă. În timp ce-mi acordam un moment pentru a analiza situația, mi-am dat seama că eram mai scoasă din sărite ca niciodată.

Richie ridică arma mea și o îndreptă spre mine. Arma țăcăni. Am băgat mâna în celălalt buzunar și am scos încărcătorul pe care-l țineam acolo.

– Nu-l țin niciodată încărcat când beau, am spus.

I-am făcut semn să vină în față.

– Hai să-l iei. Nu-ți fac nimic.

Richie lăsă arma mea pe podea și dădu înapoi.

CAPITOLUL 86

– Cred că ai craniul din plumb, spunea Whitt.

Ciocăni tare deasupra sprâncenei mele stângi.

– La câteva zile după ce ți-l crapă criminalul, tu-l folosești pe post de armă.

Asistenta era aceeași femeie acră care mă doftoricise în fața dongăi mele când aproape că-mi găsisem sfârșitul în tuneluri. Stăteam întinsă pe o masă la centrul medical, iar ea-mi cosea crăpătura în formă de Y din șold, provocată de robinetul de la baie.

– Știi, spunea ea, există o legătură între traumele lobului frontal și comportamentul antisocial. Iei des lumea la capete-n gură?

– Încerc să mă limitez la de două-trei ori pe săptămână, am spus.

– E surprinzător de ușor să-ți provoci leziuni pe creier.

Ridică din umeri în timp ce trăgea de o copcă.

– În lobul frontal sunt toți neuronii care-ți controlează emoțiile. Dacă te joci cu el, devii violentă. Nesăbuită.

– Adică mă sfătuiți să nu mai iau oamenii la capete-n gură pentru că s-ar putea să ajung să vreau să-i iau la capete-n gură?

Asistenta se uită urât la mine.

– Cred că putem să-l tăiem pe Richard Lee Machinna de pe lista de suspecți. De ce să-și fi bătut capul să-ncerce să te facă pachet și să te trimită la Perth dacă era el criminalul? Ți-ar fi făcut felul de la distanță, așa cum a făcut și cu restul țintelor lui.

– Poate că-i place de mine, am spus. Poate că îi place de-amândoi și că vrea să nu-i mai stăm în cale ca să-i dea înainte cu crimele fără să facă rău niciunuia dintre noi, de faini ce suntem.

– Nimănui de-aici nu-i place de voi, spuse asistenta.

– Eu nu-i dau drumul ăstuia. Poate că ritualul lui implică mineri, și se pare că suntem o belea prea mare pe capul lui. Vreau să știu dacă-l ținem pe lista suspecților sau îi dăm un șut. Aflăm unde stă și pe urmă ne dăm seama cât de gravă-i situația cu ăsta.

– Toată echipa are vreo două rulote la ieșirea din mină, la vreo zece kilometri de mers cu mașina de-aici, spuse Whitt. Bănuiesc c-o s-avem aceeași bătaie de cap dacă încercăm să obținem un mandat pentru locul ăla pe care-am avut-o când am încercat aici. Putem să ne gândim la treaba asta dimineață. Punem la cale ceva prin care să-i distragem atenția, sau ceva de genul ăsta.

– Dar cazierul penal al lui Aaron Linebacker? N-a ajuns încă?

– Nu, spuse Whitt, când am verificat eu ultima oară, nu ajunsese, și asta a fost cel puțin acum câteva ore. Mai verific o dată când ne întoarcem la donga.

Partenerul meu se întinse pe scaunul de plastic. I-am auzit gâtul trosnind. Îmi pica bine să-l văd mai puțin obosit. Cel puțin unul dintre noi lucra la un nivel eficient de tensiune. Știam că eram prea tensionată. Dar mereu fusesem așa, chiar și înainte să intru în poliție. Faptul că eram atât de agitată avea să-mi facă probleme în vremuri de război sau de pace. Richie avea dreptate. Eram nebună.

– Du-te la culcare, i-am spus lui Whitt. Eu cred că mai stau ceva vreme pe-aici.

Fu de acord, fără tragere de inimă, şi se îndepărtă în noapte, alene.

În timp ce asistenta mea prietenoasă căuta un analgezic potrivit în biroul ei exterior, eu mă gândeam la Danny Stanton.

– Ucigaş. Întunecat. Vânător. Răzbunare.

Ştiam că eram aproape să-l găsesc pe criminal. Îi simţeam prezenţa la mină. Avea să-mi dea de furcă mai mult decât Richie şi gorilele lui – o luptă din care nu eram sigură că aveam să scap cu viaţă.

CAPITOLUL 87

– O să fie grozav, i-am spus lui Whitt. Nici picior de om pe-aici, deci o să putem să intrăm și să ieșim fără să trebuiască măcar să-i atragem departe de-aici.

Stăteam întinși pe burtă pe o culme, în soarele dogoritor, privind gașca lui Richie prin binocluri. Tabăra consta în două rulote albe damblagite, și un Hyundai Sonata[1] model 1980, gri, pe cărămizi. Dreptunghiul minuscul de umbră pe care-l oferea era plin de lantana[2] și de ierburi deșertice. În jumătatea de oră în care am stat acolo, n-a fost nicio mișcare în tabără. Eram sigură că Richie și gașca lui petrecuseră cel puțin încă vreo două ore în arest la Perth. M-am întrebat în tăcere dacă fusese îngrijorat sau ușurat de faptul că acuzația de „agresiune asupra unui ofițer de poliție" îi fusese retrasă, știind că puteam să-l acuz foarte ușor de tentativă de omor.

Când i-am spus lui Whitt că Richie încercase să mă împuște, acesta fusese îngrozit, mai îngrozit decât atunci când îi relatasem încercarea lor de-a mă brusca în baia de la hotel. Nu mă sinchisisem să-l pun pe Richie sub

[1] Primul model de Hyundai Sonata a fost produs în 1985. (n.tr.)

[2] Plantă perenă ce cuprinde peste 150 de specii, originară din zonele tropicale ale Africii, Australiei și Oceanului Pacific (n.tr.)

acuzație pentru tentativă de omor, pentru că știam că acuzația nu avea să reziste. Un avocat bun, pe care probabil că și-l permitea, ar fi argumentat că Richie își dăduse seama că arma nu avea încărcător când o luase în mână, după diferența mare de greutate, și apăsase pe trăgaci doar ca să mă sperie. În situația dată, avea să iasă pe cauțiune înainte de căderea nopții, iar asta avea să-mi dea destul timp cât să mă uit prin tabăra lui și să văd dacă avea inimă de criminal.

Voiam să știu dacă Richie avea asupra lui genul de arme de care trăgătorul din mină ar fi avut nevoie ca să-l vadă, darămite să tragă asupra lui Lenny Xavier de la distanța de la care trăsese. Voiam să văd dacă erau ceva haine de camuflaj acolo. Vreun cartuș. Vreo hartă. Ceva care fie să-l incrimineze pe Richie, fie să-l scape de bănuielile mele.

Eu și Whitt ne-am ridicat fără vreun cuvânt și am alergat ghemuiți spre tabăra lui Richie, cu armele pe lângă corp, uitându-ne în jur după mișcare în timp ce coboram. Asta mi-a amintit de conversația pe care o avusesem cu Gabe pe întuneric în deșert despre cât de repede se adaptează corpul uman unui astfel de climat. Cât de repede, sub presiunea soarelui și a vastității acelui spațiu, omul devenea precum creaturile care supraviețuiau acolo – dur și descurcăreț. Soarele-mi colorase pielea în maro, iar praful continuu îmi mijise ochii. Tălpile-mi erau tari ca piatra de la mersul spre și dinspre cabinele de duș la orele când încă era întuneric. Treceam peste pietrele și praful străvechi de pe drum. Toate hainele mi se decoloraseră și mi se pătaseră de transpirație, iar părul îmi era uscat și plin de sare. Deveneam o creatură a deșertului.

CAPITOLUL 88

Ne-am dus mai întâi la o mașină cu tracțiune integrală parcată lângă cea mai apropiată rulotă. Ușa era descuiată, dar cheia nu era nicăieri înăuntru. M-am târât pe bancheta din spate și am ridicat preșurile de pe podea, trecându-mi degetele peste părțile laterale ale mașinii, în căutare de orice m-ar fi putut interesa. Partea de depozitare din bord era plină de mucuri de țigară. Whitt înclină pe spate scaunul șoferului, aproape strivindu-mă de banchetă.

– Hei!

– Uau, fii atentă aici, râse el, ridicând un revolver argintiu uriaș. M-am ridicat de pe bancheta din spate și m-am dus în partea șoferului. Am luat arma masivă din mâna lui și am țintit spre orizont.

– Iisuse, am spus. Ăsta are-o tonă. Smith and Wesson[1] 500. Și-o vacă omoară ăsta.

– Ar trebui să tragem cu el, spuse Whitt. Îl confiscăm și tragem de câteva ori cu el. Știi tu. Doar pentru cercetare.

– Ne-aud ăia de la mină.

Am pus arma la loc în compartimentul de sub scaun.

---

[1] Companie americană producătoare de armament înființată în 1852 în Norwich, Virginia, SUA (n.tr.)

– Și pe lângă asta, probabil că are permis pentru cel puțin o armă.

Prima rulotă era încuiată, dar o fereastră crăpată din spate ne permise să intrăm. Spațiul răcoros și întunecat mirosea puternic a deodorant bărbătesc și a burbon. Erau semne ale prezenței unor bărbați care locuiseră mult timp singuri: prosoape ude pe podea, chiuveta plină de vase jegoase. Am început cu dulapul din bucătărie și am cotrobăit prin toate cutiile, trecând apoi la spațiile de sub chiuvetă și de deasupra mesei micuțe. Nu era nimic pe, sub sau pe lângă pat. Nimic interesant pe rafturile cu cărți. Whitt se dădu bătut și se îndreptă spre următoarea rulotă. Când m-am alăturat și eu, l-am găsit la fel de dezamăgit.

Am ciocănit în pereții de deasupra raftului.

– La ce cantitate de droguri le-ar trebui ăstora pentru a deservi toată mina, nu le-ar lăsa cu niciun chip nesupravegheate, decât dac-ar fi bine ascunse pe undeva. Dar cum ascunzi ceva atât de mare aici? De ce nu-s umflați pereții de droguri?

Am aruncat o privire pe fereastra micii bucătării și am văzut două siluete apropiindu-se dinspre orizont. Am tresărit din tot corpul.

– Cine dracu' e acolo?

Am scos pistolul. Whitt se aplecă și miji ochii la siluete prin perdelele jegoase din dantelă. Apoi ridică binoclul și privi.

– Uită-te tu.

Printre stânci se plimbau două păsări emu[1] mari. Mari cât niște oameni, se aplecau din când în când ca să studieze pământul de sub picioarele lor masive.

---

[1] Pasăre asemănătoare struțului, întâlnită în Australia (n.tr.)

– Așa, am spus eu, dregându-mi glasul. Mai departe.

Am căutat prin toată rulota, de-a fir a păr. Nu existau arme de niciun fel. Am încuiat rulota după noi și am rămas în soarele dogoritor.

– Cruntă dezamăgire, am spus.

– Poate nu-i chiar așa.

Ceva îi atrăsese atenția lui Whitt. Se îndreptă spre mașina dezmembrată. O șopârlă uriașă de culoarea nisipului se desprinse din iarba uscată și se îndreptă în fugă spre culmea stâncoasă.

Într-o parte a vehiculului, iarba tare și boschetii fuseseră tăiați, astfel încât un om să se poată strecura-n voie sub mașină, ajungând la ce era dedesubt. Whitt băgă mâna prin ferestrele fără parbriz și încercă să miște locul din față și locul pasagerului, dar în zadar. Trebuia să se întindă pe burtă și să se bage sub mașină. După ce făcu asta, începu să dea frenetic nisipul la o parte.

– Intru! strigă el vesel.

Am auzit ceva răsucindu-se și deschizându-se cu un troncănit, apoi i-am văzut picioarele dispărând în timp ce încerca să le coboare printr-o deschizătură de forma unei capsule.

M-am prins de marginea circulară a deschizăturii și am împins la o parte capacul greu din fibră de sticlă al capsulei cufundate în nisip. Când am înaintat târâș și m-am uitat în jos, l-am văzut pe Whitt stând în picioare într-un spațiu de patru metri și jumătate adâncime, cu pereții plini de rafturi improvizate. Whitt avea destul loc încât să stea de unul singur în picioare comod. Ridică privirea spre mine și zâmbi.

– Intră aici, zise el.

CAPITOLUL 89

Am coborât de pe scara minusculă și m-am alăturat lui Whitt. Piepturile aproape ni se atingeau. În jurul nostru erau înghesuite trei rafturi, burdușite cu droguri. Ultimele două erau aproape pline de pachete bine ambalate cu ceva ce era probabil cocaină și heroină înfășurată în plastic negru și bandă maronie. Cele două rafturi de deasupra erau pline de cutii cu medicamente eliberate cu prescripție.

– Mamă.

Am luat vreo două cutii de pe rafturi și le-am citit conținutul.

– Ia uite ce de steroizi. Ce de antidepresive!

– Da, păi nu-mi închipui că ăștia care stau aici sunt prea încântați de ideea că trebuie să consulte un doctor pentru depresia lor.

Whitt studie cutiile.

– Probabil că le e mai ușor să ia pur și simplu medicamentele de la Richie. Nu-s atâtea întrebări și verificări așa.

– Analgezice.

M-am îndreptat spre raftul din partea dreaptă.

– Aici e numai oxicodonă[1]. Cred că-s vreo câteva sute de cutii.

---

[1] Opioid puternic folosit pentru ameliorarea durerilor (n.tr.)

– Să-mi bag picioarele.

Whitt râse ușor de încântare.

Tocmai trăsese un sac uriaș de iarbă, închis ermetic, de pe un raft de sus.

– Ăsta-i greu cât un copil.

Pe rafturile din partea de sus erau lucrurile de care băieții aveau nevoie urgent, lucruri după care se puteau apleca prin gaura de la acoperiș ca să le ia fără să trebuiască să intre de tot în încăpere. M-am întins și am luat câteva teancuri de bancnote verzi și galbene. Whitt și cu mine ne-am zâmbit și-am cântărit banii în mână. Parcă ne-apuca prosteala în atâta bogăție. Am desfăcut teancul de bancnote în fața lui în formă de evantai, le-am dus la nas și le-am mirosit. Nu mai ținusem niciodată în mână atâția bani. Nici măcar în raziile de droguri la care participasem în tinerețe. Era șocant și ciudat de amuzant să văd că oamenii trăiau astfel. Stivuiau teancuri de heroină într-un buncăr subteran de parcă s-ar fi pregătit pentru apocalipsă.

Distracția fu întreruptă brusc de un sunet ca un zgrepțănat afară. Eu și Whitt ne-am uitat unul la altul și am urmărit umbra capacului trecând peste fața lui.

– Nu! strigă el, privind în sus. Nu!

CAPITOLUL 90

Pentru o clipă, am rămas pe loc amândoi, strigând. Strigând la cel care ne închisese acolo. Cuprinsă de panică, în întuneric, am fost împinsă în rafturile din spatele meu. Copcile de la șold mi se strângeau sub bandaj. Cutiile cu pastile căzură cu zgomot la podea.

– Băga-mi-aș, strigă Whitt. Băga-mi-aș!

– Mă asurzești! am strigat.

– Ba *tu* mă asurzești pe *mine*!

– Urcă acolo.

L-am îmbrâncit.

– Hai, du-te.

Whitt sui cele trei trepte pe care trebuia să le urce pentru a ajunge la deschizătura din acoperiș și se opinti în capac. Nu se clinti din loc. Am ascultat în beznă cum degetele lui se frecau de marginea de cauciuc care astupa deschizătura. Deși capsula era cufundată în nisip, fiind astfel mai răcoroasă decât deșertul de-afară, transpirația începuse deja să curgă pe tot corpul meu. Abia aveam loc să stăm amândoi în picioare. Whitt lovi cu pumnul în partea interioară a capacului.

– Ajutor! Ajutor!

– Ăla care-a făcut asta n-o să ne-ajute, m-am răstit. Dacă ar fi vrut să ne-ajute, nu ne-ar fi închis aici de la bun început.

– Crezi că-i ăla? întrebă Whitt, coborând lângă mine.

– Probabil. Cine altcineva să ne fi urmărit și să fi știut că eram aici?

Mi-am verificat telefonul mobil, dar bineînțeles că n-aveam semnal. Whitt făcu la fel. M-am întins până-n spatele cutiilor și-am lovit în pereții capsulei.

– Cred că ăsta-i un vechi rezervor de apă. Ceea ce înseamnă că-i închis ermetic. Am putea să murim aici.

– Optimismul tău continuu mă uluiește, Harry, rânji Whitt. Mereu vezi partea plină a paharului, așa-i?

M-am încruntat în întuneric.

– Cine-i nașparliul ăsta de Edward Whittacker? N-am mai văzut latura asta a ta. Ești claustrofob, sau ce-ai?

– Posibil.

Avea vocea scăzută în beznă.

– Păi, stai jos și astupă-ți urechile, am spus, scoțând pistolul. Asta o s-ajute.

Mi-am lipit una dintre urechi de umăr, dar n-am avut cum să o scutesc pe cealaltă de zgomotul puternic al focului de armă tras spre plafon. Lumina se revărsă asupra noastră din două găuri perfecte în capacul rezervorului, căzând pe expresia serioasă a lui Whitt. Am urcat din nou și m-am opintit în capac, sperând că găurile-l mai slăbiseră. Dar privind prin ele, mi-am dat seama că fibra de sticlă avea doi centimetri și jumătate grosime.

M-am lăsat pe podeaua rezervorului, alături de Whitt. Picioarele ne erau prinse unele într-altele. Bluza i se lipea deja de el din cauza transpirației. Am privit în jur și am apucat o cutie de medicamente de pe raftul de jos.

– Diazepam!

Am scuturat cutia în direcția lui.

Partenerul meu ronțăi în liniște un diazepam. Respira îndelung, constant. O perioadă, am stat pur și simplu împreună și am încercat să nu intrăm în panică. Nu aveam să rămânem fără aer, datorită celor două găuri pe care le făcuserăm în capacul rezervorului de apă. Dar era posibil să fim omorâți la întoarcerea lui Richie și-a găștii lui. Sau dacă nu se întorceau ei, aveam să murim din cauza deshidratării sau a epuizării de la căldură. Nu erau deloc lichide în rezervor. Doar destui bani cât să ne cumpărăm o insulă mică și destule droguri cât să murim de câteva ori la rând.

– Trebuie să te-avertizez, spuse el. Dacă devine mai nasoală situația, io-mi aprind un cui.

CAPITOLUL 91

Am stat cu rândul în vârful scării, ascultând sunetele venind deșert și strigând din când în când după ajutor. Amândoi eram leoarcă de transpirație după o oră. Găurile din partea de sus a rezervorului ne dădeau aer, dar acel aer era fierbinte, iar condensul începu curând să picure pe pereții plini de striații. Din când în când, vântul revărsa nisip roșu asupra noastră.

Deși pe Whitt părea a-l depăși structura, eu eram convinsă că era o cale de ieșire. Am încercat să întorc capacul rezervorului, dar părea a fi blocat cu ceva și se mișca doar câțiva milimetri. Am găsit un cuțit pe raftul cel mai de sus și am început să scobesc marginea din cauciuc negru a capacului, făcând ca bucăți din ea să cadă peste partenerul meu care era tot mai supărat.

– Asta-i cea mai mare porcărie prin care-am trecut vreodată, spuse el, ștergându-se de transpirație pe față. De ce nu ne-a omorât și cu asta basta?

– Pentru că așa n-ar mai fi fost distractiv, nu? am spus eu, înțepând capacul cu cuțitul.

Criminalul avusese destule ocazii de a ne doborî pe mine și pe Whitt de când sosiserăm în Bandya. Mă puteam gândi la două motive pentru care ne lăsase în viață. Unu, își alegea foarte exact victimele și nu era dispus să omoare pe altcineva în afara lor. Sau doi, Whitt și cu mine creșteam miza vânătorii lui, mai echilibram terenul cu doi prădători drept concurență, stând între el și prada lui. Am tăiat toată căptușeala de cauciuc de pe capacul rezervorului și am descoperit că nu ajuta la nimic. Cu toate astea, simțeam o satisfacție ciudată la gândul că Richie și gașca lui aveau să fie nevoiți să-și căptușească din nou rezervorul.

– Hai să mai lucrăm la stabilirea legăturilor dintre victime. Știm că nu există nicio legătură de vârstă sau un motiv rasial. Dar cumva tot trebuie să fi fost legate între ele. Unde lucra Danny Stanton?

– În construcții, spuse Whitt. Sub supravegherea lui Gabe Carter.

– Hon lucra la depozitul de hrană, am gândit eu cu voce tare. Tori și Amy la departamentul electric, iar Lenny și Mick la excavatoare. Deci nu poziția în mină îi leagă pe toți.

– Nu.

Whitt deveni atent, părând bucuros că-i distrăgea cineva atenția.

– Nu, nu asta e linia care îi leagă. Hon era singur și căuta fete pe net în orașul lui natal. Tori avea un iubit, iar Danny era într-un soi de relație cu fata aia cu părul mov. Deci n-a fost vorba de vreun triunghi amoros sau ceva de genul ăsta.

– Danny și Shamma, am murmurat, sprijinindu-mă din nou pe scară. Danny vizita des tabăra Soldaților Pământului dac-o știa destul de bine pe fata aia încât să i se fi aprins călcâiele după ea. Amy spunea că și Tori mergea foarte des pe-acolo, deci poate că și Amy s-o fi dus. Și uite-așa, avem jumătate dintre victime.

– Și cealaltă jumătate nu are nicio legătură cu Soldații Pământului, spuse Whitt. Hon nu fuma iarbă. Era curat ca lacrima. Mick și Lenny păreau cam trecuți de vârsta la care-ar fi făcut așa ceva, nu?

– Dacă victimele au fost alese intenționat, ceva trebuie să le fi legat, am insistat eu. Ce altceva să fi adus toate personajele-astea fără nicio altă legătură între ele laolaltă? Adică, sunt de vârste între nouăsprezece și cincizeci de ani. Ce au *făcut* toți de-au ajuns în calea criminalului? Ce activitate îi unește?

– Mineritul, spuse Whitt.

Am oftat către el și m-am strecurat spre fundul rezervorului. Liniștea se lăsă vreo oră, chiar mai mult, timp în care-am așteptat asudând. Când se auzi soneria de alertă pentru e-mail pe telefonul meu, am tresărit amândoi.

– Poți să primești mailuri?

Whitt încercă să apuce ecranul aprins din mâinile mele.

– De ce n-ai zis nimic?

– Că nu știam că pot să primesc mailuri!

Ne-am certat prostește pe telefon în beznă.

– Dă-mi-l!

Mi-am verificat semnalul. Tot nimic. Cum să fi intrat un e-mail?

Am compus un mesaj către Tataie, cu subiectul URGENT! AJUTOR! Îmi tremurau degetele în timp ce descriam situația noastră. Când am apăsat pe „trimite“, mi-a ajuns direct în căsuța de ieșiri, iar un mesaj apăru pe ecran.

– Eroare semnal rețea? am citit. Ce mă-sa?

– Cred c-ai avut semnal doar vreo secundă sau două, spuse Whitt. O fi fost vreun satelit care trecea pe deasupra, sau ceva de genul ăsta.

Am deschis e-mailul pe care îl primisem. Era din partea unei jurnaliste. Ataşase o fotografie cu prima pagină a ziarului *Herald.*

„Ne-ar plăcea tare mult să fim primii care să-ţi ia un interviu în legătură cu asta, Harry", scria ea. „Ai vreun comentariu? Doar unul!"

Pe prima pagină era o poză cu fratele meu, cu faţa suptă, în timp ce trecea dintr-o încăpere în alta a unei secţii de poliţie. Titlul era: BLUE DEPUNE MĂRTURIE COMPLETĂ.

– Ceva important? întrebă Whitt, căscând.

– Nu.

Am ascuns telefonul.

– Nu-i nimic.

Stând în întuneric, ascultând respiraţia partenerului meu în ceea ce s-ar fi putut să-mi fie camera mortuară, mă întrebam dacă era în regulă dacă începeam să plâng.

CAPITOLUL 92

Când începură să se-audă zgomotele, era întuneric. Whitt fredona o melodie, încercând să-și ia gândul de la cât de tare-l trecea pipi, după cum mi-a spus.

– Taci! Taci! Ia ascultă!

– Băi! strigă un glas purtat de vânt. Băiiii!

– Ajutor! am strigat.

M-am cățărat pe scară cât am putut de repede. Tot corpul mă furnica și-mi era amorțit de la cum stătusem înghesuită pe căldura aia.

– Ajutor! Suntem aici, înăuntru!

Am bocănit în interiorul capacului rezervorului. Whitt se ridică și lovi scara de care m-am agățat.

– Ești sigură c-ar trebui să facem asta? Dac-o fi ăla?

– Puțin îmi pasă mie dacă-i ăla, eu ies de-aici! am spus.

– Ajutor! Ajutor!

Se lăsă liniștea. Am zbierat în continuare, sperând să m-audă vizitatorul. Nisipul se scurgea din găurile de glonț, constant. Am bocănit continuu, ascultând liniștea cumplită dintre strădaniile mele.

– Unde dracului sunteți? întrebă o fată.

– O, Doamne, suntem aici! am strigat. Ajutor! Suntem sub mașină!

Două voci, curioase și puțin speriate. Apoi, am auzit sunetul nisipului tras și îndepărtat de capac. Am fost surprinsă să văd cât de mult intrase înăuntru când fuseserăm prinși. După vreun minut, apăru un singur ochi albastru, care mă privi fix.

– Ce mă-sa-i asta?

Shamma ridică piatra din locul în care blocase capacul. Răsuci capacul și dădu înapoi, în timp ce eu ieșeam împleticindu-mă din rezervor.

– O, Doamne, vă mulțumesc. Vă mulțumesc tare mult.

M-am întins pe nisip, lângă prietena tinerei de la Soldații Pământului.

– Of, sunteți cei mai buni oameni din lume!

– Ce mama dracului căutați acolo jos? întrebă Shamma. Unde-i Richie?

– A fost arestat.

Am respirat aerul curat din deșert.

– O să se întoarcă în curând. Ne-am dus pe-acolo să aruncăm o privire și am rămas blocați. *Voi* ce naiba faceți pe-aici?

– Am venit să luăm niște iarbă, ce să facem? râse Shamma. Nu putem să intrăm în mină. Ceva s-a întâmplat acolo.

– Ce s-a întâmplat? am întrebat.

– Nu știu.

Fata ridică din umeri, dându-și o șuviță mov după ureche. Toată după-amiaza au răsunat alarmele.

CAPITOLUL 93

Maşina pe care o împrumutaserăm de la mină urui şi se zgâlţâi, trecând peste pietre uscate pe drumul de întoarcere spre mină. Se lăsa întunericul, care scălda orizontul într-o lumină de-un roşu sângeriu şi făcând să zboare stoluri de păsărele din tufele de spinifex[1] spre norii care se plimbau pe cer. Whitt stătea lângă mine în cabana slab luminată, verificându-şi apelurile nepreluate şi e-mailurile. În mina îndepărtată, vedeam lumini adunate la porţi, mai multe decât ar fi trebuit să fie. Tabăra jurnaliştilor se extinsese.

– A venit cazierul penal al lui Linebacker, spuse Whitt. E curat.

– Fac pariu că ăla militar nu e, am spus. Pe-ăla l-aţi primit?

– Încă nu.

La porţi, jurnaliştii roiau în jurul maşinii. Femei penibil de împopoţonate, cu coafuri rigide şi complicate în care bătea vântul deşertului, aveau bluzele de mătase lipite de corp din cauza transpiraţiei. Am auzit alertele imediat ce porţile s-au închis în urma noastră, răsunând prin sistemul de anunţuri publice al minei.

[1] Plantă perenă răspândită în Australia (n.tr.)

– Harriet Blue și Edward Whittacker, contactați biroul administrativ imediat. Valerie Beckett și Julia Shae, contactați biroul administrativ imediat.

– Beckett și Shae. Am aruncat o privire spre Whitt.

– Astea-s cele două...

– Cele două polițiste pe care le-am repartizat să-l supravegheze pe Linebacker, spuse el.

Expresia feței i se înăsprise.

Am tras mașina pe fâșia cu pământ din fața biroului administrativ. David Burns dădu buzna pe ușile clădirii tocmai când coboram din mașină și se îndreptă spre noi. De data asta părea neîngrijit și un pic stresat. Eram aproape încântată.

– Unde-ați fost? se răsti el. Doi dintre ofițerii voștri au dispărut. Mai sunt patru acolo înăuntru care mai au un pic și-și ies de tot din minți.

Nu m-am sinchisit să-i explic ce pățiserăm eu și Whitt în deșert. Voiam să știu ce se întâmplase cu ofițerii mei. În jurul tejghelei am găsit trei bărbați și o femeie care fuseseră trimiși din Perth să ne-ajute așteptând neliniștiți. Un polițist pe nume Hellier mă apucă de braț imediat ce-am ajuns aproape de el.

– Unde-s Beckett și Shae? întrebă el. Vorbea atât de repede încât aproape că i se-mpleticea limba.

– Tu să-mi zici mie, i-am spus. Ai încercat să iei legătura cu ele prin radio?

– Nu mai răspund la radio și la telefon de pe la prânz, spuse femeia, Doyle. Au fost repartizate să-l supravegheze pe Aaron Linebacker. Am vorbit cu Mitch și Sully, sunt pe drumul de întoarcere dinspre Perth. Au renunțat la acuzațiile de agresiune împotriva ta acolo.

– Știu, știu.

Am încercat să respir.

– Pe Beckett și Shae nu le-a văzut nimeni? N-au zis nimic înainte să dispară?

– S-au prezentat la raport la ora unsprezece și jumătate.

Hellier se plimba de colo-colo.

– Ca toată lumea. Am crezut că sunteți plecați cu Soldații Pământului sau ceva de genul ăsta. Au spus că totul e-n regulă, că îl supravegheau pe Linebacker în timp ce-și făcea turele. Unde-ați fost? Am sunat în neștire.

– N-ar fi trebuit să plecați.

David Burns își umflă pieptul în fața mea.

– Dacă li se-ntâmplă ceva acelor ofițeri din mină, e-n cârca dumitale, detectiv. Nu a mea.

CAPITOLUL 94

Devenea tot mai greu, dar așa era mereu cu punctul culminant al bătăliilor. Un soldat era pus la încercare în multe moduri diferite. Îi era pusă la încercare răbdarea. Îi era pusă la încercare mintea. Și era pus la încercare prin ce era dispus să sacrifice pentru a-și duce campania la nivelul următor. Dacă dădea înapoi, dacă ezita, se dovedea un comandant ineficient – și precum un tată, singurul său scop în calitate de comandant era acela de a crește generația următoare și de a-i elimina pe cei mai slabi.

Soldatului îi era mai ușor să nu gândească. Îi era mai ușor dacă acționa rapid și fără milă, la momentul potrivit.

Pierduse vremea de pomană pe lângă grup, ascultând sporovăiala lor, identificând pe fiecare. Le cunoștea slăbiciunile. După ce îi închisese pe detectiv Harriet Blue și pe partenerul ei în rezervorul din deșert, Soldatul se întorsese în mină pentru a le vâna pe cele două polițiste, Beckett și Shae. Cum prada lui principală fusese rezervată pentru misiunea finală, ultima lui sarcină înainte de intrarea în următoarea fază a gloriosului său plan era eliminarea celor două femei. Bineînțeles, nu reprezentau un pericol pentru el, dar moartea lor avea să afecteze profund psihicul detectivei Blue. Femeile vulnerabile deveniseră misiunea ei. Scopul vieții ei. Dacă dobora două chiar sub nasul ei, își ducea mai departe planul de a sfărâma încrederea adversarei sale, și-așa fragilă. Jocurile minții. Cât erau de importante.

Un atac prin surprindere avea să funcționeze. Nu era nevoie să le inducă celor două falsa impresie că erau în siguranță. Le găsise sprijinite de un camion de transport, la umbra răcoroasă din curte, ca două santinele leneșe care râdeau împreună în tăcere. Una din ele privea cu mare interes ecranul telefonului.

Soldatul urcase pe nesimțite scara îngustă din spatele camionului și se furișase pe partea superioară din aluminiu a vehiculului, oprindu-se pe margine ca să-și asculte victimele, să le simtă mirosul fumului de țigară.

– Tu-ți închipui? zicea Beckett. Te trezești într-o dimineață, deschizi ziarul și *trosc*! Neața. Frate-tău e un criminal dezaxat, în pana mea.

– Eu n-am frate.

– Soră-ta, atunci.

Beckett îi trase o palmă partenerei sale.

– Iubitul tău. Mă-ta, să-mi bag una. Intră-n jocul meu! Căca-m-aș pe ea treabă!

– Trebuie să fie nasol. Dar care-i diferența între asta și a crede că bărbatu-tău te iubește și-a afla că de fapt mai are vreo trei neveste.

– Sau că-i homo, chicoti Beckett. Ești măritată cu el de douăzeci de ani, ai trei copii, și deodată-ți zice că lui îi plac tipii. Hopa, scuze, am uitat să zic!

– Cred că toată lumea are impresia că există măcar câteva persoane pe care *le cunoaște*. Adevărul e că de fapt nimeni nu cunoaște pe nimeni.

– Așa e, spuse Beckett. Nimeni nu cunoaște pe nimeni. Nu e îngrozitor?

Soldatul scoase dispozitivul de strangulare din sârmă din buzunarul de la spate al pantalonilor și-l lăsă să se descâlcească. În partea superioară a camionului, arma de obicei curbată se îndreptă. Jumătate din bucata de sârmă era izolată cu plastic, ceea ce avea să-i protejeze mâinile, dar Soldatul nu voia să-și asume niciun risc – își puse niște mănuși de electrician și făcu o buclă largă din sârmă, în care avea loc un cap de om. Se strecură până la marginea camionului și privi în jos, spre cele două femei. Cărările îngrijite, identice, din părul lor blond îi aduseră aminte de niște copii angelici. Era ceva în legătură cu creștetul, cu vulnerabilitatea acelei părți superioare a capului, cu ușurința cu care un adult putea mângâia sau cuprinde în mâini creștetul capului unui copil care-i trecea de talie. Pentru o clipă, simți nevoia să se călească. Era în plin război. Acolo nu aveau ce căuta gândurile despre copii.

Soldatul coborî cu grijă bucata de sârmă, făcând-o să atârne la doar câțiva centimetri de fruntea lui Beckett, care habar n-avea ce i se întâmpla. Bucla se umflă și se întinse în față, gata s-o prindă în laț. Ținând ambele capete ale sârmei într-o singură mână, Soldatul își scoase cuțitul de vânătoare din buzunar și prinse chiar de vârful mânerului. Întinse brațul, țintind cu grijă. Lama lucitoare atârna ca un pendul deasupra capului lui Shae.

Închise ochii, numără până la trei și dădu drumul cuțitului. Acesta plană lin în jos, și aproape fără niciun sunet, se înfipse cu mânerul în sus în craniul lui Shae.

– Lovitură directă, murmură el. Țintă doborâtă.

Beckett încă vorbea în timp ce Shae, care nu mai vedea și nu mai simțea nimic, căzu în genunchi și se lăsă cu fața în nisip. Soldatul îi acordă lui Beckett o secundă, nu mai mult, ca să-și dea seama ce se întâmpla.

Apoi, coborî bucla cât de repede putu și trase în spate și în sus, agățând sârma dedesubtul bărbiei polițistei și strângând-o în jurul gâtului ei.

Strânse tare de sârmă, o încolăci în jurul mâinilor, și trase.

CAPITOLUL 95

Burns se ținea după noi cu o încăpățânare feroce. Cravata-i era prinsă în vântul deșertului. Din când în când bombănea de unul singur despre incompetența noastră, despre procese și despre presă. L-am ignorat, trecând prin centrul minei ca să încercăm să ocolim camerele jurnaliștilor de la gard. Anunțurile încă răsunau la fiecare câteva minute pentru noi și pentru cele două polițiste.

Telefonul parcă-mi explodase de atâtea mesaje imediat ce ajunsesem în apropierea serverelor de telefonie mobilă și de internet ale minei. Am aruncat o privire fugară spre ecran în timp ce alergam. Măcar o dată jurnaliștii nu mă deranjau în legătură cu Sam. Mesajele erau în mare parte la fel. Jurnaliștii disperați încercau să obțină ceva de valoare înainte de știrile de seară.

„Pe Canalul Nouă s-a anunțat că ai dispărut în mină?! Sună-ne!"

„Harry Blue teai băgat n pămnt? Pe drum spre Sydney? Comentează, pls!"

„Harry, te-a omorât Ucigașul din Mină? Dak nu răspunzi, presupunem c-ai murit! Sunt Joe @ The Inquirer."

L-am găsit pe Linebacker lângă cabana lui de paznic, completând formulare. Cutele de pe frunte îi erau pline de particule mici de praf roșu din deșert. În timp ce ne-apropiam, puse un picior în prag, sprijinindu-şi corpul de locul unde era aşezată arma. Whitt întinse mâna. Abia mă atinse pe umăr în timp ce prindeam viteză.

– Harriet, potoleşte-te...

Am trântit blocnotesul şi pixul din mâna lui Linebacker şi l-am apucat de bluză, târându-l din cabana de paznic şi aruncându-l la distanţă de mine. Se împletici, aproape vânăt la faţă de furie.

– Unde-s ofiţerii mei? am urlat.

– Ei? Acum vii la mine după ce-ai dat de belea, gaboriţo?

Linebacker scuipă pe pământul de la picioarele mele.

– Trebuia să mă aştept la treaba asta, aşa-i?

Am scos pistolul şi l-am îndreptat spre el. David Burns, care alergase după noi, ridică mâinile deasupra capului ca un ostatic din filmele de acţiune.

– O, Dumnezeule!

Privi în jur, încercând să-şi dea seama încotro s-o ia la fugă.

– O, Doamne, te rog! Nu-l împuşca!

– Zi-mi unde-s ofiţerii mei, Linebacker, că trag!

– Ăsta-i abuz de forţă!

Linebacker arătă cu un deget strâmb spre mine.

– Nu reprezint o ameninţare pentru tine în clipa asta! Ajutor! Ajutor!

Făcu câţiva paşi mari în spate pentru a se poziţiona în raza vizuală a jurnaliştilor dintr-un coridor mic dintre clădiri.

– Sunt neînarmat, şi o poliţistă mă ameninţă cu arma!

– O să-ţi dau cinci secunde, am spus. Dup-aia-ţi înfig un glonţ direct în burtă.

– Ajutor! strigă Linebacker către jurnalişti. Sunt neînarmat!

– Cinci.

Am amorsat pistolul.

– Dumnezeule, Harry, lasă pistolul jos! țipă Whitt.

– Patru.

– Harry, nu pot să-ți dau voie să faci asta!

L-am auzit pe Whitt scoțându-și arma.

– Lasă-l jos!

– Trei.

– Ajutor! Să m-ajute cineva!

– Te rog, nu!

– Doi.

– Harry!

– Unu.

CAPITOLUL 96

Un țipăt sparse tăcerea, atât de ascuțit și de strident încât aproape că m-am speriat și-am apăsat pe trăgaci. M-am întors și l-am văzut pe Whitt cu țeava armei îndreptată spre mine. Am băgat arma în teacă și am alergat în direcția sunetului, cu Whitt venind alături de mine. Minerii care-mi urmăriseră confruntarea cu Linebacker de la colțurile clădirilor se dădură repede din calea noastră.

Femeia care țipase era ofițer Doyle. Îngenunchease în nisip între două camioane, îmbrăcată cu blugi și cu o bluză pătată de transpirație. Ofițer Shae zăcea pe burtă. Din cap îi ieșea ca o antenă mânerul din piele neagră a ceea ce era probabil un cuțit mare. Nu era sânge, dar când m-am apropiat, am văzut că Shae era categoric moartă. Toată culoarea îi pierise din obraji, iar mâinile i se curbaseră spre interior, în poziția ciudată, ca de gheare, a cuiva care suferise un traumatism cerebral.

Ofițer Beckett era chircită într-o parte, la picioarele lui Shae. Am alergat spre ea. Moartea ei nu fusese atât de rapidă. Din câte se părea, un dispozitiv de strangulare din sârmă îi fusese strâns puternic în jurul gâtului, iar ea luptase în tăcere pentru viața ei în timp ce sârma-i străpungea pielea și ajungea la trahee. Am urmărit conturul rănii roșii de după urechile ei până în partea din spatele craniului.

Probabil îngenunchease, iar criminalul trăsese de sârmă în sus, o spânzurase folosindu-și propriul corp. Sau poate stătuse în picioare, și fusese spânzurată de deasupra.

Am privit spre partea superioară a camioanelor din ambele părți. Deasupra lui Becket erau ciobituri și zgârieturi, acolo unde lovise cu picioarele. Paloarea ambelor femei, norii purpurii ridicați acolo unde trupurile lor atinseseră nisipul îmi spuneau că erau moarte de trei, patru ore. Nu mult după ce eu și Whitt fuseserăm închiși în rezervor.

Atât durase să le găsească cineva, sau să anunțe că le găsise. Erau foarte multe urme de pași în nisip în zona unde fuseseră omorâte. Probabil că minerii văzuseră femeile și se hotărâseră că nu voiau să fie cei care să tragă semnalul de alarmă. Nu voiau să fie bănuiți.

Whitt stătea în apropiere, nesigur în ce direcție să se uite. În cele din urmă, o luă pe polițista care plângea și o târî de-acolo. În capetele aleii create de camioane, minerii ieșiră la iveală, privind fix, cu gura căscată sau cu fețe cernite. Veniră, văzură și plecară în grabă, făcând loc altora. Stăteam pe nisip între cele două polițiste moarte și îi urmăream cu privirea.

– Hai, căscați bine ochii. Mda! Faceți loc! Hai să beliți ochii aici, fir-ați ai dracului de demenți!

I-am tras gulerul cămășii lui Beckett în sus ca să-i ascund fața de mulțime. Ultimele ei secunde îi încremeniseră durerea și groaza morții pe chip.

Whitt se întoarse și se ghemui lângă mine.

– Acum îl arestăm și noi p-ăla?

– Nu.

M-am frecat la ochi.

– Paloarea.

– Așa.

Whitt se apleacă să se uite.

– Patru ore? Cinci?

– Destul timp cât să facă un duș. Să scape de dispozitivul de strangulare. Să-și dea cu gheață-n palme, ca să nu se învinețească. Nu vreau să-l arestez pe-ăsta și să-i dea drumul șase ore mai târziu. M-am ridicat în picioare și mi-am privit colegele ucise.

– Cred că am un plan.

CAPITOLUL 97

Aaron Linebacker privea fix pe fereastra cu obloane a dongăi lui, urmărindu-i pe jurnaliştii de la linia gardului. Lămpile uriaşe pe care le duceau cu ei păreau torţele unei mulţimi plecate la vânătoare de monştri, aruncându-şi umbrele pe nisipul din interiorul proprietăţii. Sorbea dintr-o cafea pe care-o făcuse la automatul personal şi mijea ochii în timp ce doi Soldaţi ai Pământului se apropiau de tabăra presei, încercând să intre-n vorbă cu jurnaliştii.

– Terorişti, spuse el, cu dispreţ.

Îşi simţi muşchii umerilor încordându-se în jurul rănilor vechi. Valuri de durere, cunoscute, îi străbăteau nervii întinşi la maximum. Toate vechile traume îi erau chiar la îndemână. Deja începuseră să-i zvâcnească degetele.

– Insurgenţi. Şobolani.

Jurnaliştii roiau în jurul micii perechi de terorişti. Pe chipurile lor tinere cădea o lumină aurie.

Linebacker fusese în Afganistan, în misiune specială, când avioanele loviseră turnurile[1]. Îşi aducea aminte de oamenii care urlau în noapte alergând spre moschei, de

---

[1] Aluzie la 11 septembrie 2001, ziua în care World Trade Center a fost lovit de două avioane, într-un atac pus la cale de organizaţia teroristă Al-Qaeda (n.tr.)

zgomotul pașilor lor grăbiți prin praf, primele sunete slabe din ceea ce avea să devină o orchestră infernală a războiului. O sirenă răsuna și în momentele lui cele mai liniștite, chiar și în vise.

Își aducea aminte de furișarea discretă a pericolului pe străzi înaintea atacurilor, de ascensiunea trădătorilor și a oamenilor cu suflete foarte întunecate, episoadele de rebeliune aparent lipsite de vreo legătură. După aceea, urmaseră camerele jurnaliștilor. Fețele îngrozite ale femeilor și fetelor, alergătură, împușcături, apoi fețe scăldate în lumină aurie, la colțurile străzilor, privind avioanele cum străbăteau cerul. Linebacker învățase să recunoască semnele. Încercase să-i convingă chiar și pe bătrâni, pe orbi, dar nimeni nu-l asculta. Era prea bătrân, și ce era cel mai rău era faptul că experiența personală din timpul războiului îi excludea dreptul de-a avea vreo opinie despre el. Închipuiți-vă numai! Oamenii hotărâseră pe undeva că aceia care erau cei mai puțin demni de încredere în discuțiile despre război erau cei care *fuseseră acolo*. Fuseseră doborâți la pământ, zguduiți de explozii, străpunși de șrapnel, față-n față cu teroriștii – atât cu cei cu bărbi negre, cât și cu cei cu fața ca de bebeluș. Și toate acele orori îi marcaseră. Nu exista nicio cale prin care să-și scoată capul din norul de praf și să vadă ce se întâmpla cu adevărat. Erau mișcările subtile ale unor piese de șah pe o tablă mare, aglomerată. Nu, soldații nu erau decât niște pioni. Habar n-aveau cum funcționau lucrurile.

– Abureli, spuse Linebacker, disprețuitor. Scutură pumnul încleștat.

– A-bu-reli!

Pentru că fusese acolo, pentru că simțise mirosul prafului de pușcă și văzuse umbrele furișându-se prin noapte, știa că se întâmpla din nou. Trebuia doar să fii atent la detaliile mici. Teroriștii cu fețe ca de bebeluși apăreau la televizor. În ziare. Erau în trenuri și-n magazine. Cu sutele. Deodată, insurgenții nu mai erau bărbați cu bărbi negre, ci bunici cu părul alb. Domeniile lor de vânătoare erau universitățile, cafenelele, pădurile din Tasmania[1]. Se deghizaseră și-și deghizaseră și cauza.

Azi, era feminismul. Capitalismul. *Mediul înconjurător.*

Mâine, oamenii aveau să urle, iar turnurile să se prăbușească.

Aaron era pregătit. Dacă nu voia să i se mai alăture nimeni, era în regulă. Trăise singur destul de mult, înconjurat de oameni. Tot singur avea să fie și când dispăreau toți oamenii.

– Teroriști, se trezi bodogănind în timp ce-și ducea ceașca de cafea în chicineta de lângă fereastra din spate a dongăi lui. Tot pe furiș, pe furiș, pe furiș.

De parcă ar fi fost aduse la viață de cuvintele lui, Linebacker ridică privirea și văzu două siluete îmbrăcate în negru strecurându-se printre camioanele din spatele dongăi lui și oprindu-se la bara din față a unei dube albe parcate în colț.

Așteptară ceva, probabil un semnal, apoi plecară grăbiți în noapte.

Soldații Pământului.

Linebacker își lăsă ceașca în chiuvetă și alergă spre ușă.

[1] Cea mai mică țară din Australia, de fapt o insulă din sudul acesteia (n.tr.)

CAPITOLUL 98

Whitt și cu mine am ajuns în partea de jos a macaralei uriașe, alergând atât de repede prin mină încât aproape că ne-am izbit unul de altul când ne-am întâlnit. Deasupra noastră erau schele roșii-închise înalte cât o clădire cu paisprezece etaje, care se profilau pe cerul întunecat. Toată șandramaua scârțâia și parc-ar fi căscat. Era cântecul monstruos al unei bestii nefiresc de mari. Cagula pe care-o împrumutasem de la Soldații Pământului îmi provoca deja mâncărimi pe frunte și pe obraji. Nu era un loc potrivit pentru lână grea. M-am prins de prima scară cu mănușile căptușite și am privit în urmă, spre figura mascată a partenerului meu.

– Crezi c-a mușcat ăsta momeala? am întrebat, gâfâind. Oare să-l așteptăm?

– Du-te.

Mă împinse din spate.

– Vine el.

Am urcat ezitând prima scară, încercând să potolesc groaza pe care-o simțeam bubuindu-mi în piept. Dacă mai tremuram, dacă mai gâfâiam, aveam să cad. Am aruncat o privire în jos spre mină când am ajuns deasupra nivelului clădirile demontabile. Înălțimea era deja îngrozitoare.

Am traversat în grabă prima platformă și am sărit pe a doua scară. Whitt ajunse primul la bare de data asta.

Fusese ideea lui să folosim macaraua. Ca să-l îndepărtăm de mineri, de victimele lui, de deșert – despre care știam că era domeniul lui de vânătoare – și să-l aducem sus, în aer, în colivia noastră. Ne-am oprit pe a treia scară și am ascultat scârțâitul și ticăitul structurii masive. Un sunet înăbușit. Pași pe prima platformă. O străfulgerare de frică îmi izbi pieptul, gonind prin scalpul meu. M-am întins în sus și i-am împins picioarele lui Whitt.

– Du-te, du-te, i-am șoptit. Vine!

CAPITOLUL 99

Linebacker iţi capul peste vârful celei de-a treia scări şi scrută platforma cu balustradele înalte până la mijloc, care se întindeau de-a lungul spaţiului de cinci metri pătraţi. Nu era nimeni acolo. Probabil că intruşii continuaseră să meargă în sus. Da – le auzea paşii. Îşi aruncă puşca pe platformă şi se împinse în sus, întinzându-se după patul armei în timp ce se echilibra.

– Ia labele, spuse cineva.

Se opri, cu degetele la câţiva centimetri de oţelul negru, şi privi în sus.

Erau acolo. Două năluci suple, în veşminte negre, care îndreptau armele spre el. Nu se mişcă. Nu merse mai departe spre armă şi nu se îndreptă. Îi trebuiră câteva secunde preţioase pentru a-şi analiza situaţia, şi în acele secunde intense, degetele începură din nou să-i tremure frenetic.

Cea aflată mai aproape de el îşi dădu jos cagula şi o aruncă la pământ.

– Vezi că eu nu-s o hipioată de-aia, în mă-sa, zise ea. Eu *chiar* te-mpuşc şi te omor.

Linebacker se îndreptă.

Femeia era îmbrăcată ca o spărgătoare de locuinţe. Îşi dăduse seama că era o trădătoare încă de când dăduse cu ochii de ea. Partenerul ei, poponarul, își trase cagula pe față și strânse mai tare pistolul.

– Erai atât de aproape să ne scapi printre degete, spuse detectiv Blue. Dar-ar dracii, omule, credeam că nu te mai prindem.

– Ce tot vorbești acolo, târfă proastă?

Linebacker era surprins de ura din propriul glas.

„Controlează-te, locotenent."

– Cazierul tău penal civil era gol, spuse Harriet. N-ai avut nici măcar o amendă pentru depășirea limitei de viteză. Și cazierul militar îți era gol. A trebuit să dăm peste fișele tale medicale ca să aflăm ce-ai făcut în Afganistan. Rapoartele medicale indicau faptul că din cauza traumei prin care-ai trecut într-un sat din afara Yemenului, n-ai mai fost în stare să lupți. Dar ce s-a întâmplat acolo? Am aflat când ți-am căutat prin fișele psihologice. Cred că echipa de comandă ți le-a rezolvat și p-alea, așa-i? Grozăviile ce le-ai făcut pe-acolo.

Linebacker pufni. Rămăsese fără cuvinte. Era atât de furios încât aproape pica într-un fel de tristețe. Era penibil.

– Satul era atât de mic încât nici nume n-avea, spuse detectiv Blue. Patruzeci și opt de oameni. Aveai ordine să cureți orașul ăla de teroriști. Dar după o vreme au început să ți se pară toți teroriști, așa-i? Le-ai ordonat tuturor să coboare-n groapă. Le-ai spus să se întoarcă cu spatele ca să nu le poți vedea fețele.

El făcu un pas spre carabină.

– Nu, îl avertiză Whittacker.

Urmărea cu arma mișcările lui Linebacker.

– Să nu îndrăznești.

– I-ai spus psihiatrului că-i vezi în vise. Le vezi cefele. Ți-e groază de fețele lor. În vise, încep să se întoarcă. Te trezești urlând.

– Căcăcioşi penibili ce sunteţi, spuse Linebacker. Voi credeţi că încă nu v-am omorât pentru că nu pot. Vreau să mai aud din povestea voastră prostească despre mine. Daţi-i înainte. Vă provoc.

– Nu pleci niciodată din locul ăsta, spuse detectiv Blue. Nici când te obligă să mergi acasă. Eşti mereu în deşert. Mintea ta e mereu aici. Pentru că asta cunoşti. Dealurile nisipoase. Duşmanii pe care-i ascund. Nu trebuie decât să-ţi foloseşti imaginaţia, şi apar aici. Victimele tale.

Linbacher tremura tot.

– Una dintre fetele de la Soldaţii Pământului mi-a descris pe cineva din mină care-a scuipat-o aşa cum m-ai scuipat tu în după-amiaza asta. I s-a părut c-ai zis „harşi". Dar ai zis „hajji", de la cuvântul pe care-l folosesc musulmanii pentru a face referire la cei care au călătorit spre Mecca. Forţele coaliţiei au mulţi termeni peiorativi pentru localnicii de-acolo. Dar „hajji" era cel mai întâlnit, nu-i aşa?

Linebacker clătină din cap, scârbit.

– Era locul perfect pentru tine.

Detectivul Blue făcu un semn cu capul spre mină, spre luminile de jos.

– Ţi-a fost foarte uşor să-ţi închipui mina ca pe baza ta. La urma urmei, eşti şeful pazei. Ţine-i pe mineri în siguranţă şi ţine-i pe „hajji" afară. Doboară-i pe cei din mină care trădează siguranţa oamenilor. Hon, care i-a lăsat pe Soldaţii Pământului să facă razii la depozitele de hrană. Danny, care-a fraternizat cu ei, şi Tori, care-a făcut schimburi cu ei. Amy, care a trecut de partea noastră, împotriva ta.

– Ce oarbă eşti, spuse Linebacker cu dispreţ. Eşti oarbă de-a binelea.

– Lenny și Mick au fost doar niște ținte de antrenament, nu-i așa? întrebă Harriet. Ți-ai rafinat abilitățile. Ți-ai dus la capăt antrenamentele. E misiunea ta să protejezi locul ăsta, așa-i, Aaron? E tot ce ți-a mai rămas.

– Ai dreptate.

Fața bătrânului se descreți, iar un zâmbet ușor îi apăru pe buze.

– Doar asta mi-a mai rămas. Și n-o să te las să-mi iei asta.

CAPITOLUL 100

Se mişca repede. Era singurul motiv pentru care reuşise să ajungă la rangul de locotenent. Hotăra lucruri repede, acţiona repede, şi nu greşea niciodată. Linebacker întinse o mână după armă, iar cu cealaltă luă un pumn de nisip pe care-l turnase în buzunar înainte de-a urca pe macara. Vântul era perfect. Avea nevoie doar de o mişcare uşoară de jos în sus a braţului. Nisipul îi zbură dintre degete şi trecu de platformă, intrându-le în ochi. Poliţiştii se apucară de feţe. Apucă arma şi o aţinti asupra lor.

Fu ultimul lui gest din viaţa pământească. Glonţul care-l lovi stinse brusc luminile lumii lui reci, răvăşite de război.

CAPITOLUL 101

Pentru o clipă, am crezut că glonțul meu a fost cel care-l doborâse pe Linebacker. Apăsasem pe trăgaci, dar nu destul de tare, așa că arma nu avusese recul în mâna mea. Nu se-auzise nicio împușcătură, nu se văzuse nicio străfulgerare de pe țeava armei lui Whitt. Doar un foșnet, o bufnitură, iar apoi, capul lui Linebacker explodase.

Bătrânul se chirci pe sârma din fier de pe partea inferioară a platformei. Îi lipsea cea mai mare parte a craniului. I-am simțit sângele stropindu-mă pe față. Era ca o ceață caldă pe degetele și pe partea din față a bluzei mele.

– O, Iisuse, spuse Whitt, încet.

În jurul nostru, vântul se înteți și începu să urle.

– Căca-m-aș să mă cac, nu e el!

– Ce? am întrebat, împleticindu-mă. Abia înțelegeam ce se întâmpla.

O bubuitură, niște scântei galbene deasupra noastră. Pentru o secundă, am avut impresia că se întâmpla ceva cu circuitele electrice ale macaralei. Mai răsună o bubuitură. Un alt foc de armă lovi lampa care atârna deasupra celei de-a treia platforme. Ne-am lipit amândoi de podeaua plină de sânge.

– Nu e el! zbiera Whitt. Nu e el.

În stomacul meu apăru o senzație de rău, nu de la mizeria pe care-o făcuse capul lui Linebacker și în care zăceam, ci pentru că-mi dădusem brusc seama că eram la sute de metri înălțime, și criminalul nu era cu noi, nu era mortul care zăcea în fața mea. Un voleu de focuri de armă vâjâi și se izbi de balustradă, de traversele de oțel de deasupra noastră, de vârful scării. Criminalul n-avea chef de joacă în clipa aceea.

Prin grilajul de fier de sub mâinile mele am văzut oameni alergând, căutând să se adăpostească. Am auzit un țipăt. Zgomotul unui motor care pornea și al unei mașini care se îndepărta cu scrâșnet de frâne.

– Suntem încolțiți! am strigat.

În jurul nostru continua să plouă cu gloanțe.

– Suntem încolțiți!

– Nu intra în panică.

Whitt întinse mâna și mă prinse de mână. Sârma lăsase un tatuaj însângerat în formă de romburi pe obrazul lui.

– Nu ne poate prinde, c-ar fi făcut-o deja. O să se mute, ca să ne poată ținti mai bine. Ne-am înșelat. Ne-am înșelat!

– Putem să facem o autopsie completă a greșelilor noastre mai târziu.

Whitt se lipi de podea în timp ce un glonț se izbea de balustrada din spatele nostru.

– Pentru moment, hai să ne concentrăm pe-a ieși de-aici în viață.

CAPITOLUL 102

Am privit prin podeaua platformei cum ofițerii noștri își ocupau pozițiile. Unul încerca să calmeze femeile care urlau în cea mai apropiată dongă și se poziționa la fereastră, cu pistolul pregătit. Alți doi stăteau împreună, dispărând în adâncul nivelului inferior al macaralei. Eu și Whitt tresăream la fiecare împușcătură care răsuna în apropierea noastră. Unele ricoșau fără vreun pericol de pe suprafața macaralei, altele ne scăldau în scântei. Expresia impasibilă a lui Whitt era mai reușită decât a mea – simțeam șocul apropiindu-se cu repeziciune, iar acele simptome familiare ale intrării în acțiune începeau să-și facă simțită prezența – îmi clănțăneau dinții. Picioarele-ncepuseră să-mi tremure. Dar chiar dacă el nega cu o față impasibilă tot ce se întâmpla în jurul lui, mâna lui o strângea mult prea tare pe a mea.

– Dintr-o clipă în alta, spuse el. În timp ce spunea asta, focurile de armă încetară.

Am așteptat, o fracțiune de secundă sau mai mult. Apoi, sări în picioare și se ascunse pe jumătate, ghemuindu-se.

– Haide, Harriet, spuse el.

Ar fi trebuit să mă aștept ca el, preocupat de cavalerismul lui de modă veche, să fie primul care să se-avânte în primejdie. Dar tot am fost surprinsă când a trecut pe lângă mine în drumul spre scară. Nu puteam fi siguri că omul cu arma își schimba poziția sau rămăsese fără muniție, așa cum speram noi. Dacă unul dintre noi avea să se sacrifice pentru a pune la încercare teoria asta, Whitt avea să se-asigure că el era ăla.

Se strecură peste marginea platformei ca un șarpe, întorcându-se pe burtă și se prinse de scară.

– E-n regulă, spuse el, aruncându-mi o privire. Haide.

Împușcătura îl nimeri în spate. Se izbi de scară, ajungând în față, apoi se chirci și căzu, dispărând.

Am țipat. Sunetul era un chiot ascuțit, puternic, întrerupt de hotărârea mea de a mă arunca înainte ca să-l prind. Dar am ajuns la scară, deja dispăruse. L-am auzit izbindu-se de prima platformă cu o bufnitură cumplită. O altă bufnitură răsună când se lovi de nisip.

CAPITOLUL 103

Mai mult m-am târât decât am coborât scara spre a doua platformă. Parcă tot ce era în jurul meu tremura. Nu-mi funcționau membrele. Înainte să-mi dau seama ce făceam, de pericolul la care mă expuneam, deja traversam platforma unu spre ultima scară. Aveam un țiuit în urechi, un murmur scăzut care parcă acoperea tot.

Whitt zăcea nemișcat pe nisip, cu genunchii ridicați și cu brațele desfăcute pe lângă corp. M-am prins de scară, m-am împleticit și am apucat de-un pilon vertical, încercând să nu cad cu fața-n nisip. Parcă eram beată.

Nu venea nimeni în spațiul întins, gol, de sub macara, în care zăcea partenerul meu. Împușcăturile îi ținuseră la distanță, așa că nu puteau decât să se uite și să se întrebe dacă era mort, dacă aveam să mă duc după el.

Nu-mi păsa. Aveam să mă duc după partenerul meu.

CAPITOLUL 104

Am dat drumul pilonului și m-am împleticit pe nisip, încercând să-mi conving buzele să-i rostească numele. Nu l-am văzut pe Gabe venind până când corpul lui nu se izbi de-al meu. În același timp mă doborî, mă luă pe sus și mă cără din calea primejdiei ca pe-un copil.

– Nu, nu, nu! am strigat eu. Whitt! Whitt!

Oare partenerul meu era cel care zăcea acolo pe nisip, sau fratele meu?

Un tânăr era întins pe nisip, sângerând. Un bărbat la care țineam, pe care era de datoria mea să-l protejez, care avea nevoie de mine. Zgâriam aerul, mă răsuceam, încercam să mă eliberez.

– Te rog, te rog, trebuie neapărat să îl salvez!

– O să mori, mârâi el, punându-mă la pământ.

Nu-și opri avântul. Brațul lui era în jurul gâtului meu ca parâma unei bărci cu pânze, ducându-mă înainte cu o forță de neînchipuit.

– Nu o să te las.

Mă împinse în lumina fluorescentă puternică a camerei de odihnă. M-am prăvălit pe canapeaua din fața televizorului, pe care părea a fi un joc video pus pe pauză.

Nu eram eu persoana asta. Eu nu fugeam de luptă. M-am prins de canapea, m-am întors și am încercat să mă ridic. Unde-mi era pistolul? Oare scăpasem pistolul? Trebuia să-l găsesc pe trăgător, să-l dobor, să-mi salvez partenerul, fratele. Trebuia să salvez pe toată lumea.

– Rămâi aici, spuse Gabe, din prag.

Minerii treceau în fugă pe lângă el în noapte.

– Au încetat focurile de armă. Mă duc să văd ce se întâmplă.

Nu reuşeam să trag aer în plămâni. Privirea-mi rătăcea pe pereţi; un poster uriaş cu o femeie goală care stătea întinsă pe-o parte cu un picior ridicat, cu părul revărsându-i-se peste încheietura slabă. Imaginea ei marca teritoriul canapelei drept o zonă exclusiv masculină. Lângă fata de pe afiş două pagini dintr-un caiet fuseseră lipite laolaltă cu bandă adezivă şi umplute de cuvinte scrijelite neglijent alături de un şir de numere. Cifrele erau tăiate, se scrisese peste ele şi fuseseră încercuite triumfător. Am citit numele, panicată şi confuză.

SergeantKill.[1]
ShooterAce99.[2]
LetTheBodiesHitTheFloor.[3]
HajjiHunter71.[4]
VengeanceIsMine.[5]

M-am foit pe canapea. O carcasă de plastic se mototoli şi se crăpă în mâinile mele. Am luat-o. Era pentru un

---

[1] „Sergentul Ucigaş" (eng.,n.tr.)

[2] „TrăgătorExpert99" (eng., n.tr.)

[3] Aluzie la o melodie a trupei americane de rock Drowning Pool (n.tr.)

[4] „VânătoruldeHajji71" (eng, n.tr.)

[5] „RăzbunareaEaMea" (eng, n.tr.)

joc video. Pe copertă, doi soldați erau ghemuiți într-un șanț plin de nămol, iar un nor în formă de ciupercă aprinsese orizontul ars de soare.

– *Duty and Honor III*[1], am citit cu voce tare, întorcând carcasa pe partea cealaltă cu degetele tremurânde. Am citit amețită descrierea jocului. Ochii mi se îndreptau când și când repede spre imaginile din partea inferioară a carcasei: un peisaj deșertic în care jucătorul la persoana I era întrevăzut numai după arma din mâna lui. Ținte poziționate pe imagini cu bărbați cu barbă. Femei cu văluri negre țineau de mână copii mici, computerizați, care fugeau să se adăpostească într-un soi de piață virtuală.

Am desfăcut carcasa și am găsit un fel de broșură pe hârtie lucioasă legată cu capse. În ea erau mai multe imagini de același fel. Bărbați bărboși cu gurile căscate. Stropi de sânge care împroșcau ecranul în timp ce ei se smuceau și dansau în ploaia de gloanțe. Peste tot, slogane scrise cu stropi de sânge.

„Protejează-ți baza. Elimină teroriștii. Luptă pentru onoarea ta."

– Războiul e un joc, am citit cu vocea tremurândă.

„Și singurul mod de-a câștiga e acela de-a fi puternic, mental, fizic și strategic. În *Duty and Honor III* nu vei înfrunta inamici doar în deșerturile din Afganistan, printre ghețarii din Rusia sau prin junglele din Africa – îi vei găsi chiar în unitatea ta."

Mâinile care ridicară maneta de pe canapea mi se păreau ca plumbul. Am fost nevoită să-mi controlez tremuratul, să apăs tare pe butoane ca să umblu prin meniul de pe ecranul televizorului. Am mers la tabela de scoruri

---

[1] „Datorie și onoare III" (eng., n.tr.)

a jocului, unde un soldat mătăhălos stătea lângă o listă de nume cu brațele încrucișate pe pieptul lui incredibil de mare. Numele de pe listă erau toate acolo.

SergeantKill era în vârful tabelei de scoruri, cu un scor de morți care-l plasa la câteva cifre distanță de toți ceilalți. Am deschis profilul și-am văzut o poză cu Gabe, făcută cu camera web.

Deodată, mă cuprinse. Brațele lui uriașe erau peste mâinile mele. Mă ridică de pe canapea.

– Trebuie să plecăm, Harry, îmi spuse Gabe, împingându-mă spre ușă. Mergem cu Whitt cu ambulanța în oraș.

Am ieșit împleticindu-mă din camera de odihnă, în direcția dubei, cu brațul lui Gabe după umeri. Încă țineam broșura jocului în mână. Nu-mi dezlipisem ochii de ea.

„Urmează calea personajului tău personalizat de la antrenamente la câmpul de luptă. Luptă pentru comandantul tău într-o serie de misiuni dure și câștigă puncte care-ți cresc nivelul general. Organizează misiuni în care pândești, vânezi și te joci cu mințile unor inamici realiști! Ajungi comandant și condu-ți echipa! Experiența războiului n-a fost niciodată mai captivantă!"

Gabe mă împinse în dubă, urcă și începu să conducă.

M-am agățat de marginea parbrizului în vehiculul întunecat, urmărindu-i pe jurnaliști cum treceau pe lângă noi. Am ieșit din mină înainte să apuc măcar să scot o vorbă în semn de protest.

CAPITOLUL 105

Duba hurducăia pe dunele de nisip, trecând din când în când peste câmpii uriașe și uscate, unde pietrele făceau tot vehiculul să zdrăngăne și să tremure. Amorțeala din membre îmi trecea ușor, dar n-am spus nimic. Am urmărit orizontul întunecat de care ne apropiam, o linie fină care marca diferența dintre întunericul plin de stele și întunericul gol.

În oglinda retrovizoare, mina se micșoră până la câteva sclipiri aurii, apoi dispăru.

Ținând broșura în mâini, l-am privit pe Gabe. Era concentrat asupra drumului. Deși îi privisem profilul blând, chipeș, în timp ce dormea, în clipa aceea îmi părea o figură necunoscută. Părea hotărât. Aruncă o privire spre broșură, apoi privi în ochii mei.

– Deci ți-ai dat seama de toată povestea, zise el.

– Nu știu, am spus. Dar nu mă simt bine. Spune-mi că mă înșel, Gabe. Spune-mi că ăsta... ăsta nu ești tu.

Am întors broșura și i-am arătat imaginea unui soldat virtual care trăgea la greu cu gloanțe de mitralieră asupra unor civili virtuali care stăteau ghemuiți, cu gurile un pic prea mari, cu ochii un pic prea albi.

Avea logică. Gabe nu ieșea niciodată din mină. Îmi spusese chiar el că trăia o minciună, o fantezie, că uitarea de viața reală era singura cale de-a trăi acolo. Singura cale prin care-ar fi putut ajunge la scorurile din jocul video, cu numărul dement al morților afișat pe ecran, era aceea de-a petrece ore-n șir în lumea jocului.

– Îmi pare rău, spuse el.

M-am prins de scaun, dându-mi seama cu groază cine era el cu adevărat. Oare când îmi pierdusem abilitatea de-a vedea monștrii după măștile de oameni prietenoși și inofensivi pe care le purtau? Instinctele mele mă dezamăgeau cumplit. Mă culcasem lângă un criminal odios, îi împărtășisem secretele mele, râsesem și-l ținusem în brațe sub clar de lună. Degetele mele urmăriseră conturul corpului lui de criminal. Dacă reușisem să mă las în așa hal fermecată de minciunile lui Gabe, oare asta însemna că mă înșelam și-n privința fratelui meu? *Ce dracului era în neregulă cu mine?*

Gabe îmi aruncă o privire cu ochii goi în timp ce mă luptam cu gândurile mele.

N-am spus nimic. Îmi acordă o perioadă de liniște, cu o expresie de încordare pe figură în lumina consolei din fața noastră.

– Cred că în seara aia când ți-am spus despre soția mea, încercam, de fapt, să-ți explic, spuse el. Cum locul ăsta – de fapt e o altă lume. O lume în care evadez. Un loc în care vii ca să-ți marchezi orizonturile, în care spui: „Bun. Asta e. Tot ce-i afară a dispărut acum".

Am privit deșertul dinaintea noastră. Porțiunile repetate cu iarbă mai spinoasă, uscată, culmile cu pietriș care ne treceau pe sub cauciucuri. Ceva alergă iute ca fulgerul prin fața noastră, zbughind-o din fața luminii. Era un iepure?

– Aici pot controla lucrurile, spuse Gabe, arătând spre parbriz. În joc și în Niciodată Nicăieri. Trebuie să înțelegi ce lucru măreț e ăsta. Adică, ție-ți place controlul, nu, Harry? Am știut asta de prima dată când te-am văzut.

– Ai, de fapt, vreun copil? am întrebat. Ar fi trebuit să observ. În cameră. N-ai nicio poză cu copii.

Vocea-mi era seacă. De ce era asta prima întrebare pe care i-o puneam?

– Copii? Ce? Nu, nu, nu. Totul face parte din joc. Eu mă cream. Profilul meu. Știam c-avea să te-atragă un bărbat divorțat și vulnerabil. Cineva care voia cu disperare să fie alături de copiii lui, dar nu putea. Familia s-a destrămat. Știi? Strategie.

Părea stânjenit.

– Totul a fost o strategie.

– De ce faci asta? Cum ai păstrat secretul ăsta față de mine?

– Jocul pătrunde în realitate, spuse el.

Vocea-i era subțire, aproape panicată.

– Uneori, mi-a fost greu să văd limitele. Noaptea, am vise din joc, iar ziua, când mă trezesc, trebuie să-mi aduc aminte cine sunt. Sunt SergeantKill? Sau Gabe Carter?

Își trecu o mână prin părul transpirat și aproape râse.

– Cine vreau să fiu? Cine-mi dă un scop? Cine mă face să mă simt mai autentic?

– Gabe, eu...

– Cine joacă un rol, și cine nu?

Făcu un gest neajutorat spre reflexia lui în parbriz.

– Nu-mi mai dau seama care-i diferența.

Eram la mare depărtare de mină. Opri duba și se uită la mine, cu ochii mai mari decât ar fi trebuit să fie. Se întinse să mă atingă, iar eu am sărit ca arsă în scaun.

– Pricepi? întrebă el.

Se întinse și bătu în partea interioară a geamului. Sub pumnu-i uriaș, geamul bocănea puternic.

– Adică, suntem *aici* sau *acolo*?

– Suntem acolo, am spus, cu vocea tremurând. Asta nu-i o misiune. Ăsta nu-i un joc. Ai omorât oameni adevărați, Gabe. Ai omorât bărbați adevărați și femei adevărate. Edward Whittaker e adevărat. S-ar putea să fie mort. Eu sunt adevărată.

– Mda, poate.

Gabe privi sceptic spre parbriz, spre marginile lui, își îndreptă privirea spre orizontul întunecat.

– Poate. Poate. Auzi, nu vrei să te dai jos? Suntem presați de timp.

CAPITOLUL 106

– Nu suntem presați de niciun timp, am spus, deschizând ușa din partea mea cu forța. Gabe, uită-te la mine. Uită-te-n ochii mei. Poți să ai încredere-n mine, bine? Poți să ai încredere-n ce-ți spun eu.

– Toți zic așa, rânji Gabe, disprețuitor, apucându-mă de încheietura mâinii. Poți să ai încredere-n mine. Sunt parte din echipă. Sunt unul dintre băieții buni. Da. Da. Și până la urmă se întorc toți împotriva noastră, nu-i așa? Adică, Danny – ăsta stătea mai mult cu Soldații Pământului decât la mină. Trebuia să-mi dau seama după ce treabă făcea în misiuni. Trădătorul dracului. Caută gloria ca un disperat.

Gabe încuie duba și se duse la ușile din spate. Le deschise, iritat.

Eu stăteam în nisip, ținând în mână broșura jocului. Eram amorțită.

– Ucigaș. Întunecat. Vânător. Răzbunare, am murmurat. Încerca să-și aleagă un nume de jucător.

– VengeanceIsMine, pufni Gabe, cotrobăind prin spatele dubei. Pe bune? Extraordinar.

– Dar nu el a fost prima ta victimă.

– Nu.

– Hon, am spus. El a fost prima ta victimă. Erai aici, în deșert, îi pândeai pe Soldații Pământului, dar n-ai reușit să te-apropii de ei din cauza camerelor de filmat. Îți închipuiai că mina era o bază militară. Că Soldații Pământului erau insurgenți. Inamici. Când Hon le-a permis să facă o razie la depozitele de alimente, te-a trădat pe tine. A trădat mina.

– Ești foarte bună, Harry, spuse Gabe, cam trist.

– Probabil că Hon nu ți-a oferit ceea ce ai vrut. O provocare. O confruntare ca lumea. Danny a fost următorul, am spus. Pe Hon l-ai vânat prin tuneluri. Dar pe Danny l-ai doborât în deșert.

– Fusese în joc, oftă Gabe, privind spre stele. Luptaserăm împreună, în Afganistan, în deșert. Curățaserăm împreună sate întregi. Credeam c-o să fie-n largul lui, nemernicul. Dar era un laș. Un idiot. Fetișcana aia, Shamma, l-a stricat de tot. L-a făcut să devină un bleg. La fel și Tori. Aia avea zvâc. Mă gândeam că avea să lupte ca lumea. Dar era ca o lamă tocită. Umbla iar și iar prin tabăra inamică, disperată după iarbă. Ar fi trebuit să-mi dau seama.

– Gabe.

L-am apucat.

– Gabe, ascultă-mă. Asta e lumea reală. Mina nu-i o bază. E o nenorocită de mină de uraniu. M-auzi ce-ți spun? Eu nu sunt inamica ta. Nu sunt. Nu sunt.

Ochii mi se umpleau de lacrimi. Dar nu puteam da dovadă de slăbiciune. Ar fi putut face diferența dintre viață și moarte. Părea că vrea să scape de-o furie care tot creștea. Adrenalina începutului vânătorii îi curgea deja prin vene. Poate dacă reușeam să-l calmez, aveam o șansă.

– Gabe, ascultă-mă, nu-i nevoie să faci asta.

– Uite, Harry, poate că la un moment dat o să am timp să rezolv lucrurile, să mă odihnesc o bucată de vreme și să-mi dau seama exact în cine pot să am încredere. Dar momentul ăla nu e chiar acum.

L-am strâns de brațe și am încercat să-l țin, dar, cu forța lui brută, mă dădu la o parte ca pe-o muscă.

– Ești bună, spuse el. Dar nu ești chiar atât de bună. Ai avut o misiune specială de la început, detectiv Blue. Aveai să-ți faci planuri suplimentare. Să mă atragi, să mă supui, să mă capturezi, să aduni informații. Astea-ți erau obiectivele. Pentru o vreme, am crezut că nu ești de nasul meu. Și acum ajungem la provocarea finală. Îmi pare rău că trebuie să fie așa.

Ridică o pereche de ochelari negri pe vârful capului. Era o mașinărie complicată cu o carcasă din cauciuc. De-abia când trase lentilele cu vedere de noapte mi-am dat seama ce era aparatul pe care-l purta.

– Într-o direcție de zero cincizeci și unu de grade, la o distanță de unu virgulă nouăzeci și unu de kilometri, te-așteaptă arma ta, spuse el rece. Arătă cu degetul în spatele meu. Sticla verde care-i acoperea ochii îl făcea să semene cu un vizitator din spațiul extraterestru. Într-o direcție de trei sute douăzeci și opt de grade, la o distanță de unu virgulă optzeci și șapte de kilometri, mă așteaptă arma mea. Mina se află chiar la nord de-aici.

– Gabe, l-am implorat. Te rog!

Pentru o clipă, păru să se desprindă de ritualul lui robotic. Ochii lui verzi, ca de extraterestru, se îndreptară în jos, spre mine. În colțurile gurii îi apăru un zâmbet de plăcere.

– Pentru că ești în misiune specială, Harry, o să trebuiască să echilibrez un pic șansele. Pentru ceilalți n-am făcut treaba asta. Dar tu nu ești oricine.

Înainte s-apuc să spun ceva, aruncă pumnul în spate, apoi în față, lovindu-mă tare-n burtă. M-am chircit și-am căzut pe nisip înainte să apuc să simt durerea străbătându-mi tot corpul și lăsându-mă fără aer în plămâni.

– Avem undă verde, soldat, zise Gabe de deasupra mea. Să pornim!

CAPITOLUL 107

„Trezește-te, trigoaico!“

Am prins nisipul cu pumnii și am încercat să trag aer în plămâni. Amândoi parcă mi se lipiseră de spate. Lovitura de pumn parcă distrusese tot ce era între coastele mele inferioare, golindu-mă pe dinăuntru. Când am reușit să trag o gură de aer, am luat și-o gură de nisip. Era o lovitură zdravănă. Dar încasasem și mai dure.

„Hai, sus!“

Tataie era acolo cu mine, urlând, scuipând de furie și de exaltare, lovindu-mă cu piciorul în timp ce zăceam pe-o parte.

„E runda a doua, în mă-sa-n cur!“

Am aruncat o privire spre stele și-am încercat din nou să mă echilibrez. Lumea se legăna și se învârtea. M-am împiedicat, m-am împleticit, apoi am început să alerg ghemuită. Nu știam încotro mă îndreptam. Dar aveam de gând să plec dracului de-acolo.

„Sus mâinile. Jos capul. Respiră, Tigroaico. Adu-ți aminte să respiri.“

Am privit stelele în timp ce alergam. Secretele lor începură să-mi vorbească. Din noianul de lumini, ieșea câte-o stea. Mi-am amintit cum mă ținuse Gabe de mână şi arătase spre ele, parcă unindu-le, pe o hartă uriaşă şi neagră întinsă pe tot pământul.

Acolo e Venus. Acolo e Saturn. Şi acolo e Pătratul lui Pegas.

Am lăsat capul jos şi-am luat-o la fugă prin întuneric.

CAPITOLUL 108

Gabe tropăia țeapăn pe câmpiile stâncoase, urcând și coborând cu pricepere. Bocancii îi bubuiau printre plantele deșertice ascuțite, evitând crăpăturile din pământ. Era domeniul lui de vânătoare. Le știa ca-n palmă, așa cum îi era datoria. Carabina i se clătina în fața lui, legănându-se înainte și înapoi într-un ritm cu care se obișnuise în mulți ani de zile, în timp ce corpul lui făcea trecerea de la grăsime, mușchi și oase la o mașină de ucis.

Fusese o călătorie lungă. Avusese parte de destule nereușite în întuneric. N-ar fi trebuit să îl îngroape pe Danny. Era vorba de lene, de îngâmfare – era o scurtătură pe care-o luase după o noapte lungă în misiunea care aproape-i întrerupsese jocul.

Mereu aveau să existe greșeli, dar important era să continue să-și crească nivelul, să continue să crească și să evolueze. Trebuia să facă muncă de cercetare. Să completeze misiunile speciale și să-i păcălească pe idioții care erau la comandă.

Curând, după cum știa bine, avea să fie pregătit pentru campania finală – eliminarea taberei Soldaților Pământului. Încă nu avea puterea necesară, dar în momentul în care avea să o aibă, urma să dezlănțuie iadul asupra lor. Din misiunile de recunoaștere aflase că ei erau singurii care aveau pregătirea și echipamentul necesar pentru a-l provoca. Își arătaseră forța mentală și fizică prin simpla supraviețuire în fața furtunilor de nisip, a căldurii seci, a pământului pârjolit de soare. Erau neclintiți în lupta pentru cauza lor.

Inspiră adânc și expiră încet în timp ce trecea peste o culme. Nu trebuia să se piardă cu firea, să se piardă printre visuri. Trebuia să fie puternic. Să aibă picioarele bine înfipte în pământ. Un singur obstacol îi stătea în cale, iar acel obstacol tocmai apărea în raza lui vizuală. Era o siluetă micuță care se profila la orizont.

Harriet Blue reprezenta încercarea supremă a loialității sale, a devotamentului său față de misiune. Într-o altă viață, i-ar fi plăcut să poată fi cu o femeie precum Harry. Precum Soldații Pământului, era rezistentă. Nu o afectau cu nimic problemele. Stătea dreaptă, puternică, asemeni unui copac. Dar nu tocmai aceea era cheia a tot ce-o făcea atât de periculoasă? *Semăna* cu Soldații Pământului. Era puternică și descurcăreață, ca ei.

Era inamicul. Gabe nu-și putea permite să se lase influențat de ea.

Soldatul o urmări pe Harriet alergând prin partea inferioară a unei văi mici, spre arma pe care i-o lăsase, sprijinită de-o stâncă rotundă. Lumina lunii făcea arma să strălucească precum o torță.

El se opri din alergat și se ghemui. Urmări silueta ei verde-deschis încetinind puțin, apoi apucând arma și întorcându-se puțin în drumul ei.

Gabe se încruntă. Ridică pușca și lipi lentilele ochelarilor cu vedere de noapte de lunetă. O urmări pe Harriet alergând cu toată puterea spre sud, exact în direcția nepotrivită.

Se îndrepta spre deșert. Se îndepărta de mină.

CAPITOLUL 109

Respiram scurt, zgomotos și aspru. Cu fiecare pas, simțeam durerea străbătându-mi șoldurile și pătrunzându-mi în burtă. Carabina era enormă. O căram în ambele mâini. Mă împiedicam și aproape cădeam din când în când, în timp ce călcam strâmb cu bocancii prin nisipul deșertului.

Am auzit un vâjâit deasupra capului. Începuse să tragă.

M-am ferit și am continuat să fug, trecând printre doi bolovani enormi. Gloanțele se loveau pocnind de ei în timp ce eu treceam, acoperindu-mă de praf. Am țipat și m-am rostogolit, apoi m-am ridicat din nou în picioare, împleticindu-mă. Nisipul din fața mea se ridica rapid, în nori.

Voia să mă zgârie. Să mă rănească doar ușor – să-mi găurească laba unui picior. Să-mi tragă într-un genunchi. Așa făcea el. Cumva, știam că avea să mă încetinească și să se ia după urma sângelui meu cald prin nisip, unde putea să mă termine după bunul plac.

Cel puțin ăsta era planul lui. Al meu nu era.

Nu voiam cu niciun chip să-l conduc înapoi în tabără. Nu atât timp cât era atât de rupt de realitate, atât de periculos. Nu era în stare să facă diferența dintre oamenii reali și inamicii lui din joc. Nimic nu avea să-l împiedice să omoare zeci de mineri care voiau să mă ajute. Nu, în clipa aceea eram singură. Aveam de gând să evadez, altfel avea să mă omoare, acolo, în beznă.

Am mutat carabina enormă în sus pe umăr în timp ce alergam, încercând să deşurubez amortizorul fără să încetinesc. Dacă tot porneam la luptă, nu voiam să-mi stea în cale Soldaţi ai Pământului care rătăceau prin întuneric. Trebuia să-l dobor pe Gabe repede şi într-o manieră sigură. Speram ca nişte focuri de armă să-i sperie pe posibilii spectatori nevinovaţi.

Un glonţ din arma lui Gabe vâjâi pe lângă mine, speriindu-mă. M-am împleticit şi am căzut.

– Eu aşa n-am de gând să mor, mi-am promis, adunând arma.

Am smuls amortizorul de pe ţeavă şi l-am lăsat să-mi zboare din mâini. Arma era ca un copil greu în braţele mele, parcă vrând să se desprindă de mine şi să cadă. Lumina din faţa mea devenea tot mai strălucitoare. Am îndreptat arma în direcţia generală în care credeam că era Gabe.

Braţele-mi tremurau din cauza focurilor de armă. Pentru o clipă, în nisipul din faţa mea apărură străfulgerări.

Am mai lansat o rafală de focuri. Urechile-mi ţiuiau din cauza zgomotului. Se răspândea prin ţinuturile plate ca tunetul.

Aveam să-l oblig să rămână la pământ, iar apoi să mă gândesc la ceva. Dacă aveam să reuşesc să creez nişte distanţă între noi, speram să supravieţuiesc.

CAPITOLUL 110

Gabe urmărea silueta verde care era Harry trăgând în stânga lui. Încă alerga, iar o explozie albă venea în sus din arma ei, după cum vedea el cu ochelarii cu vedere de noapte. Scăpase de amortizor. Ce dracului făcea? Ce femeie proastă, făcea risipă de muniție ca să-l sperie și să-l determine să se ascundă.

Prinse viteză, trase câteva focuri aproape de ea din când în când, în timp ce alerga, doar pentru a-i aduce aminte că era pe urmele ei și că nu avea de gând să dea înapoi. Aruncă o privire spre mină. O trâmbă îndepărtată de fum se ridica de jos. Vârful macaralei se vedea doar ca un ochi care clipea, îndreptat spre o grămadă de bolovani. Nu erau decât trei kilometri până la mină. Ar fi putut ajunge dacă alerga suficient de repede. Dar nu. Nu detectivul Blue. Nu avea să aducă pericolul la mină numai ca să-și salveze pielea. Avea să moară acolo înainte să se întâmple așa ceva.

Zâmbi în timp ce alerga. Blue valora în mod sigur câteva puncte bonus. O eroină medaliată, care se sacrifica pentru oamenii ei? Avea să fie o plăcere s-o ucidă.

Îi pieri zâmbetul în timp ce pe deal apăreau lumini.

CAPITOLUL 111

Erau Richie și gașca lui. Gabe rânji și se opri. Focurile de armă ale lui Harry le stârniseră curiozitatea în loc să-i alunge. Săriseră în mașină și veneau după ea. El aruncă o privire spre stele. Da, erau chiar la nord de mină. Probabil că tinerii conduceau înapoi spre Perth după arestări.

Soldatul aproape că râse. Ce fată proastă. Gabe știuse că Harry avea să fie cea mai mare provocare pentru el, iar ea se dovedea a se ridica la nivelul așteptărilor lui. Exact când el credea că ea avea să se sacrifice, să-i facă misiunea mai ușoară, îi arunca pericole în cale. Moartea ei avea să fie aproape prea mult pentru el – un sfârșit tragic, dar onorabil, pentru un adversar demn.

Gabe avea să fie nevoit s-o încetinească în timp ce se ocupa de ceilalți jucători. Ținti cu grijă căprioara grațioasă care galopa la orizont. Flutura din brațe cu frenezie, încercând să avertizeze bărbații ca să se îndepărteze. Trase, apoi o urmări căzând și auzi țipătul ei purtat spre el de vânt.

Farurile lui Richie se întoarseră brusc spre Harry, aflată la o sută de metri distanță. Se ridică în picioare, împleticindu-se, lăsă arma masivă jos, știind că dacă încetinea și se întorcea după ea avea să se pună în pericol.

Gabe trase câteva focuri de avertisment, pentru a-i confirma bănuielile, și o urmări gonind direct spre mașină.

– Nu vă opriți! urla ea, dând din mâini. Nu vă opriți!

Bărbații din mașină nu se gândeau că încerca să-i îndepărteze. O văzuseră plină de sânge și credeau că le făcea semn să se apropie.

Gabe se opri din alergat în timp ce mașina oprea și trase o rafală de gloanțe în ea.

CAPITOLUL 112

M-am aruncat la pământ în spatele mașinii cu tracțiune integrală, abia apucând să mă opresc. Inerția m-a făcut să mă rostogolesc și să alunec pe pietriș. Parbrizurile și cauciucurile au explodat când gloanțele au lovit mașina. I-am auzit pe bărbații dinăuntru urlând și aruncându-se asupra ușilor. Printre rafalele care bubuiau, le-am auzit vocile. Mi-am făcut corpul ghem, cu mâinile în jurul capului, ascultând.

– Ce mă... ce mă-sa-n cur?

– Hai, Richie! Condu, omule, condu!

Se feriră cu toții când începură din nou împușcăturile. Mi-am pus mâna tremurândă pe partea din spate a brațului drept, simțind rana făcută de glonțul care vâjâise pe lângă mine. Ajunsese în spatele bicepsului meu, lăsându-mă fără o bucată de carne cât un pumn. Mi se părea că simțeam osul, iar când acel gând îmi pătrunse în minte, am început să vomit. M-am înecat și m-am chinuit să respir, ștergându-mi mâinile îmbibate de sânge de bluză.

Când împușcăturile încetară, bărbații din mașină tăcură.

Am coborât și am deschis cu putere ușa din partea șoferului. Richie ieși chircindu-se din mașină și se izbi de pământ cu o bufnitură.

– Of, băga-mi-aş, gemu el. Nu părea rănit, dar era paralizat de groază. I-am tras un brânci sănătos şi l-am doborât în nisip.

– Fă pe mortul, tâmpitule, i-am spus, încercând cu toată puterea să dau scaunul şoferului în spate. Am apucat arma ascunsă acolo şi m-am aruncat la pământ. Auzeam paşi pe stânci. Unul dintre bărbaţii din maşină scoase un vaiet jalnic.

CAPITOLUL 113

Gabe se apropie de mașină și aruncă o privire înăuntru la haosul provocat de bărbații înghesuiți unii-n alții și plini de sânge. Rănile erau superficiale – un deget lipsă ici, o bucată de carne lipsă colo –, dar se pleoștiseră cu toții unii peste alții, amorțiți de frică. Ochii celui mai apropiat bărbat erau căscați și priveau fix partea din spate a banchetei din fața lui. Gabe văzuse această reacție în destule masacre la care participase. Oamenii fie luptă, fie se lasă moi. Ridică pușca și o îndreptă spre fața celui mai apropiat tânăr, întrebându-se dacă țeava aflată la câtiva centimetri de obrazul lui avea să-l trezească la viață. Îi mirosea a pișat. Cineva își pierduse controlul tuturor funcțiilor.

– Jalnic, spuse el.

Se îndreptă spre partea laterală a mașinii și privi la sângele de-acolo, care băltea. Era sângele de la rănile pe care i le provocase lui Harry în timp ce o fugărea. Richie însuși zăcea acolo pe burtă, cu capul întors în partea cealaltă, spre culme. Părea mort. Gabe se luă după urmele și după sângele din nisip și văzu chiar vârful unuia din bocancii lui Harry ițindu-se de după cauciucul din dreapta față al vehiculului. Probabil zăcuse întinsă pe spate. Se simțea cuprins de dezamăgire.

Gabe încărcă pușca și închise încărcătorul cu forță.

– Ridică-te, Harry. Ridică-te-n picioare și înfruntă-mă.

CAPITOLUL 114

Am ocolit partea din spate a vehiculului cu tracțiune integrală, privindu-l pe Gabe cum se uita la Richie, întins pe pământ, și la sângele pe care-l lăsasem să se congeleze în nisip. Am închis ochii și m-am întrebat dac-avea să-l împuște pe Richie. La distanța aia, n-avea cum să supraviețuiască. Oare se descurcase destul de bine? Am auzit încărcătorul intrând la loc cu un pocnet scârbos. Îmi văzuse bocancul într-o parte a mașinii. Richie era în siguranță.

– Ridică-te, Harry, spuse Gabe. Ridică-te în picioare și înfruntă-mă.

Am mers împleticindu-mă înainte, cu bocancul care-mi mai rămăsese, ridicându-mă în spatele omului în care avusesem încredere, al omului lângă care dormisem, care fusese singura mea alinare în deșertul ăla întunecat și îngrozitor. Am ridicat revolverul Smith and Wesson uriaș și i l-am îndreptat spre cap.

– Măi, SergeantKill, i-am spus, văzându-l cum înțepenea la auzul vocii mele. Am așteptat, și când se întoarse suficient încât să-mi atragă atenția, am încercat un zâmbet obosit.

– Joc terminat.

L-am împușcat și l-am omorât.

CAPITOLUL 115

Am privit în jos, spre picioarele mele sprijinite de suportul vechi pentru picioare, din piele căptușită, din galerie. Fusesem nevoită să împrumut pantofii de lac cu tocuri ai vecinei mele, pentru că eu nu aveam. Vârfurile ascuțite ale pantofilor îmi striveau degetele mici. Oare de ce se chinuiau femeile-n halul ăsta?

Am ridicat privirea, m-am uitat în jur și am văzut o sută de perechi de ochi privindu-mă cu toții.

„E mai bine să te concentrezi, pur și simplu, pe pantofi, Harry", îmi spuneam.

Era mai bine să uit pur și simplu de sala de judecată plină până la refuz. De zecile de jurnaliști care șușoteau și murmurau la mezanin ca un stol de ciori. De familiile și prietenii victimelor, care se îmbrățișau și suspinau în cealaltă parte a galeriei, aruncându-mi din când în când câte-o privire plină de ură. De adunătura de gură-cască – studenți la drept și pensionari care n-aveau altceva mai bun de făcut – ce umpluse nivelul superior, unde publicul curios avea loc să stea doar în picioare.

Niciodată nu fusesem mai stânjenită fizic și emoțional decât eram în clipa aceea. Nici măcar în deșert, unde sudoarea-mi curgea continuu, iar soarele îmi bătea în ochi de pe fiecare suprafață, unde singurii mei aliați erau bărbați în care nu puteam avea încredere. Îmi alesesem prost ținuta.

Voiam să arăt ca o profesionistă, așa că renunțasem la obișnuiții mei blugi și la tricou, pentru o fustă tip creion și o bluză fără mâneci. Uitasem cu totul de cicatricile proaspete, roșii, care-mi umpluseră antebrațul drept și semănau cu niște fulgere.

„Da, da, de-aici îmi lipsește-o bucată de carne care a fost înlocuită de-o bucată zdravănă din gambă. Are o formă frumoasă, într-adevăr, dar nu-i aceeași culoare. Da, încă mă doare. Au trecut doar cinci săptămâni. Nu, partenerul meu n-a avut la fel de mult noroc."

Mi-am frecat stânjenită cicatricile, așteptând să sosească fratele meu. Încă-mi venea să plâng, ca înainte, dar de când mă întorsesem în oraș nu găsisem momentul potrivit pentru a ceda. Poate că ăla era momentul, chiar acolo, în tribunal, de față cu o pereche de gură-cască ce șușotise prea tare despre mine de când ajunsesem.

– Ce naiba căuta tocmai acolo, totuși?

– Se pare că-și trăgea un bronz incredibil.

– Crezi că știa de frate-său?

– Pff. Tu vorbești serios? Cum să nu știe?

Se auzi un bocănit, și toată lumea din sala de judecată se ridică, târșâindu-și picioarele, aranjându-și fustele și netezindu-și coafurile proaspăt întinse cu placa. Judecătorul masiv și îmbufnat intră în sala de judecată și urcă treptele care duceau în spatele băncii sale. Nimeni nu vorbi până când nu se deschise o a doua ușă, într-o parte a sălii, și o matahală de paznic nu-l aduse pe fratele meu.

Era îmbrăcat în treningul verde-închis de la Centrul de Corecție Silverwater[1] și părea obosit. Privirea lui o întâlni pe-a mea, și pentru o clipă, păru că nu mă recunoștea.

Înainte s-apuc să-mi dau seama ce fac, am traversat în goană sala, aproape dărâmând fiecare persoană care îndrăznise să se-așeze în același rând cu mine, și m-am năpustit asupra fratelui meu înlănțuit și cocoșat. Mirosea la fel. După atât de mult timp, mirosea la fel.

– Sam, Sam, Sam, Sam.

Am rămas cu gura căscată, l-am strâns în brațe și aproape că l-am strivit când l-am lipit de mine.

– O, Dumnezeule, Harry, spuse el. Harry, n-am făcut eu asta.

L-am îndepărtat de mine și i-am luat fața în mâini.

Paznicul se rățoia la mine, tot voia să mă desprindă de el, dar n-avea chef să înceapă să mă bruscheze în fața sutelor de oameni prezenți acolo.

– Dar ai...

Mă chinuiam să respir, fixând cu privirea ochii fratelui meu.

– În ziare scria că ai mărturi...

– N-am făcut asta, îmi spuse Sam, întinzând mâinile legate de cureaua pantalonilor spre mine.

În public răsunau șoapte și murmure agitate. M-am întors și-am început să-mi fac loc cu forța prin mulțimea de la uși, și am alergat în hol. Nu puteam să respir. M-am prins de gulerul bluzei mele tâmpite, de sutienul care-mi strângea cutia toracică precum sârma.

– Nu pot să fac asta, am spus, căscând gura să iau aer în plămâni și chinuindu-mă să rămân în picioare. Mi-am pus

---

[1] Suburbie din Sydney, Australia (n.tr.)

mâinile pe cel mai apropiat perete de calcar rece și am încercat să revin la realitate.

– Nu pot. Nu pot. Nu po...

– Harry? spuse o voce.

M-am întors.

Edward Whittacker stătea acolo și mă privea. Umărul stâng îi era încă imobilizat, prins cu un bandaj uriaș, albastru-închis, pentru a proteja mușchii și oasele zdrobite de glonțul care-i intrase în spate. Ultima oară când îmi văzusem partenerul, încă nu putea merge, iar prima săptămână petrecută în spital îi fusese plină de medicamente și de durere. Îl lăsasem în Perth, un amărât rănit și închis într-un spital, ca să duc lupta familiei mele în Sydney, de una singură.

– Of.

M-am șters la ochi cu disperare.

– Căca-m-aș! Edward, ce... ce...

– Scuze de întârziere.

Aruncă o privire spre ușa de lângă noi.

– Au început deja?

M-am îndreptat spre el, și deși nu ne îmbrățișaserăm niciodată, brațul lui bun părea să știe ce-avea de făcut. Se ridică și mă cuprinse în timp ce mă afundam parcă în el. L-am ascultat expirând surprins deasupra mea în timp ce-mi lipeam fața de pieptul lui puternic și cald.

La adăpostul bluzei lui, cu fața ascunsă de lumea cumplită, păream să fiu în siguranță, în sfârșit, dacă plângeam.

DESPRE AUTORI

JAMES PATTERSON a primit Literarian Award pentru contribuția deosebită la dezvoltarea comunității literare americane la National Book Awards în 2015. Deține recordul mondial din partea Guinness pentru cele mai multe cărți care-au ocupat poziția #1 în topul bestsellerurilor *New York Times*, iar cărțile sale s-au vândut în peste 350 de milioane de exemplare la nivel mondial. Susținător neobosit al puterii cărților și lecturii, Patterson a creat colecția de literatură pentru copii JIMMY Patterson, a cărei misiune este simplă: „Vrem ca fiecare copil care termină o carte de la JIMMY să spună: «Vă rog să-mi mai dați o carte»". A donat peste un milion de cărți elevilor și soldaților și sponsorizează peste patru sute de burse pentru pregătirea profesorilor la douăzeci și patru de colegii și universități. A donat milioane și librăriilor independente, și bibliotecilor școlare. Patterson investește un procent din vânzările cărților din colecția JIMMY Patterson în inițiative de promovare a lecturii.

CANDICE FOX este autoarea romanului *Hades* care a câștigat Ned Kelly Award pentru cel mai bun debut în 2014. Continuarea, *Eden*, a câștigat Ned Kelly Award pentru cel mai bun roman polițist în 2015. Candice a devenit astfel doar a doua autoare care-a câştigat aceste premii consecutiv. *Fall*, al treilea roman din seria *Archer and Bennett*, a fost lansat în 2015. Fox predă cursuri despre scris la University of Notre-Dame din Sydney, Australia, în timp ce lucrează la o teză de doctorat despre cenzura literară şi terorism.

CUM ÎȚI POȚI DOVEDI
NEVINOVĂȚIA
DACĂ NU-ȚI AMINTEȘTI
INFRACȚIUNEA COMISĂ?

JAMES PATTERSON

CARNETUL NEGRU

DAVID ELLIS

PENTRU UN FRAGMENT,
DAȚI PAGINA

TRECUTUL

Patty Harney oprește limuzina fără însemne la două cvartale distanță de destinația ei. Străzile înguste sunt pline de mașini de patrulă, iar luminile de deasupra lor aruncă culori haotice în noapte. Trebuie să fie cel puțin douăzeci de mașini de poliție.

Patty lasă mașina și-și pune la gât cordonul. Insigna-i atârnă peste tricou. Aerul de-afară e nefiresc de rece pentru începutul lui aprilie. Cu toate astea, Patty nu simte decât căldură.

Aleargă un cvartal, apoi ajunge la banda galbenă din perimetrul exterior. Primul ofițer face un pas în față ca s-o oprească, apoi îi vede insigna și o lasă să treacă. Nu-l cunoaște pe polițistul ăsta local și nici el n-o cunoaște pe ea. Cu atât mai bine.

Se apropie. Transpirația face s-o usture ochii, tricoul ud i se lipise de piele, în ciuda frigului, iar nervii îi sunt franjuri.

Cunoaște blocul de apartamente și fără să o ia pe urma polițiștilor spre locul unde s-au adunat afară, sub marchiză. Unul dintre polițiști – detectiv, ca Patty – o recunoaște, iar expresia feței i se îmblânzește imediat.

– Dumnezeule, Patty...

Trece în goană de el, intrând în holul clădirii. Pare mai degrabă o înmormântare decât locul unei crime.

Polițiștii și detectivii în haine civile privesc în jos, suferind, cu fețele pline de lacrimi. Unii se consolează între ei. Ea n-are timp de-așa ceva.

Se îndreaptă spre ascensor, aruncând priviri prin colțurile holului după camerele de supraveghere – obicei vechi, venit din instinct, precum respirația –, apoi vede un grup de tehnicieni, membri ai Diviziei de Servicii Medico-Legale, care lucrează în lift, îl verifică de amprente. Se întoarce, în pantofii ei sport și intră pe ușă, luând-o spre scări. Știe că e la etajul șase. Știe și apartamentul.

Urcă scările câte două deodată. O arde-n piept, îi cedează picioarele, în stomac i se dezlănțuie parcă o răzmeriță. Amețită și panicată, se oprește în capătul scărilor la etajul al treilea, singură în tot acel haos, și se lasă pe vine o clipă, apucându-se de păr, adunându-se, tremurând din tot corpul. Lacrimi mari îi curg pe beton.

„Trebuie neapărat să faci asta", își spune.

Aleargă pe scările care i-au mai rămas. Parcă are picioarele de cauciuc, iar pieptul îi arde înainte să intre pe ușă la etajul al șaselea.

Aici, sus, totul se desfășoară ca la carte, toată lumea face fotografii, tehnicienii care umblă cu probele își fac treaba, polițiștii îi interoghează pe vecini și mai e și Ramsey de la cabinetul medical.

Face un pas, apoi încă unul, dar parcă nu înaintează deloc, parcă nu câștigă deloc teren, ca într-o casă a groazei de la circ...

– N-ai voie să intri acolo.

– Patty.

– Detectiv Hearney. Patty!

O mână o prinde de braț. Precum cu încetinitorul, privirea i se plimbă pe fața Vrăjitorului[1], mustața stufoasă, fața rotundă, mirosul de trabuc...

– Patty, îmi pare – Doamne, Maica Domnului – ce rău îmi pare!

– E... e...

Nici nu poate să termine propoziția.

– Toți sunt, spune el. Îmi pare al dracului de rău să fiu eu ăla care-o spune.

Ea clatină din cap și încearcă să-și elibereze brațul cu forța.

– N-ai voie să intri acolo, Patty. Încă nu.

Vrăjitorul se pune-n calea ei, blocându-i drumul spre ușă.

Cumva, reușește să-și găsească vorbele:

– Sunt... știu să mă descurc... la locul unei crime...

Locul unei crime. De parc-ar fi fost doar un simplu act violent pe care-l putea întâlni în timpul slujbei.

– Nu în ăsta, detectiv. Nu încă. Patty, lasă-ne să...

Îi dă mâinile la o parte cu palmele, îl face să dea înapoi. El se chinuie un moment, apoi o apucă de umeri.

– Patty, te rog. Nimeni n-ar trebui să-și vadă fratele în halul ăsta.

Îl privește în ochi, fără să-l vadă cu adevărat, încercând să proceseze tot ce s-a întâmplat, considerând că are dreptate, că nu vrea să-l vadă, că dacă nu-l vede, n-o să fie mort, n-o să se prăpădească într-adevăr...

Se-aude soneria liftului. *Ding.*

Dar – dar liftul a fost scos din funcțiune. Băieții de la Servicii Medico-Legale îl verificau de amprente. Cine se

---

[1] În original „The Wiz" (eng., n.tr.)

folosește de lift? Cineva trebuia să fi profitat de influența pe care-o avea.

– A venit șeful poliției, spune cineva.

Ea privește peste umărul lui Wiznievski.

Silueta înaltă, ascuțită, pașii mari, nasul coroiat – pe care nu l-a moștenit.

– Tată, spune ea.

Cuvântul îi sună aiurea din gât. Simte cum își pierde orice urmă de control.

Tatăl ei, detectiv principal Daniel Harney, cu o haină sport aruncată peste o cămașă ce se destramă, cu părul rărit nepieptănat, cu ochii deja încercănați.

– Iubita mea, spune el, deschizând brațele. Of, îngerașul meu.

– E adevărat, tată? vorbește ea, lipită de pieptul lui, în timp ce el o ține strâns, de parc-ar ști, de parcă ea e din nou bebeluș, și așteaptă de la tatăl ei toate răspunsurile din univers.

– Vreau să-l văd, spune tatăl ei, nu către ea, ci către Wiznievski. O ia pe Patty de braț, de parc-ar conduce-o pe coridor, și se îndreaptă spre ușă.

– Vă înțeleg, domnule, dar nu e... Pregătiți-vă sufletește.

Tatăl ei o privește cu fața congestionată. Parcă e un baraj care ține piept unei furtuni. Ea îi face un semn din cap, drept răspuns.

Vocea-i tremură în timp ce spune:

– Mergeți înainte, locotenent.

Ceva se declanșează în mintea ei, de parc-ar apăsa pe un alt întrerupător. O să se comporte rece. O să fie detectiv, nu soră. O să vadă locul unei crime, nu pe fratele ei geamăn mort. Ținându-se strâns, agățându-se cu toată puterea de brațul tatălui său, stând în pragul cu gresie al apartamentului.

Cunoaște locul. Dă într-o cameră mare, o bucătărie mică în partea stângă, un dormitor și o baie în spate. E un apartament standard dintr-un bloc turn din Chicago, dar pe ăsta îl știe destul de bine. A mai fost aici.

Prima dată a fost ieri.

În apartament se lasă imediat liniștea, de parc-ar fi cerut-o cineva ridicând mâna. Cu toții sunt ocupați, verifică de amprente, fotografiază, colectează mostre, vorbesc – toți se opresc când șeful poliției și fiica lui, detectivă și ea, intră în încăpere.

Patty își face treaba de detectiv. Nu există urme de luptă în camera din față, în camera principală. Mobila e la locul ei, gresia e lucioasă și curată. Nu există niciun semn de activitate, în afară de ce fac detectivii și tehnicienii.

Cineva a dat aerul condiționat la maximum. Aerul e plăcut și răcoros, ceea ce are să tempereze paloarea...

„Paloarea. Cadavrul fratelui meu."

– E-n dormitor, spune Wiznievski, luând-o înainte. Eu nu pot să vă dau voie să intrați acolo, șefu', sper că sunteți conștient de treaba asta. Sunteți membru al familiei imediate a uneia dintre...

– Vreau doar să-l văd. Nu intru, domnule locotenent.

Tatăl ei, cu felul lui precis, hotărât de-a vorbi, deși ea e probabil singura persoană care recunoaște tremurul din vocea lui.

Privirea lui Patty se plimbă prin jur, nu vede nimic. Amy și-a păstrat apartamentul curat. De-a lungul vieții, Patty a văzut multe tentative de curățare a locului unei crime, iar în acela nu erau semne de frecare sau pulverizare recentă sau încercări nereușite de ștergere a petelor sau de aspirare a resturilor. Nu se întâmplase nimic violent în camera mare sau în bucătărie.

Tot ce se întâmplase se întâmplase în interiorul dormitorului.

Era bandă roşie care delimita locul crimei, perimetrul interior şi bloca accesul în dormitor.

Tatăl ei se poziţionează delicat în faţa lui Patty. E un gest protector, care-i permite să privească primul în dormitor. Se apleacă peste banda roşie, respiră adânc şi se întoarce spre dreapta ca să privească înăuntru.

Închide imediat ochii, ţinându-şi respiraţia, nemişcat. Înghite în sec, deschide ochii – acum seci, plini de groază – şi se întoarce şi priveşte din nou.

Murmură:

– Ce Dumnezeu s-a întâmplat aici?

Îl aude pe Wiznievski oftând din greu.

– După poziţia cadavrelor şi toate astea, domnule – pare-a fi exact ce se vede.

Trei cadavre. Kate – detectiv Katherine Fenton – zăcea moartă pe covor, cu ochii holbaţi în gol la tavan, cu o singură plagă împuşcată deasupra ochiului drept. Rana era destul de curată. Doar un pic de sânge curgea din ea, restul urmase probabil atracţia gravitaţională, scurgându-se din rana din ceafa ei, îmbibând covorul de sub ea, ascuns de părul ei arămiu. Pistolul ei Glock zăcea chiar lângă mâna ei.

Se concentrează asupra lui Kate – nu pentru că n-ar mai fi văzut cadavre (căci văzuse zeci), nici pentru că-i plăcea de Kate (căci nu-i plăcea), ci pentru că e de preferat să vezi ceea ce mai poţi vedea în încăpere, ceva ce până atunci văzuse doar cu coada ochiului.

Pe pat sunt două cadavre – al fratelui ei, Billy, și al lui Amy Lentini, ambele goale. Amy a fost împușcată în inimă. Corpul îi e întins, iar capul îi cade în partea stângă a patului. O pată mare de sânge e ascunsă aproape de tot în spatele lui Amy. A sângerat până a murit.

Apoi...

Billy. Îl fixează cu privirea, cu inima bubuindu-i, cu căldura răspândindu-i-se prin corp în timp ce își privește fratele geamăn stând în capul oaselor pe pat, cu sângele scurgându-i-se pe partea dreaptă a feței, cu capul căzut într-o parte, cu ochii închiși, liniștit.

Dacă făceai abstracție de sânge și de rană, ai fi putut la fel de bine să presupui că dormea. El era în stare s-o facă într-un fel în care ea nu reușise niciodată. Fusese mereu nevoită să doarmă pe o parte, cu o pernă între picioare. Billy nu era așa. Putea să doarmă toată noaptea într-un scaun sau stând în șezut în pat. Putea să tragă un pui de somn la ora de geometrie fără să scoată nici măcar un pâs, fără să sforăie, fără să tresară sau să se dea altfel de gol. Putea dormi pe ascuns, întocmai cum putea face orice altceva pe ascuns. Își putea ascunde temerile, gândurile, supărările după acea expresie plăcută, impasibilă. Ea era singura care știa acest lucru despre el. Ea era singura care îl înțelegea.

„Nu faci decât să dormi, Billy."

„Te rog. Sunt eu, Billy, haide. Deschide brusc ochii și spune: «Surpriză!»"

„Te rog, zi-mi că dormi."

– Bineînțeles, e prea devreme ca să ne dăm seama, îi spune Wiznievski tatălui ei. Am impresia că detectivul Fenton a intrat – a văzut grozăvia asta, pe ei doi – și a deschis focul. Billy a tras și el. S-au omorât unul pe altul.

S-au împuşcat aici în dormitorul ăsta ca-n Vestul Sălbatic. Dar-ar dracii.

– O, Iisuse.

„Nu“, gândeşte Patty în sinea ei. „Nu s-a întâmplat aşa ceva aici.“

Picioarele-i cedează, ameţeşte. Un braţ o trage deoparte, braţul tatălui ei, şi pe cât i-a fost de groază să-l vadă pe Billy, pe-atât îi e de groază să-şi ia ochii de la el.

Tatăl ei o târăşte pe Patty înapoi în camera mare. Poliţiştii se opresc cu toţii din ce fac şi se holbează la tată şi la fiică de parc-ar fi exponate la muzeu.

În spatele lui Patty, echipa de medici se strecoară pe lângă ea şi intră în dormitor cu saci de cadavre.

Saci de cadavre. Îi e groază să se şi gândească.

– Facem treaba asta ca la carte, spune tatăl ei celor din încăpere. Acolo înăuntru e fiul meu, într-adevăr, dar era poliţist. Înainte de orice altceva era poliţist. Şi încă era unul dat naibii de bun. Faceţi-i cinste lui şi detectivului Fenton tratând cazul ăsta ca lumea, oameni buni. Fără greşeli. Fără scurtături. Daţi tot ce-aveţi mai bun în voi. Şi aduceţi-mi...

Tatălui ei i se pune un nod în gât.

– Aduceţi-mi o rezolvare, încheie el. Rezolvaţi cazul ăsta.

Simţind dintr-odată că are claustrofobie, Patty se întoarce şi se îndreaptă spre uşă.

„Nu e adevărat“, hotărăşte ea. „Asta nu s-a întâmplat.“

– Dumnezeule.

Chiar când e la uşă, aude acele cuvinte. Nu din partea tatălui ei. Nu din partea vreunuia dintre poliţiştii din camera mare.

Din partea echipei de medici din dormitor.

– Avem puls! Avem puls! strigă bărbatul. Ăsta e viu!

PREZENTUL

Detectivul Billy Harney își frecă mâinile. Răsuflarea îi rămase în aer, rece, o reamintire efemeră a frigului din Chicago la mijloc de martie. Stătuse destul în interiorul SUV-ului trei ore. Nu suporta misiunile de filaj. Chiar dacă aceea era ideea lui. Cazul lui.

Începuse cu moartea unei studente, boboacă la University of Columbia. Regiunea din jurul campusului – Hyde Park[1] – avea unele zone mai dubioase, și toată lumea punea crima pe seama violenței din mediul urban. Dar nu știau ceea ce aflase Billy descărcându-i datele de pe telefonul mobil – că tânăra câștiga bani în timpul liber ca damă de companie. Lucra printr-un site de pe Internet desființat a doua zi după moartea ei, dar SMS-urile ei indicau faptul că avea un anume client cu niște preferințe mai neobișnuite și care era dispus să plătească bani frumoși pentru a și le satisface.

Pe scurt, îi plăcea s-o sugrume în timp ce făceau sex.

Era agent de bursă, căsătorit, cu copii, și câștiga mai mulți bani într-o săptămână decât câștiga Billy în doi ani. Genul de om care-și putea cumpăra o armată de avocați dintre cei mai scumpi ca să-l apere. Billy își dorea ca

---

[1] Oraș din statul american New York (n.tr.)

dobitocul ăla să lase garda jos, să se relaxeze, aşa că a dat presei nişte ştiri cum că avea un suspect reţinut pentru uciderea studentei, că părea a fi un alt atac obişnuit în Hyde Park.

Apoi, Billy îi dăduse de urmă nemernicului ăluia de agent de bursă.

Exact la ora 9.00 seara, cu o săptămână înainte, agentul de bursă intrase în clădirea din piatră roşiatică din capătul străzii. Billy îl surprinsese pe camerele video, dar nu era sigur ce se întâmpla înăuntru. În urma unei mici misiuni de recunoaştere aflase că în acea clădire era un bordel de lux.

Plecând de la presupunerea că individul se programa regulat – iar Billy era dispus să parieze bani frumoşi că aşa era –, în seara aceea trebuia să fie acolo. Voia să-l prindă cu pantalonii în vine şi să-i propună un târg: nu avea să fie arestat pentru prostituţie dacă răspundea la câteva întrebări despre o studentă moartă. De-acolo, avea să se ocupe Billy de el. Era mereu mai bine să începi un interogatoriu cu un suspect dornic să-ţi facă pe plac, pe care-l trec toate apele.

Îşi suflecă mâneca paltonului şi se uită la ceas. Opt şi jumătate. Îşi suflă aer cald în mâini.

– Sosh, cum stăm? îl întrebă el prin radio pe Soscia, poliţistul dintr-una dintre celelalte maşini, aflate la două cvartale distanţă, care fila clădirea dinspre est.

Răspunsul veni prin casca wireless a lui Billy.

– Pregătit, dispus şi-n stare, spuse Sosh. Exact ca soră-ta.

– Nu se-atinge soră-mea de tine nici cu un par de doi metri. Şi nici Stanislawski.

– Cine mă-sa mai e şi Stanislawski?

– Un polonez de doi metri[1].

– Harney, treci înapoi în mașină.

Vorbise partenera lui, detectivul Katherine Fenton, care stătea în mașina încălzită aflată chiar lângă a lui.

– Sosh, ce mai face începătorul ăla al tău?

Soscia avea un nou detectiv care lucra cu el, un puști de treabă, pe nume Reynolds.

– Auzi, știi că i-am făcut cinste cu prânzul, nu?

– Da, știu, băga-mi-aș picioarele. Mi-a zis că tu ai fost cu ideea să-și pună mai multă fasole pinto[2] pe burrito[3]. Și-am rămas cu el trei ore-n camionul ăsta, băga-mi-aș să-mi bag.

Billy zâmbi șmecherește. Nu erau chiar atât de nasoale filajele.

– Băi, Crowley, tu ești treaz?

– Da, doar că mor aici de băgat în priză ce sunt. De câți polițai e nevoie ca să bagi la zdup un nemernic?

Și Sosh, și Crowley ridicaseră problema. Dar asta era partea fițoasă din oraș, Coasta de Aur, iar el n-avea nevoie de greșeli. Voia oameni cu experiență, ca Sosh și Crowley, la cazul ăsta.

– Ce-i, Crowley, vrei să mergi altundeva? Știu că a ta nu-i acasă, că-i cu Sosh în mașină chiar acuma.

– Păi atunci nici Sosh n-o să aibă parte de senzații tari.

Era al dracului de frig afară. Ieșise de zece minute din mașină și deja simțea că-l pișcă-n vârfurile degetelor de la picioare.

---

[1] Joc de cuvinte: în engleză „pole“ înseamnă și „par“ sau „undiță“ („fishing pole“), și „polonez“ (n.tr.)

[2] Fasole mexicană roșie (n.tr.)

[3] Preparat mexican asemănător cu shaorma, dintr-o lipie umplută cu carne, ardei iute, orez, fasole și altele (n.tr.)

– Auzi, Fenton, îi zise el partenerei sale. Care-i asemănarea dintre-o broască și-o fată mare?

Deschise portiera din partea pasagerului și urcă în mașină. Detectivul Fenton – Kate – îi aruncă o privire piezișă.

– Amândouă se tem de barză[1], zise Billy.

Lui Sosh îi plăcea gluma asta. Lui Kate nu prea.

– Măi.

Billy înțepeni în scaun.

– În față, spre dreapta. Intrăm în acțiune.

– Așa.

Kate vorbi în radio.

– Bărbat alb, se îndreaptă spre nord pe Astor. E îmbrăcat cu o haină maronie și poartă o șapcă maronie.

„Katie – gândea Billy pentru sine – mereu atât de aprinsă, mereu sub presiune. E singurul tip care merge pe-aici; probabil că-l observă."

Dar să-i spui lui Kate să se calmeze e parc-ai arunca un chibrit într-o baltă de benzină.

– Îl vezi, Crowley?

– O, da. Zâmbește frumos la cameră, drăguțul de el.

– Io-l știu p-ăsta, zise Fenton. Ăsta nu-i ăla de la emisiunea aia?

– Care emisiune?

– Aia... emisiunea aia de critică de film... *Primul Rând*[2] sau cum îi spune.

– Așa.

---

[1] Gluma spusă în original de personaj este bazată pe un joc de cuvinte intraductibil, deci o vom reda aici: „What do you call a clairvoyant midget who escapes police custody? A small medium at large". (n.tr.)

[2] În original *Front Row* (eng., n.tr.)

O văzuse. *Primul rând*, cu... nu mai ținea minte cum îl chema pe-ăla.

– Numai pentru aia ar trebui să-l arestăm.

– Da, chiar el e, zise Sosh. Brady Wilson.

Stăteau încordați în timp ce criticul de film urca grațios scările clădirii din piatră maronie. Înainte să apese pe sonerie, un bărbat cu un costum roșu deschise ușa și-l conduse înăuntru.

– Fițe, spuse Crowley. Ce ziceți, e aici în interes de afaceri?

– Categoric. Un singur tip deține toate etajele. Zice că stă acolo, dar n-am văzut semne c-ar locui cineva acolo de când am început să filez clădirea. Sunt trei etaje, vreo opt-zece apartamente.

– Deci s-ar putea să dăm peste-o petrecere în toată regula.

– Poate-ar fi bine să-i sunăm p-ăștia de la Moravuri, zise Billy, știind bine de ce reacție avea să aibă parte.

– Dă-i în mă-sa p-āia de la Moravuri, zise Katie. E cazul nostru.

– Iisuse Hristoase. Iisuse Hristoase, Sfântă Fecioară și-o ceată de îngeri.

– Zi, Sosh.

– N-o să-ți vină să crezi cine-a trecut mai înainte pe lângă mine. Crowley, voi vedeți pe video?

– Recepționat, vedem – Doamne, Maica Domnului.

– Îmi ziceți și mie odată?

Billy își dorea să fi avut o lunetă cu precizie mare. Nu se aștepta la asta. Scoase un binoclu de sub bancheta din spate și îl îndreptă spre treptele clădirii din piatră maronie în timp ce un bărbat în vârstă își târșâia picioarele spre ușa din față.

– Măi, măi, măi, zise Billy. E chiar Excelența Sa, Arhiepiscopul Michael Xavier Phelan.

– Doamne, nevrednic este, Doamne, nevrednic este.

Billy nu se putea hotărî dacă era încântat sau dezamăgit. Partenera sa, Kate, se hotărâse – avea de gând să se bage. Tocmai devenise un caz palpitant.

– Respirați cu toții, spuse Billy. Probabil c-a intrat să asculte vreo confesiune.

Un SUV negru, nu foarte diferit de cel în care se afla Billy în acel moment, se opri la colțul străzii în fața clădirii din piatră maronie. Geamurile erau fumurii, din câte-și dădea seama Billy, privind prin binoclu, în lumină slabă. Era ciudat, pentru că geamurile fumurii erau interzise în acel stat, cu foarte puține excepții.

Excepții precum vehiculele care transportă oficiali ai guvernului.

Billy duse binoclul spre numărul de înmatriculare, apoi îl ridică din nou.

– Căcat, zise el. Ar trebui să-l sun pe Vrăjitor.

– De ce? întrebă Kate, aproape sărind din scaun.

Billy clătină din cap.

Spuse:

– Pentru că primarul orașului Chicago tocmai a coborât din mașina aia.